예수를
만나다

성경에서 배우는 삶의 이치·행복의 원리

예수를 만나다

백성호 글·사진

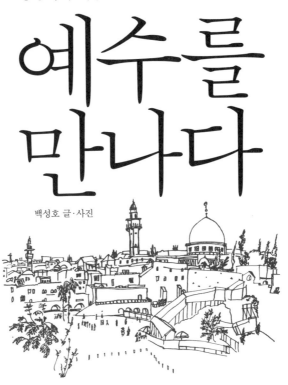

arte

차례

일러두기

1. 성경의 인명, 지명 등 외국어 고유명사는 외래어 표기법에 따라 음역하고, '편의 음역'을 번역 원칙으로
   하였습니다.
2. 이 책에 인용한 성경 구절의 출처는 한국천주교주교회의 성경입니다.
3. 독자의 이해를 위해 일부 고유명사의 시작부에 개신교 용어를 병기하였습니다.

1부

욕망 속에서 예수를 만나다

그리스도교는 영성의 종교인가,
욕망의 종교인가

청하여라, 너희에게 주실 것이다.
찾아라, 너희가 얻을 것이다.
문을 두드려라, 너희에게 열릴 것이다.
마태오 복음서 7장 7절

"청하여라, 너희에게 주실 것이다. 찾아라, 너희가 얻을 것이다. 문을 두드려라, 너희에게 열릴 것이다. 누구든지 청하는 이는 받고, 찾는 이는 얻고, 문을 두드리는 이에게는 열릴 것이다."(마태오 복음서 7장 7~8절)

마술 같은 소리가 아닌가. 청하면 받는다니, 찾기만 해도 얻는다니, 문을 두드리기만 해도 열린다니 말이다. 한마디로 '도깨비 방망이'다. "금 나와라! 뚝딱!" 하고 땅바닥을 두드리기만 해도 원하는 것이 이루어진다. "은 나와라! 뚝딱!" 하고 내려치기만 해도 바라는 대로 우수수 쏟아진다. 그런 종교라면 "믿습니다!" 한마디에 온 세상이 내 뜻대로 돌아갈 것이다. 그런 점에서 이 구절은 다소 위험하다. '왜곡의 지뢰'가 숨어 있기 때문이다. "예수를 믿으라. 그러면 네가 원하는 것은 모두 얻을 수 있다. 네가 하는 사업도 번창할 것이고, 자식의 대입 수능도 문제없을 것이다." 이러한 믿음을 심어준다. 그렇기에 이 구절은 그리스도교를 강력한 기복 종교로 탈바꿈시키는 성경적 근거로 작용하기도 한다. 실제로 그렇게 설교하는 목회자도 있고, 그렇게 믿는 신자들도 있다.

"두드려라. 그러면 열릴 것이다." 이 말을 듣고서 고개 들지 않을 욕
망이 있을까. 이 말을 듣고서 청하고 싶지 않은 욕망이 있을까. 그래서
사람들은 청한다. 십자가에 못 박힌 예수 앞에서 자기 안의 욕망을 청
한다. 그런 광경을 볼 때마다 나는 물음이 올라온다. '그리스도교는 영
성의 종교인가, 아니면 욕망의 종교인가?'

삶에는 두 가지 길이 있다. 한쪽은 에고를 키우는 길이고, 다른 쪽
은 에고를 줄이는 길이다. 한쪽은 '나의 뜻'을 따르는 길이고, 다른 쪽
은 자신의 뜻이 무너진 곳으로 드러나는 '아버지의 뜻'을 따르는 길이
다. 예수는 후자를 따랐다. 자신의 목숨까지 내놓은 채 그 길을 따랐다.
예수가 설한 그리스도교는 '욕망의 종교'가 아니라 '영성의 종교'였다.
그런데 우리는 왜 그 길이 싫은 걸까. 왜 자꾸만 거꾸로 가고 싶을까.
어째서 영성의 종교가 아니라 욕망의 종교를 따르고 싶은 것일까.

욕망의 눈으로 보면 성경 전체가 도깨비 방망이다. 하지만 그 눈을
허물면 다르게 보인다. 성경은 과학이다. 자기 자신과 인간과 세상과
우주의 존재 원리에 대해 설명하는 깊은 과학이다. 예수는 온갖 비유를

들어 그 속에 흐르는 이치를 풀어놓았다. 그런 비유들이 우리가 가진 욕망의 눈을 관통하며 왜곡될 때 문제가 된다. "내 뜻대로 마시고 아버지 뜻대로 하소서."라고 했던 예수의 기도가 우리의 눈을 통과하면서 "아버지 뜻대로 마시고 내 뜻대로 하소서."라는 기도가 되고 만다.

2000년 전에도 숱한 이들이 예수를 찾아왔다. 몸이 아픈 이도 있고 마음이 아픈 이도 있었다. 삶에 대한 물음을 도무지 풀지 못해 찾아온 이도 있었다. 그들을 향해 예수는 "청하여라, 너희에게 주실 것이다." 라고 했다. 또 "누구든지 청하는 이는 받는다."라고 했다. 왜 그랬을까. "주여! 주여! 하는 자마다 하느님 나라에 가는 게 아니다."라며 기복적 태도를 신랄하게 공격했던 예수가 왜 그런 말을 했을까. 예수가 말한 청함과 두드림에는 어떤 뜻이 숨어 있을까.

불교의 『금강경』에는 "응무소주 이생기심(應無所住 而生其心)"이라는 구절이 있다. '마땅히 머무는 바 없이 마음을 내라'는 뜻이다. 여기서 '머무름'은 집착을 말한다. 가령 어제 점심때 억울하고 불쾌한 일을 당했다고 하자. 하루가 지났지만 자꾸만 생각난다. 어제 일은 시간과 함께 이미 흘러가버렸는데도 자꾸 떠오른다. 왜 그럴까. 내 마음이 '그 일'을 붙잡고 있기 때문이다. 끈적끈적한 접착제를 바른 채 '그 일'을 움켜쥐고 있기 때문이다. 그럴 때는 마음이 흘러가지 않고 그 자리에 머문다.

무언가 청하는 일. 무언가 찾는 일. 간절하게 문을 두드리는 일. 그 모두가 '마음을 내는 일(生心)'이다. 기도도 마찬가지다. 신의 마음을 향해 마음을 일으키는 일이다. 그렇게 일으킨 마음이 신의 마음으로 흘러들기를 바라는 것이다. 그것이 기도다. 우리는 그렇게 청하고, 그렇게 찾고, 그렇게 문을 두드린다. 그런데 기도할 때 '착(着)'이 생기면 어찌 될까. 애착이든 집착이든 말이다. 그러면 브레이크가 걸린다. 자신이 아무리 마음을 일으켜도 '접착제의 울타리'를 벗어날 수가 없다.

그래서 붓다는 "머무는 바 없이 마음을 내라."라고 했다. 그 구절 앞에 '마땅히'라는 말까지 넣었다. 붓다는 왜 그 말을 넣었을까. '머무는 바 없이 마음을 내라' 앞에 왜 '마땅히'라는 단어를 굳이 넣었을까. 그것은 이치이기 때문이다. 빗방울은 하늘에서 땅으로 떨어진다. 땅에서 하늘로 올라가지 않는다. 강물도 위에서 아래로 흐른다. 아래에서 위로 솟구치지 않는다. 봄이 되면 꽃이 피고 가을이면 낙엽이 진다. 그것이 이치다. 인간과 세상과 우주를 관통하는 신의 섭리다. 마찬가지다. 붙들고 있으면 마음이 흐를 수가 없다. 붙들지 않을 때 마음이 흘러간다. 그렇게 흘러야 건너갈 수 있다. 내 마음에서 신의 마음으로 건너갈 수 있다. 그렇게 마음이 통할 때 비로소 기도도 통한다.

　루카 복음서(누가복음)에서 예수는 더 자세하게 일러준다.
　"너희 가운데 어느 아버지가 아들이 생선을 청하는데, 생선 대신에 뱀을 주겠느냐? 달걀을 청하는데 전갈을 주겠느냐? 너희가 악해도 자녀들에게는 좋은 것을 줄 줄 알거든, 하늘에 계신 아버지께서야 당신께 청하는 이들에게 성령을 얼마나 더 잘 주시겠느냐?"(11장 11~13절)
　아무리 악한 사람도 자식에게는 잘한다. 왜 그럴까. 자기 자신과 자식을 하나로 보기 때문이다. 하느님도 자녀를 그렇게 본다. 둘로 보지 않는다. 성부와 성자가 둘이 아니기 때문이다. 그래서 생선을 청하면 생선을 준다. 뱀을 주지 않는다. 달걀을 청하면 달걀을 준다. 독을 품은 전갈을 주지 않는다.
　문제는 우리다. 우리가 청할 때, 우리가 찾을 때, 우리가 두드릴 때가 문제다. 왜 그럴까. 우리는 머물기 때문이다. 그럴 때는 문이 열리지 않는다. 아무리 두드려도 문이 열리지 않는다. 하느님이 문을 열어주지 않는 게 아니라 우리 스스로 문을 닫고 있기 때문이다.
　그러니 예수의 메시지 앞에는 거대한 괄호가 생략되어 있는 셈이다. 그 괄호 속에 들어갈 말이 '머무는 바 없이'다.
　"청하여라, 너희에게 주실 것이다. 찾아라, 너희가 얻을 것이다. 문을 두드려라, 너희에게 열릴 것이다." 이 메시지 앞에 '머무는 바 없이'

가 생략되어 있다. 그 구절을 넣으면 이렇게 된다. "머무는 바 없이 청하여라, 너희에게 주실 것이다. 머무는 바 없이 찾아라, 너희가 얻을 것이다. 머무는 바 없이 문을 두드려라, 너희에게 열릴 것이다."

이렇게 말하면 화를 내는 사람들도 있다. 왜 불교 경전의 구절을 그리스도교 성경에다 갖다 붙이느냐며 따진다. 문자 속에 담긴 이치는 보지 못하고 문자만 보는 이들은 그렇게 말한다. 우리가 종교를 통해 궁극적으로 찾는 것은 손가락이 아니다. 손가락이 가리키는 달이다. 그 달이 우리 삶을 평안하고 자유롭고 행복하게 한다.

그렇다면 예수는 '머무는 바 없이'를 아예 언급하지 않았을까. 이는 불교의 『금강경』에만 있는 구절일까. 그렇지 않다. 예수는 이미 '머무는 바 없음'을 설했다. 성경 곳곳에서 숱하게 "머물지 마라."라고 강조했다. 그것이 뭘까. 그리스도교에서는 그것을 뭐라고 표현했을까. '내 맡김'이다. 하느님을 향한 전적인 내맡김. 그것이 바로 '머무는 바 없음'이다.

겟세마니(겟세마네) 바위에서 기도할 때 예수는 삶과 죽음의 갈림길에 있었다. 제자들을 데리고 얼른 달아나면 예루살렘을 벗어날 수도 있었다. 십자가 죽음을 면할 수도 있었다. 그러나 예수는 도망치지 않았다. 피로에 절어 곯아떨어진 제자들을 뒤로한 채 예수는 홀로 엎드려 기도했다. "가능하면 이 잔이 저를 비켜가게 하소서." 그랬다. 예수는 죽음을 원하지 않았다. '십자가 죽음'이 자신을 비켜가길 바랐다. 그것이 예수의 뜻이었다. 그러나 예수는 '나의 뜻'에 접착제를 바르지 않았다. 거기에 머물지 않았다. 자신의 집착을 허물고 머무는 바 없이 기

'나의 뜻'을 허물고자 피땀 흘리며 기도했던 예수를 천사가 안고 있다.

파올로 베로네세의 〈겟세마니 동산의 그리스도〉.

도했다. "그러나 제 뜻대로 마시고 아버지 뜻대로 하소서." 그렇게 기
도했다. 머무는 바 없을 때 기도가 통한다. 그럴 때 문이 열린다.

　사람들은 묻는다. "그러면 자식이 대입 수능 시험을 치를 때는 어떻
게 기도해야 하나." 자식의 수능 시험뿐만이 아니다. 우리가 살면서 마
주치는 온갖 파도들. 높고 낮은 파도들, 크고 작은 파도들 앞에서 우리
는 기도를 한다. 그럴 때는 어떻게 기도해야 할까. 어떻게 기도해야 문
이 열릴까.
　먼저 자신의 기도에 손가락을 대봐야 한다. 끈적끈적한 접착제가 묻
어 있는지 살펴봐야 한다. "우리 아이가 대학 입시에 절대 떨어져서는
안 돼. 어떤 일이 있어도 합격해야 해. 떨어지는 건 있을 수도 없고 상
상조차 할 수 없는 일이야. 그러니 하느님, 꼭 합격하게 해주세요."라
며 마음을 꽉 움켜쥐고 기도한다면 어찌 될까. 그런 기도가 과연 '출항
의 뱃고동'을 울릴 수 있을까. 아니다. 오히려 신을 향해 떠나려는 기도
를 스스로 붙들고 마는 셈이다.
　하얀 도화지가 있다. 그것을 신의 속성이라고 하자. 그 위에 검은색
잉크가 한 방울 떨어졌다. 그것이 나의 집착이다. 집착할 때 나는 잉크
속에 잠긴다. 그 안에서 기도를 한다. 절절하게 기도를 한다. 그런데 이
상하다. 아무리 애써도 기도가 멀리 가닿지 못한다. 까만 잉크 안에서
계속 맴돌 뿐이다. 왜 그럴까. 나의 기도에 내가 접착제를 발랐기 때문
이다.
　머무는 바 없이 마음을 내는 기도는 다르다. 집착하지 않는다. 그래

서 잉크가 지워진다. 잉크가 지워질 때 바탕에 있던 도화지가 드러난다. 그때 기도를 한다. 그러면 도화지 위에서, 신의 속성 안에서 기도하게 된다. 잉크의 기도가 도화지에 잘 전달될까, 도화지의 기도가 도화지에 잘 전달될까. 무엇이든 속성이 같을 때 서로 통한다. 기도도 마찬가지다. 머무는 기도와 머물지 않는 기도는 다르다. 밧줄로 묶인 채 항구에서 뱃고동만 울리는 배는 출항할 수 없다. 바다로 나아갈 수 없다. 신의 속성으로 건너갈 수 없다.

그러면 어떻게 기도해야 할까. 자식의 대학 입시를 위해서 말이다.

"주님, 저희 아이가 차분한 마음으로 시험을 대할 수 있기를 기도합니다. 두려움 없이 최선을 다할 수 있기를 기도합니다. 아이의 시험을 위해 제가 지혜롭게 뒷바라지할 수 있기를 기도합니다. 저의 집착이나 욕심으로 인해 아이에게 부담을 주지 않기를 기도합니다. 아이와 제가 삶의 파도를 받아들이듯 결과가 어떠하든 기꺼이 수용할 수 있기를 기도합니다."

만약 이런 식의 기도라면 어떨까. 여기에는 '머무름'이 보이지 않는다. 오히려 '내려놓음'이 보인다. 머물지 않는 기도는 항구를 떠난다. 바다를 향해, 신의 속성을 향해 나아간다.

눈을 감고 예수의 어록을 다시 묵상한다.

"청하여라, 너희에게 주실 것이다. 찾아라, 너희가 얻을 것이다. 문을 두드려라, 너희에게 열릴 것이다. 누구든지 청하는 이는 받고, 찾는 이는 얻고, 문을 두드리는 이에게는 열릴 것이다."

사람들은 이렇게 묻는다. "내가 집착을 내려놓고 기도를 하는지, 아

인물들의 표정이 제각각이다. 다들 각자의 상념에 젖어 있다.

앞에 펼쳐놓은 성경이 눈길을 끈다.

우리가 기도하는 얼굴도 저들 중 하나와 닮았을까.

빈센트 반 고흐의 〈교회 신자석〉.

니면 집착을 안고서 기도를 하는지 어떻게 아나? 그걸 누가 아나?" 답은 간단하다. 자기 자신이 안다. 움켜쥐고 기도하는지 내려놓고 기도하는지 자신이 안다. 다른 누구보다 빠르고 정확하고 본능적으로 자신이 안다. 자신의 내면을 보기만 하면 알 수 있다.

그러면 기도는 단순히 욕망의 투영일까. 예수의 기도는 달랐다. 기도가 십자가였다. 스스로 짊어지는 '자기 십자가'였다. 겟세마니에서 예수는 기도를 통해 '나의 뜻'을 십자가에 매달았다. 그런 방식으로 청했고, 그런 방식으로 찾았고, 그런 방식으로 문을 두드렸다. 그래서 머물지 않았다. "문을 두드려라, 너희에게 열릴 것이다."라는 예수의 가르침 앞에는 거대한 괄호가 숨어 있는 것이다. 그 괄호 속에 '십자가'를 넣어본다.

"(자신의 십자가를 짊어진 채) 청하여라, 너희에게 주실 것이다. (자신의 십자가를 짊어진 채) 찾아라, 너희가 얻을 것이다. (자신의 십자가를 짊어진 채) 문을 두드려라, 너희에게 열릴 것이다."

성서 속 인물들도 그랬다. 유대인들은 신에게 제물을 바칠 때 처음으로 태어난 흠 없는 새끼를 바쳤다. 농경 사회에서 소는 '재산목록 1호'였다. 그러니 소에서 태어난 첫 송아지는 얼마나 귀한 재산이었을까. 유대인들은 바로 그것을 바쳤다. 자신에게 가장 귀한 것, 자신이 가장 집착하는 것. 그것을 태우면서 집착도 태우지 않았을까.

아브라함도 그랬다. 아브라함은 유대교와 그리스도교, 그리고 이슬람교의 조상이다. 하나의 뿌리에서 나온 세 종교. 그들 모두의 조상이다. 아브라함은 자식이 없었다. 부인 사라의 요청으로 하녀 하갈에게서

먼저 아들을 봤다. 그가 이스마엘이다. 아브라함이 백 살쯤 됐을 때에
야 사라에게서 아들이 태어났다. 그 아이가 이사악(이삭)이다.

하느님은 아브라함에게 아들을 바치라고 했다. 처음 태어난 송아지
도 아니고 처음 태어난 어린 염소도 아닌, 처음 태어난 자식을 바치라
고 했다. 그가 가장 집착하는 대상. 하느님은 그걸 내려놓으라고 했다.
아브라함의 심정이 어땠을까. 얼마나 머리가 아팠을까. 얼마나 가슴이
아팠을까. 당시 중동 지역 이민족들이 믿던 종교에서는 실제로 사람을
제물로 바치는 풍습이 있었다. 그러나 유대교는 달랐다. 사람 대신 가
축에게서 처음 태어난 새끼를 바쳤다. 그것으로 '사람 제물'을 대신했
다. 그런데도 하느님은 아브라함에게 자식을 바치라고 했다. 그리스도
교 성경에는 그 자식이 이사악으로 기록되어 있다. 이슬람교에서는 이
사악이 아니라 하갈의 자식인 이스마엘이라고 본다. 이사악보다 나이
가 많은 이스마엘을 첫 자식으로 보기 때문이다. 이사악이 유대 민족
의 조상이듯 이스마엘은 이슬람 민족의 조상이다.

아브라함은 결국 자식을 데리고 산으로 갔다. 신에게 제물을 바치는
장소였다. 아브라함은 얼마나 망설였을까. 몇 번이나 주저했을까. 그러
다 결국 칼을 빼 들고 내리치려는 순간 천사가 나타났다. 우리도 그렇
다. 집착을 내려놓을 때 천사를 만난다. 신의 속성을 만난다. 왜 그럴
까. 집착이 떨어질 때 기도가 항구를 떠나기 때문이다. 그러니 '자신의
십자가'를 어디서 찾아야 할까. 그렇다. 나의 기도 속에서 찾아야 한다.

우리는 수시로 기도를 한다. 크고 작은 삶의 파도 앞에서 기도를 한

아브라함이 이사악을 제물로 바치려 할 때 천사가 나타나 말리고 있다.

후안 데 발데스 레알의 〈제물이 된 이사악〉.

다. 파도를 치워달라고, 파도를 재워달라고 기도한다. 그런데 예수가 우리에게 궁극적으로 건네려 하는 것은 파도가 아니다. 그 모든 파도를 품고 있는 바다다. 루카 복음서에서 예수는 분명하게 말했다.

"너희가 악해도 자녀들에게는 좋은 것을 줄 줄 알거든, 하늘에 계신 아버지께서야 당신께 청하는 이들에게 성령을 얼마나 더 잘 주시겠느냐?"

예수는 '성령'에 방점을 찍었다. 영어로는 'Holy Spirit', 그리스어로는 'pneuma(spirit) hagion(holy)'이다. 기도하는 우리에게 신이 건네는 건 다름 아닌 '성령'이다. 크고 작은 파도를 다 녹여버리는 '신의 속성'이다.

그래도 우리는 투덜댄다. "아무리 기도를 해도 통하지 않아. 아무리 두드려도 열리지 않아. 도대체 어떻게 해야 하지?" 그런 우리를 향해 예수는 한 가지 일화를 들어 설명했다.

한밤중에 벗을 찾아간 사람이 있었다. 그가 빵 세 개를 꾸어달라고 했다. 손님이 찾아왔는데 내놓을 것이 없었기 때문이다. 자다 일어난 친구는 귀찮아했다. 벌써 문을 닫아걸고 아이들과 함께 잠자리에 들었다고, 자신을 괴롭히지 말라고, 빵을 내줄 수 없다고 했다. 예수는 이렇게 말했다.

"그 사람이 벗이라는 이유 때문에 일어나서 빵을 주지는 않는다 하더라도, 그가 줄곧 졸라대면 마침내 일어나서 그에게 필요한 만큼 다 줄 것이다."(루카 복음서 11장 8절)

우리는 기도한다. 집착을 안고 기도한다. 잉크 속에서 기도한다. 그러다 투덜댄다. 통하지 않는다고. 아무리 애를 써도 검은 잉크 속에서 자꾸만 맴돌 뿐이라고. 그런 우리를 향해 예수는 이렇게 말한다. 걱정하지 말라고. 그 잉크의 바닥에 도화지가 있다고. 지금 네 눈에 보이지 않을 뿐이라고. 포기하지 말라고. 줄기차게 기도하라고. 머무는 바 없이 기도하라고. 끊임없이 두드리라고 예수는 말한다. "줄곧 졸라대면 마침내 일어나서 그에게 필요한 만큼 다 줄 것이다."

왜일까. 예수는 왜 포기하지 말라고 했을까. 왜 줄기차게 요구하라고 했을까. 왜 결국 문이 열릴 것이라고 했을까.

우리가 이미 도화지 안에 있으면서 도화지를 깨닫지 못하고 있기 때문이다.

예수는 어떻게 폭풍을 잠재웠나

왜 겁을 내느냐?
이 믿음이 약한 자들아!
마태오 복음서 8장 26절

* * *

갈릴래아 호수는 부드럽다. 동 틀 녘과 해 질 녘이 특히 그렇다. 불그스름한 노을에 호수가 파스텔 톤으로 물들면 물새들이 수면을 가른다. 그러면 멀리 나갔던 배들이 호수 위에 기다란 물살을 남기며 부두로 돌아온다. 평화롭기 짝이 없다. 그런 갈릴래아 호수도 구름이 끼고 돌풍이 불면 달라진다. 순식간에 파도가 넘실대는 시퍼런 바다로 변한다.

예수 당시에는 배가 작으니 파도가 치면 이리저리 기우뚱거릴 수밖에 없었다. 풍랑이 몰아칠 때는 어땠을까. 어부들은 목숨을 걸기도 했을 것이다. 갈릴래아 호수의 둘레는 63킬로미터다. 예수는 제자들과 함께 호수의 이쪽과 저쪽을 오갈 때 종종 배를 탔다. 걸어서 가려면 호수를 빙 돌아가야 했다. 배를 타는 편이 훨씬 빨랐다.

그날도 예수는 제자들과 배를 탔다. 그런데 호수에 큰 풍랑이 일어 넘실대는 파도가 배를 덮쳤다. 거센 파도 속에서 배가 위태롭게 기우뚱거렸다. 마르코 복음서(마가복음)에는 "물이 배에 거의 차게 되었다."(4장 37절)라고 적혀 있다. 그 와중에도 예수는 자고 있었다. 그날도

갈릴래아 호수에 해가 떠오르고 있다.
골란 고원의 산등성이 위로 동이 트면 잠에서 깨어난 새들이 하늘을 가른다.

하루 종일 메시지를 전하고, 마음이 아픈 이들을 어루만지고, 몸이 아픈 이들을 돌보았을 터이다. 그렇게 일과를 마치고 배에 올라타자 예수는 곯아떨어졌다.

상황이 심각했다. 제자들이 예수를 깨우며 이렇게 말했다. "주님, 구해주십시오. 저희가 죽게 되었습니다."(마태오 복음서 8장 25절) 제자들이 죽음을 두려워할 정도였다. 바다에 빠져 죽을 수도 있는 상황이었다. 그러자 예수가 눈을 떴다. 예수는 오히려 호들갑 떠는 제자들을 나무랐다. "왜 겁을 내느냐? 이 믿음이 약한 자들아!" 자리에서 일어선 예수는 바람과 호수를 향해 꾸짖었다. 어떤 일이 벌어졌을까? 성경에는 "그러자 아주 고요해졌다."(마태오 복음서 8장 26절)라고 기록되어 있다. 배에서 이 광경을 지켜본 사람들은 이렇게 말했다. "이분이 어떤 분이시기에 바람과 호수까지 복종하는가?"(마태오 복음서 8장 27절)

나는 갈릴래아 호숫가로 갔다. 호수는 잠잠했다. "갈릴래아 호수의 파도가 높아질 때도 있나요?"라고 물었더니 숙소의 유대인 직원은 "돌풍이 불면 갈릴래아 호수가 돌변하지요. 그때는 배도 출항하지 않아요."라고 답했다. 저 어디쯤이었을까. 몰아치는 바람과 울어대는 호수를 향해 예수가 "잠잠해져라. 조용히 하여라!"(마르코 복음서 4장 39절)하고 꾸짖은 곳이 말이다.

호숫가에는 피크닉 공간이 있었다. 풀밭에 파라솔도 설치되어 있었다. 그 아래 앉았다. 바로 앞에 갈릴래아 호수가 펼쳐져 있었다. 궁금했다. 배가 뒤집힐지도 모르는 상황에서 제자들은 예수를 깨웠다. "스승

님, 저희가 죽게 되었는데도 걱정되지 않으십니까?"(마르코 복음서 4장 38절) 그렇게 물었다. 배가 침몰할 지경이었다. 누구라도 그렇게 묻지 않았을까. 그런데 예수는 "왜 겁을 내느냐? 아직도 믿음이 없느냐?"(마르코 복음서 4장 40절) 하고 나무랐다. 예수는 왜 그랬을까?

비단 갈릴래아 호수뿐만이 아니다. 우리 삶에도 바람이 분다. 수시로 돌풍이 몰아친다. 그때마다 파도가 친다. 나의 일상, 나의 생활이 파도에 뒤덮인다. 우리는 예수를 깨운다. 어깨를 이리저리 흔들며 소리친다. "제가 죽게 생겼습니다. 걱정되지도 않으십니까?" 그럴 때도 예수는 눈을 뜨며 말한다. "왜 겁을 내느냐? 이 믿음이 약한 자들아!"

오른편으로 멀리 갈릴래아 호수 근처에 있던 성곽이 보인다.
루돌프 바쿠이젠의 〈갈릴래아 호수의 폭풍 속에 있는 예수〉.

호숫가를 거닐다 눈을 감았다. 그렇다. 우리는 파도다. 이리 철썩 저리 철썩, 하루에도 수십 번, 수백 번, 수천 번씩 출렁이는 파도다. 아침 출근길에 옆 차가 끼어들 때도 출렁이고, 차가 막혀서 결국 지각할 때도 출렁인다. 직장 상사에게 불려가 한마디 들을 때도 출렁이고, 집에 돌아가 배우자와 말다툼을 할 때도 출렁인다. 사람들은 말한다. 그게 파도의 일생이라고. 어쩔 수 없다고. 세상에 출렁이지 않는 파도가 어디 있느냐고 말한다.

풀밭에 앉았다. 요한 복음서(요한복음)의 한 구절이 떠올랐다. "그 빛이 어둠 속에서 비치고 있지만 어둠은 그를 깨닫지 못하였다."(1장 5절)

무슨 뜻일까. 빛은 늘 어둠 속에 있다. 다만 어둠이 빛을 보지 못할 뿐이다. 그래서 어둡다. 빛이 없어서 어두운 것이 아니다. 빛이 있는데도 보지 못해 어두울 뿐이다. 그것을 뒤집으면 어찌 될까. 우리의 어둠 속에는 '희망'이 숨어 있다. 우리의 절망 속에는 '희망'이 숨어 있다. 빛이 이미 그 속에 있기 때문이다. 한 치 앞도 보이지 않아 날마다 허덕대는 그 짙은 절망 속에 이미 빛이 있기 때문이다.

요한 복음서의 이 구절은 파도에도 고스란히 적용된다. 파도가 높이 일면 두렵다. 겁이 난다. 불안하다. 왜 그럴까. 자기 안의 '빛'을 보지 못하기 때문이다. 파도 속에도 이미 빛이 있다. 그러나 파도는 그 빛을 보지 못한다. 파도 속에서 빛나는 빛. 그것이 대체 뭘까. 다름 아닌 '바다'다. 요한 복음서 1장 5절에 대입하면 이렇게 된다.

"그 바다가 파도 속에서 출렁이고 있지만 파도는 그를 깨닫지 못하였다."

돌풍이 몰아치고 배가 흔들렸을 때 제자들은 왜 겁을 냈을까. 어째서 죽을지도 모른다는 불안감에 몸을 떨었을까. 그들 각자가 파도이기 때문이었다. 자기 안의 바다를 보지 못하는 파도는 두렵다. 부서질까 봐, 소멸될까 봐, 죽을까 봐 겁이 난다. 그래서 외친다. "주님, 구해주십시오. 저희가 죽게 되었습니다." 그리스어로 '죽게 되다'는 '아폴루메사(apollumetha)'다. '파괴되다(being destroyed)', '소멸되다(be perishing)'라는 뜻이다. 제자들은 자신이 소멸되는 파도가 될까 봐 두려워했다.

예수는 달랐다. 겁을 내지 않았다. 두려워하지도 않았다. 오히려 제자들을 나무랐다. 어떻게 그럴 수 있었을까. 예수의 눈에는 '파도 속의 바다'가 보였기 때문이다. '어둠 속의 빛'이 보였기 때문이다. 아무리

높고 거센 파도가 몰아쳐도 예수는 개의치 않았다. 파도는 그저 바다일 뿐이다. 부서질 일도 없고 소멸될 일도 없다. 그래서 예수는 쿨쿨 잠을 잘 수가 있었다.

눈을 뜬 예수는 오히려 바람과 호수를 꾸짖었다. "잠잠해져라. 조용히 하여라!" 우리 삶도 그렇다. 시도 때도 없이 몰아치는 파도만 봐도 힘이 든다. 그러나 파도 속에 이미 바다가 있음을 알면 달라진다. 더 이상 떨 필요도 없고, 더 이상 겁낼 필요도 없다. 그럴 때 삶이 잠잠해진다. 조용해진다. 그래서 예수는 말했다. "왜 겁을 내느냐? 아직도 믿음이 없느냐?"

어둠 속의 빛을 보고 파도 속의 바다를 보는 일. 붓다는 그것을 어떻

폭풍과 파도가 몰아친다. 제자들도 두려움에 떤다.

그런데 예수는 잠을 자고 있다. 그야말로 '폭풍 속에 깃든 고요'다.

외젠 들라크루아의 〈갈릴래아 호수의 폭풍〉.

게 표현했을까. "소리에 놀라지 않는 사자와 같이/그물에 걸리지 않는 바람과 같이/진흙에 물들지 않는 연꽃과 같이/무소의 뿔처럼 혼자서 가라." 붓다는 그렇게 표현했다. 그럴 때 우리 삶이 고요해진다. 바람이 불 때도, 파도가 때릴 때도, 천둥이 내리칠 때도 고요 속에서 걸어간다.

예수는 울어대는 바람과 날뛰는 호수를 향해 "잠잠해져라. 조용히 하여라."라고 했다. 영어로는 "Be silent! be still!"이다. 단순히 파도의 어깨를 두드려서 잠시 진정시키는 것이 'be silent'가 아니다. 그런 방식으로는 지속 가능한 삶의 고요를 만들 수 없다. 예수가 말한 삶의 고요는 그보다 더 크고 더 깊다. 왜 그럴까. 어둠이 자기 안의 빛을 보기 때문이다. 파도가 자기 안의 바다를 보기 때문이다. 그럴 때 드러나는 고요는 무한히 깊다.

마르코 복음서의 영어 성경을 보면 고요의 정체가 더욱 명확해진다. 예수가 "잠잠해져라, 조용히 하여라."라고 하자 "아주 고요해졌다."라고 기록되어 있다. 영어로는 "there came a great calm"이다. 단순한 고요가 아니다. '거대한 고요(a great calm)'다. 그리스어 성경에는 'galene(calm) megas(great)'로 되어 있다. 세상의 고요가 모두 거대한 고요는 아니다. 파도가 자기 안의 바다를 볼 때 비로소 거대한 고요가 밀려온다. 어둠이 자기 안의 빛을 볼 때 비로소 거대한 고요가 드러난다. 그때 우리 삶도 잠잠해진다.

『심청전』의 바다도 갈릴래아 호수와 통한다. 심 봉사는 앞을 보지 못하는 장님이다. 그에게 세상은 어둠이다. 심 봉사는 처음부터 장님은 아니었다. 그는 황주 땅 도화동의 이름난 유학자로, 서른이 되기 전에 병에 걸려 장님이 되었다. 무슨 뜻일까. 본래부터 어둠만 있던 게 아니었다. 처음에는 빛이 있었다. 그러다 어둠이 되었다. 그러므로 캄캄한 어둠 속에도 빛이 들어 있다. 다만 어둠이 빛을 보지 못할 뿐이다.

파도는 어디서 생겨날까. 그렇다. 바다에서 생겨난다. 그래서 둘의 속성이 하나다. 그런데 바다에서 툭 떨어져 공중으로 솟구친 파도는 바다를 잊어버린다. 자신이 어디서 생겨났고 자신의 정체가 무엇인지 망각한다. 예수의 제자들이 그러했다. 우리도 마찬가지다. '김○○', '이××', '박△△'라는 이름의 한 조각 파도가 되자마자 바다를 잊고 만다. 그들의 세상에는 바다는 없고 파도만 있을 뿐이다.

심청도 그랬다. 심청은 태어나자마자 어머니를 여의었다. 무슨 뜻일까. 파도는 바다에서 툭 튀어나오자마자 바다를 여읜다. 자신이 태어난 근원을 상실한다. 어머니를 잃은 심청이 그것을 상징한다. 그래서 파도는 두렵다. 불안하고 겁이 난다. 폭풍이 몰아칠 때는 더하다. 사라질까 봐, 죽게 될까 봐 파도는 덜덜 떤다. 예수의 눈에는 그 이유가 빤히 보인다. 파도가 '자기 안의 바다'를 깨닫지 못하기 때문이다. 그래서 예수는 말했다. "왜 겁을 내느냐? 이 믿음이 약한 자들아!"

심 봉사는 개울을 건너다 물에 빠졌다. 지나가던 화주승이 그를 구해주었고, "명월산 운심동 개법당 부처님께 공양미 300석을 바치면 눈을 뜰 수 있다."고 일러주었다. 심 봉사는 덜컥 그러겠다고 약속했다. 법당 이름이 눈길을 끈다. '개법당(開法堂)'. 개법(開法)은 무슨 뜻일까. '이치가 열린다'는 뜻이다. 이치가 열릴 때 어둠이 열린다. 그래야 빛이

집채만 한 파도에 배가 기우뚱한다.
뱃전에 부서지는 파도가 사실적이다.
제자들이 잠자는 예수를 깨운다.
고개를 들고 제자들을 바라보는 예수의 눈이 말한다.
"아직도 나를 믿지 못하겠느냐?"
렘브란트의 〈갈릴래아 호수의 폭풍〉.

드러난다. 그것이 개법이다. 그런데 어둠은 거저 열리지 않는다. 화주 승은 공양미 300석을 바치라고 했다. 단순한 금전적 수치가 아니라 그 것은 '심청의 목숨'을 뜻한다.

파도가 자기 안의 바다를 보려면 어찌해야 할까. '나는 파도다'라는 자기 정체성을 허물어야 한다. 그래서 심청은 중국 난징(南京)을 오가는 뱃사람에게 목숨을 판다. 그것이 십자가다. 어둠이 빛을 찾고, 파도가 바다를 찾기 위해 짊어지는 심청의 '자기 십자가'다. 쉽지는 않다. 바 다를 모르는 한 조각 파도에게 그것은 죽음을 뜻하기 때문이다.

심청은 배를 탔다. 배는 서해로 떠났다. 아니나 다를까. 풍랑이 몰아 쳤고 집채만 한 파도가 몰려와 뱃전을 '탕! 탕!' 친다. 큰 배가 이리저 리 휘청거린다. 폭풍은 으르렁거리며 달려든다. 심청의 마음이 요동치 고 덩달아 파도도 출렁인다. 심청과 파도는 하나이기 때문이다. 그러자 뱃사람이 외친다. "여보시오, 심 낭자! 얼른 물에 드시오!"

마침내 때가 왔다. 파도가 자신을 허물 때가 왔다. 심청은 두 눈을 딱 감는다. 그리고 뱃머리로 달려가 발을 뗀다. 뱃전에서 공중으로 몸 이 뜬다. 파도는 그렇게 공중으로 솟구친다. 판소리에서는 그 대목을 '기러기 낙수(落水) 격'이라고 묘사한다. 그렇게 떨어진다. 하늘로 솟구 친 파도가 바다를 향해 기러기처럼 거꾸로 곤두박질친다.

'풍덩!' 하고 심청이 물에 빠진다. 그 순간 놀라운 일이 벌어진다. 하 늘을 삼킬 듯이 몰아치던 폭풍, 바다를 삼킬 듯이 달려들던 파도가 일 시에 가라앉는다. 순식간에 잠이 든다. 방금까지도 '으르렁! 쾅쾅!' 하 며 달려들던 기세는 온데간데없다. 그와 동시에 '거대한 고요'가 드러난다. 왜 그럴까. 파도가 바다를 만났기 때문이다. 더 정확하게 말하면 파도가 '자기 안의 바다'를 깨달았기 때문이다. 물에 빠진 심청이 용궁을 거쳐 다시 세상으로 나올 때는 연꽃을 타고 나타난다. 왜 연꽃일까. 물에 젖지 않기 때문이다. 연꽃은 폭풍 속에서도 흔들림이 없고, 파도속에 있어도 물들지 않는다. 그것이 거대한 고요다.

나는 갈릴래아 호숫가를 걸었다. 인간의 삶은 유한하다. 파도의 삶은 유한하다. 동양에서든 서양에서든 마찬가지다. 예나 지금이나 마찬가지다. 그래서 『심청전』에도 갈릴래아 호수가 녹아 있다. 왜 그럴까. 우리의 일상, 우리의 생활, 우리의 삶이 바로 갈릴래아 호수이기 때문이다. 그 위로 수시로 돌풍이 불고 파도가 친다. 배가 뒤집힐 듯 기우뚱한다. 갑판으로 파도가 덮칠 때는 죽을 것만 같다. 그때마다 예수는 우리에게 묻는다.

"네가 보는 것은 무엇인가. 파도인가, 아니면 바다인가."

철썩거리는 갈릴래아 호수의 파도를 바라보며 나는 눈을 감았다. 요한 복음서의 한 구절이 떠올랐다.

"그 빛이 어둠 속에서 비치고 있지만 어둠은 그를 깨닫지 못하였다."

"그 바다가 파도 속에서 출렁이고 있지만 파도는 그를 깨닫지 못하였다."

삶에는 두 가지 길이 있다.
한쪽은 에고를 키우는 길이고,
다른 쪽은 에고를 줄이는 길이다.

한쪽은 '나의 뜻'을 따르는 길이고,
다른 쪽은 자신의 뜻이 무너진 곳으로 드러나는
'아버지의 뜻'을 따르는 길이다.

예수는 악령을 물리쳤나,
욕망을 물리쳤나

더러운 영아,
그 사람에게서 나가라.
마르코 복음서 5장 8절

***

성서에서 예수는 종종 악령을 물리친다. 이를 단순히 '엑소시즘'으로 받아들이는 사람들도 많다. 예수의 권능이 악마를 물리쳤다는 해석이다. 그렇게만 읽으면 아쉬움이 남는다. 성서의 울림이 거기서 멈추고 만다. 다시 말해 나와는 상관없는 '남의 이야기'가 되어버린다. 그런데 성서 속의 일화는 아무리 작은 것도 우리의 심장을 겨눈다. 인간과 세상에 대해 품고 있는 우리의 오해와 착각을 겨냥한다. 예수의 악령 퇴치 일화도 그렇다. 단순히 초자연적인 스토리가 아니라 거기에는 깊은 영성의 우물이 숨어 있다. 그 안에서 두레박을 길어 올리는 것이 우리의 몫이다.

갈릴래아 호수의 동쪽으로 갔다. 거기서 바라보는 호수의 풍경은 또 달랐다. 호수 건너편으로 숙소가 밀집한 번화가 티베리아스(디베랴)가 보이고, 북쪽으로는 팔복 교회(The Church of the Beatitudes)와 카파르나움(가버나움)이 있는 동네가 아스라히 보였다. 하늘에는 구름이 끼

어 있었다. 그 사이로 노을이 내렸다. 호수 동편에는 골란 고원이 펼쳐
져 있었다. 시리아의 영토였다가 중동전쟁 이후에 이스라엘 영토가 되
었으며 지금도 국경 분쟁 지역이다. 그래서 이곳에 이스라엘의 미사일
기지가 설치되어 있다. 호수와 들판, 그리고 바람. 평균 해발고도 1000
미터의 구릉지대인 골란 고원은 제주도가 연상될 만큼 푸르고 아름다
웠다.

골란 고원도 성서의 공간적 배경이다. 다름 아닌 마귀 들린 사람과
돼지 떼 일화다. 골란 고원의 끝자락 즈음에 성서 속 마을 가라사(거라
사)가 있었다. 호수변 도로를 따라가다 차를 세웠다. 고원의 산들은 웅
장했다. 단체 여행객들의 짧은 순례 일정에서는 거의 이곳을 제외한다.
마귀 들린 사람과 돼지 떼 일화의 공간이라는 점 말고는 볼거리가 별로 없기 때문이다.

예수는 배를 타고 호수 건너편 가라사로 갔다. 배에서 내리자 마귀 들린 사람이 예수에게 다가왔다. 그 사람은 무덤에서 살고 있었다. 유대인들의 무덤은 통상 마을 바깥에 있었다. 예수 당시 유대인들은 자연적으로 생겨난 동굴을 주로 무덤으로 썼다. 마귀 들린 사람은 아마도 그런 동굴에서 생활하지 않았을까. 동네 사람들이 처음에는 그를 쇠사슬로 묶어놓았다. 그는 "쇠사슬도 끊고 족쇄도 부수어버려"(마르코 복음서 5장 4절) 아무도 통제할 수가 없었다. 옷을 입지 않고 벌거벗은 상태로 지냈고, 너무 사나워 동네 사람들은 그 사람이 있는 길로 지나다닐 수도 없을 정도였다.

그 사람은 마을의 골칫거리였다. "밤낮으로 무덤과 산에서 소리를 지르고 돌로 제 몸을 치곤"(마르코 복음서 5장 5절) 했다. 요즘으로 치면 정신질환자가 아니었을까. 예수 당시 유대인들은 간질병 환자도 '마귀 들린 사람'으로 보았다. 저 산의 중턱, 절벽 위 어디쯤이었을까. 그는 예수 일행을 만났다. 예수는 "더러운 영아, 그 사람에게서 나가라." 하고 말했다. 그러자 마귀 들린 사람이 예수에게 말했다. "하느님의 아들 예수님, 당신께서 저와 무슨 상관이 있습니까? 하느님의 이름으로

당신께 말합니다. 저를 괴롭히지 말아주십시오."(마르코 복음서 5장 7절)
그러자 예수가 말했다. "네 이름이 무엇이냐?" 마귀 들린 사람이 답했
다. "제 이름은 군대입니다. 저희 수가 많기 때문입니다." 근처에는 놓
아기르는 돼지 떼가 있었다. 예수가 "가라!"고 하자 마귀들은 돼지들
속으로 들어갔다. 그러자 2000마리쯤 되는 돼지 떼가 비탈을 달려 내
려가 호수에 빠져 죽고 말았다.

성서 속의 가라사 마을로 알려진 이곳은 실제로 호수에서 무척 가까
웠다. 산비탈만 내려가면 바로 호수였다. 그러니 돼지들이 '우르르' 호
수를 향해 내달린 곳은 저 절벽 위쯤 되지 않을까. 해가 떨어질 무렵
산비탈 아래를 걸었다. 걸음을 뗄 때마다 궁금했다. 마귀 들린 사람과
돼지 떼 일화는 우리에게 무엇을 말하는 것일까. 거기에는 어떤 메시
지가 담겨 있을까.

단순하게 읽으면 악령을 퇴치하는 엑소시즘 일화다. 그런데 그뿐일
까. 나는 성서를 다시 읽었다. 깊이 읽었다. 이 일화에는 엑소시즘을 넘
어서는 깊은 영성의 울림이 담겨 있다. 나는 루카 복음서 4장을 다시
펼쳤다. 예수가 악마를 처음 만난 곳은 광야였다. 그곳에서 40일 동안

악마와 싸웠다. 악마의 이름은 세 가지였다. 빵과 권력, 그리고 신에 대한 도전이었다. 그 악마들은 도대체 어디서 생겨났을까.

예수는 인간을 품은 신이자 신을 품은 인간이다. 다시 말해 100퍼센트 신이자 100퍼센트 인간이다. 우리가 인간으로서 겪는 희로애락을 예수도 겪었다. 봄, 여름, 가을, 겨울을 예수도 공유했다. 어릴 적에는 엄마의 젖을 먹다 토하기도 하고, 걸음마를 하다 몇 번이나 넘어지기도 했을 것이다. 사춘기 때는 옆집에 사는 또래 소녀를 생각하며 가슴이 뛴 적도 있지 않았을까. 만약 그런 과정이 없었다면 인간을 온전히 이해하기가 어렵지 않았을까.

예수 주위에 사자와 사슴, 여우, 두루미 등의 동물들이 보인다.

하늘에는 천사가 있고 땅에는 악마가 있다.

그 모두를 품고서 예수는 자신의 내면과 싸웠다.

모레토 다 브레시아의 〈광야의 그리스도〉.

세상의 모든 현자들은 인간으로서 시행착오를 겪은 끝에 깨달음을 얻는다. 자신이 직접 '인간'을 경험하지 않으면 인간을 온전히 알 수가 없다. '인간'을 알지 못하면 그들에게 이치를 전할 수도 없다. 어둠을 지나온 사람이 어둠을 안다. 어둠을 지나오지 않은 사람은 어둠을 알지 못한다. 어둠에 갇혀 있는 사람에게 빛을 일깨우려면 먼저 어둠을 알아야 한다.

그러면 예수는 어떤 악마와 싸웠을까. 그렇다. 자기 안에서 올라오는 악마. 그와 싸웠다. 그 악마는 머리에 뿔이 달리고 삼지창을 든, 붉은 빛깔 악마가 아니다. 내 안의 가장 향긋한 욕망, 가장 달콤한 집착, 가장 끈적끈적한 고집. 그것이 바로 악마다. 그것이 신의 속성을 가리기 때문이다. 그렇게 묵상할 때 마귀 들린 사람과 돼지 떼 일화에서 굳건하게 닫혀 있던 문이 비로소 열린다.

비탈길을 걷다 작은 바위 위에 앉았다. 아래로 갈릴래아 호수가 보였다. 나는 '마귀 들린 사람들'을 품고서 눈을 감았다. 그들은 누구일까. 성서에는 그들이 "밤낮으로 무덤과 산에서 소리를 지르고 돌로 제 몸을 치곤" 했다고 나와 있다. 그리스어 성서에는 "En krazon kai katakopton heauton lithois"라고 되어 있다. 영어로는 "through all day and night among the tombs and in the mountains he was crying and gashing himself to stones"이다.

먼저 'through all day and night'을 보자. 그들은 낮과 밤을 통틀어 내내 사로잡혀 있었다. 고통의 시간이었다. 우리가 고통에 빠질 때도 마찬가지다. 낮도 어둠이 되고 밤도 어둠이 된다. 고통은 밤낮으로 계속된다. 그러니 얼마나 괴로웠을까. 얼마나 고통스러웠으면 울부짖으며(crying), 자신의 몸을 돌에다 내려쳤을까(gashing himself to stones). 우리 삶도 그렇다. 우리도 종종 무덤과 산(among the tombs and in the mountains) 속에 갇힌다. 그렇게 어둠 속에 갇힌다. 그 속에서 소리쳐 울면서 자기 몸을 돌에다 내려친다.

사람들은 생각한다. 다른 누군가가 돌로 자기 몸을 때리는 것이라 여긴다. 그런데 그게 아니다. 내려치는 이는 나 자신이다. 고통을 자처하는 이는 바로 나 자신이다. 무엇 때문일까. 욕망으로 인한 어둠, 집착으로 인한 착각 때문이다. 그런 '악마'로 인해 어둠이 생기고, 그 어둠 속에서 내가 나를 내려치게 된다. 그런 우리를 보면서 예수는 말한다. "더러운 영아, 그 사람에게서 나가라." 광야에서 악마의 유혹을 물리친 예수는 이제 악마에게 명령한다. 악마의 정체를 꿰뚫었기 때문이다. 그들이 무엇으로 인해 생겨나고, 어떻게 작동하고, 어디로 사라지는지 알기 때문이다.

마귀 들린 사람과 돼지 떼 일화는 마르코 복음서, 마태오 복음서(마태복음), 루카 복음서, 이 세 복음서에 등장한다. 마태오 복음서에는 마귀 들린 사람이 두 명으로 기록되어 있고, 나머지 두 복음서에서는 한 사람으로 나온다. 예수가 그 사람에게 물었다. "네 이름이 무엇이냐?" 이 물음에 대한 마귀 들린 사람의 답이 놀랍다. "제 이름은 군대입니다."(마르코 복음서 5장 9절) 이유도 덧붙였다. "저희 수가 많기 때문입

마귀 들린 두 사람이 벌거벗은 채 예수 일행을 만나고 있다.
멀리 언덕 너머로 돼지 떼를 치는 사람도 보인다.
자메 티소트의 〈마귀 들린 두 사람〉.

니다." 그리스어 성서에서 '군대'라는 단어는 'legeon'이다. 영어로는 'legion'이다. 로마 시대의 군대에서 '군단'을 가리키는 용어로 쓰였다. 무슨 뜻일까. 그 사람 안에 마귀가 떼로 들어가 있다는 말이다. 이는 우리들 속에서 살고 있는 욕망의 숫자와 겹친다. 내 안의 욕망, 내 안의 집착, 내 안의 고집. 그 숫자가 어디 한둘일까. 수십, 수백, 수천으로도 어쩌면 모자라지 않을까. 그러니 '군대'인 셈이다.

아무리 많은 욕망의 군대도 예수의 한마디에 사라진다. 당시 주위에는 놓아서 기르는 돼지가 2000마리쯤 있었다고 한다. 마귀 들린 사람은 "저희를 쫓아내시려거든 저 돼지 떼 속으로나 들여보내주십시오."라고 청했다. 그러자 예수는 "가라!" 하고 말했다. 마귀들이 그 사람에게서 나와 돼지들 속으로 들어갔다. 그러자 돼지 떼는 비탈을 달려 내

마귀 들린 사람과 돼지 떼 일화의 배경이라고 전해지는 곳이다.
산 아래 높다란 절벽도 보인다.
돼지 떼들은 저런 비탈을 달려 내려갔을까.

려가 호수에 빠져 죽었다. 왜 그랬을까. 예수의 한마디에 왜 마귀들이 물러갔을까. 예수가 바로 신의 속성이기 때문이다. 다시 말해 빛이다. 천년에 걸쳐 쌓인 두꺼운 어둠이라 해도 촛불 하나 켜는 순간에 사라지고 만다. 그것이 빛의 힘이다.

이 일화에는 뜻밖의 대목도 있다. 마귀 들린 사람이 예수를 만났을 때 이렇게 말했다. "하느님의 이름으로 당신께 말합니다. 저를 괴롭히지 말아주십시오." 마귀 들린 사람은 놀랍게도 '하느님의 이름'을 들먹였다. 이는 누구의 소리일까. 하느님의 소리일까, 아니면 마귀의 소리일까. 그렇다. 그것은 마귀의 소리다. 우리 안에서 꿈틀대는 욕망의 소리다. 그 욕망은 수시로 하느님의 이름을 들먹이며 우리에게 다가온다. 2000년 전 성서는 이미 그것을 말하고 있다.

그렇다면 지금은 우리 주위에 그런 욕망의 소리가 없을까. 하느님의 이름을 앞세운 욕망의 소리, 하느님의 이름으로 변장한 고집의 소리, 하느님의 이름으로 위장한 착각의 소리. 그런 소리가 없을까. 우리는 행여 그것을 하느님의 소리라고 철석같이 믿고 있지는 않을까. 예수는 그 모든 소리를 향해서 말했다. "가라!" 영어로는 "go away!", "사라져버려라!"라는 뜻이다.

갈릴래아 호수 앞에는 마른 갈대가 우거져 있고 주변에는 푸른 풀들이 보였다. 돼지 떼는 저 호수로 달려들어 죽음을 맞았다. '더러운 영들'의 죽음이다. '더러운 영들'은 그리스어로 'akatharton pneumaton'이다. 영어로는 'unclean spirits'이다. 더러운 영들이 죽으면 어찌 될까. '깨끗한 영(clean spirit)'이 된다. 그래서 마귀 들린 사람이 제정신으로 돌아왔다. 우리도 마찬가지다. '더러운 마음'은 언제든 '깨끗한 마음'이 될 수 있다. 'unclean spirits'이 'clean spirit'이 되듯이 말이다. '예수'를 통과하면 된다. 예수는 산상설교에서 분명하게 말했다. "마음이 깨끗한 사람들! 그들은 하느님을 볼 것이다."(마태오 복음서 5장 8절)

마르코 복음서에는 더러운 영들이 등장하는 대목이 또 하나 있다. 예수는 갈릴래아 일대를 돌면서 가르침을 펼쳤다. 효율적인 가르침을 위해서는 제자들이 미리 가서 예수 일행이 머물 숙소와 설교 대상, 마을 분위기, 설교 장소 등을 파악할 필요가 있었다. 그래서 예수는 제자들을 둘씩 짝지어 낯선 마을로 파견했다. 제자들이 가서 '설교 준비'를 꾸려놓으면 예수가 직접 가서 설교를 하는 식이었다. 마르코 복음

서에는 "예수님께서는 여러 마을을 두루 돌아다니며 가르치셨다. 그리고 열두 제자를 부르시어 더러운 영들에 대한 권한을 주시고, 둘씩 짝지어 파견하기 시작하셨다."(마르코 복음서 6장 7절)라고 기록되어 있다. 그렇게 떠나간 제자들이 "많은 마귀를 쫓아내고 많은 병자에게 기름을 부어 병을 고쳐주었다."(마르코 복음서 6장 13절)고 한다.

예수뿐만 아니라 제자들도 많은 마귀를 쫓아냈다. 무엇이 그것을 가능하게 했을까. 예수의 가르침이다. 거기 깃든 신의 속성이다. "많은 마귀를 쫓아내다."라는 대목은 그리스어 성서에 "daimonia polla exeballon"으로 표현되어 있다. '쫓아내다'라는 뜻의 'exeballon'에는 '비워버리다(evacuate)'라는 뜻도 담겨 있다. 내 안의 악마, 내 안의 욕망을 비워서 쫓아버린다는 의미가 된다.

누군가에게는 성서가 '나의 이야기'이고, 누군가에게는 성서가 '남의 이야기'이다. 거기에는 이유가 있다. 성서에 담긴 예수의 메시지는 화살이다. 이런저런 일화를 통해 예수는 끊임없이 활시위를 당긴다. 그 화살이 과연 어디를 향하고 있을까. 예수가 당기는 활시위가 열두 제자나 동시대 유대인들을 향한다고 생각하면 성서는 남의 이야기가 되어버린다. 과녁이 그쪽이기 때문이다.

반면 예수가 당기는 활시위를 돌려 자기 가슴 앞에서 멈추는 이도 있다. 그런 사람은 예수의 과녁이 되기를 자처한다. 그럴 때 예수가 쏘아대는 화살이 어디에 꽂힐까. 그렇다. 나의 몸, 나의 마음에 꽂힌다. 그럴 때 우리 내면이 성서와 화학작용을 일으킨다. 예수의 화살이 '타닥! 탁! 타닥!' 하며 내 안에 박힐 때 비로소 더러운 영이 죽기 때문이다. 그렇게 '비워진(evacuated)' 곳으로 깨끗한 마음이 드러난다.

그러니 투덜댈 필요가 없다. 성당에 다닌 지 20년이 됐는데, 혹은 교회에 다닌 지 30년이 됐는데 왜 아직 성령을 체험하지 못했나 하고 자책할 필요도 없다. 대신 화살의 방향을 돌리면 된다. 성서에서 겨누고 있는 예수의 화살 앞에 자기 가슴을 갖다 대고 자신을 겨냥한 이야기로 받아들이면 된다. 스스로 자처해서 과녁이 되면 된다. 그래서 날아오는 화살의 빗줄기를 맞으며 두 팔을 벌리면 된다.

거기가 어디일까. 다름 아닌 '자기 십자가'다.

하혈하는 여인은 어떻게
출혈이 멈추었나

딸아, 네 믿음이 너를 구원하였다.
평안히 가거라.
그리고 병에서 벗어나 건강해져라.
마르코 복음서 5장 34절

* * *

예수가 가면 군중도 그를 따라갔다. 마르코 복음서에는 그런 장면이 있다. 예수는 배를 타고 호수 건너편으로 갔다. 그러자 군중이 예수 주위에 몰려들었다. 그때 유대교 회당을 책임지고 있는 회당장이 와서 예수 앞에 엎드렸다. "제 어린 딸이 죽게 되었습니다. 가셔서 아이에게 손을 얹으시어 그 아이가 병이 나아 다시 살게 해주십시오."(5장 23절) 그 말을 듣고 예수는 길을 나섰다. 지금도 호수 북쪽 카파르나움에는 유대교 회당의 유적이 있다. 이 일화의 배경은 카파르나움 일대였을까.

그때나 지금이나 똑같다. 사람들은 절박하게 예수를 찾는다. 고통이나 죽음과 마주할 때 특히 그렇다. 그건 우리의 삶이 결국 순간이기 때문이 아닐까. 인생에서 마주치는 그 모든 기쁨(喜)과 분노(怒), 슬픔(哀)과 즐거움(樂)이 실은 '순간'이다. 지독한 고통이나 허무한 죽음과 대면할 때 그런 '순간의 헛헛함'은 극도로 증폭된다. 존재의 바닥마저 푹 꺼져버리는 텅 빈 공허. 우리는 그것을 껴안고 갈망한다. 순간을 넘어서는 순간, 그런 영원의 순간을. '치유'라는 이름으로, '구원'이라는 이름으

로 말이다.

예수의 뒤를 군중이 따라갔다. 사람들은 서로 밀치며 엉켜 있었다. 그 속에 한 여자가 있었다. 그 여자는 무려 12년 동안 하혈을 하고 있었다. 나이가 얼마나 됐을까. 마흔 살이라 해도 20대 후반부터 하혈을 한 셈이다. 그러니 얼마나 고통스러웠을까. 성경에는 숱한 고생을 하며 많은 의사를 찾아다녔지만 아무런 소용이 없었다고 기록되어 있다. 오히려 상태만 더 나빠졌다고 한다.

갈릴래아 호숫가에 서자 찰싹찰싹 하고 자잘한 파도가 밀려왔다. 눈을 감았다. '하혈하는 여자. 그녀는 몸이 아팠겠지. 아픈 몸을 이끌고 호숫가로 나왔겠지. 예수라는 이에게 치유의 능력이 있다는 말을 들었으리라. 그러니 지푸라기라도 잡는 심정이 아니었을까. 예수 외에는 달리 기댈 곳이 없지 않았을까.' 12년은 짧은 세월이 아니다. 그녀가 30대라면 자기 삶의 3분의 1을, 40대라면 4분의 1을 고통의 나날 속에서 보낸 셈이다.

유대 사회는 철저한 율법 사회였다. 구약의 모세 때부터 그랬다. 여성이 월경을 할 때는 7일 동안 부정하다고 여겼다. 부정한 여자가 만지는 것은 모두 부정해진다고 믿었다. 여자가 깨끗해지려면 월경을 멈춘 후 다시 7일이 지나야 했다. 그리고 8일째 되는 날에는 제사장에게 비둘기를 가져가 번제와 속죄제의 제물로 바쳐야 했다. 예수 당시에도 마찬가지였다. 12년간 계속 하혈을 한 여자는 유대 사회에서 부정한 여자 취급을 받았을 것이다. 남편과 잠자리도 할 수 없었을 것이고 다른 사람이나 물건에 손을 댈 수도 없었을 것이다. 그렇게 그녀는 철저하게 소외된 삶을 살아야 했다.

나는 하혈하는 여자를 통해 하혈하는 나를 본다. 저마다 삶의 상처가 있기에 피를 흘린다. 깊은 상처에서는 더 오래 피가 흐른다. 10년, 아니 20년, 30년이 지나도 피가 멈추지 않는다. 그때마다 우리는 의사를 찾아간다. 나름대로 처방을 찾으려 한다. 성경 속 여자처럼 말이다.

하혈하는 여자를 치유하는 예수.
로마의 지하 무덤 카타콤에 그려져 있는 그림이다.

그래도 소용이 없다. 깊고 오래된 상처는 좀체 아물지 않는다. 왜 그럴
까. 뿌리가 남아 있기 때문이다.

　그러니 얼마나 큰 용기가 필요했을까. 손만 대도 부정하다고 여겨지
던 여자가 예수의 옷자락에 손을 댔으니 말이다. 사람들은 예수를 따
라가며 서로 밀쳤다. 몸이 아픈 여자는 얼마나 안간힘을 썼을까. 예수

의 옷자락, 그 끝에 손가락이라도 대보려고 말이다. "내가 저분의 옷에 손을 대기만 하여도 구원을 받겠지."(마르코 복음서 5장 28절) 그러자 놀라운 일이 벌어졌다. 그녀의 몸에서 출혈이 멈추었다. 마르코 복음서에는 "과연 곧 출혈이 멈추고 병이 나은 것을 몸으로 느낄 수 있었다."고 기록되어 있다. 사람들은 이 일화를 예수의 이적으로만 본다. 그런데 더 깊이 들여다보면 거기에는 치유의 작동 원리가 담겨 있다.

여자는 예수의 옷에 손을 댔다. 영어로는 'touching'이다. 그것은 단순히 옷자락을 만진다는 뜻이 아니다. 그리스어 성서를 보면 더 명확하다. '(손을) 대다'는 그리스어로 'hapsomai'다. 거기에는 '불을 밝히다(light)', '(관심이나 감정에) 불을 붙이다(kindle)'라는 뜻이 담겨 있다. 그러니 여자가 예수의 옷자락에 손을 댄 것은 '불을 밝히는' 일이었다. 여자의 마음에 '불을 붙이는' 일이었다. 그 불로 인해 하혈이 멈추었다.

나는 갈릴래아 호숫가에 서서 눈을 감고 그 광경을 찬찬히 눈앞에 떠올려보았다. 여자가 손을 댄 것은 그저 옷자락이 아니었다. 직물로 짠 천 조각이 아니었다. 옷자락을 만졌다고 해서 마음에 불이 켜지는 않는다. 설사 그것이 예수의 옷자락이라 해도 말이다. 그럼 무엇이었을까. 여자가 손을 댄 것은 예수의 무엇이었을까. 그렇다. 그것은 예수의 겉모습이 아니라 예수의 내면이다. 예수 안에 깃든 신의 속성이다. 거기 닿을 때 우리 마음에 불이 켜진다. 하혈이 멈추고 고통이 멈춘다. 왜 그럴까. 상처의 뿌리가 무너지기 때문이다.

예수는 자신에게서 힘이 나간 것을 알아차렸다. 그래서 군중을 향해 돌아서며 물었다. "누가 내 옷에 손을 대었느냐?" 그러자 제자들이 반

문했다. 이렇게 많은 사람이 서로 밀쳐대는데 어째서 그런 질문을 하시느냐고 물었다. 예수는 사방을 둘러봤다. 그때 여자가 앞으로 나아갔다. 예수 앞에 엎드려 사실대로 말했다. 그러자 예수는 이렇게 답했다. "딸아, 네 믿음이 너를 구원하였다. 평안히 가거라. 그리고 병에서 벗어나 건강해져라."(마르코 복음서 5장 34절)

예수의 대답은 다소 뜻밖이다. "나의 능력이 너를 구원하였다."고 말하지 않았다. 오히려 "너의 믿음이 너를 구원하였다."고 말했다. 왜 그랬을까. 예수의 옷자락이 그녀를 구원했는데, 왜 예수는 "너의 믿음이 너를 구원하였다."고 했을까. 이 대목에서 치유의 작동 원리가 보인다.

여자는 예수의 옷자락을 만졌다. 유대인들은 이렇게 생각한다. 부정한 여자가 손을 댔으니 상대방은 오염되어야 마땅하다. 하혈하는 여자가 손을 댔으니 예수는 부정한 사람이 된 것이다. 하지만 반대였다. 예수로 인해 하혈하는 여자가 깨끗해졌다. 그것이 바로 빛의 힘이다.

어둠이 빛을 만지면 어찌 될까. 캄캄해질까. 어둠만 남게 될까. 아니다. 어둠이 빛이 된다. 그래서 여자의 내면에 '불이 켜졌다(kindle)'. 그것이 믿음이다. 어둠이 자기 안의 빛을 믿는 일. 자기 안의 빛을 깨닫는 일. 그래서 예수도 말했다. "너의 믿음이 너를 구원하였다." 그럴 때 상처의 뿌리가 소멸된다. 상처에 양분을 끝없이 공급하던 '내 안의 어둠'이 무너지기 때문이다.

기독교 영성가 다석(多夕) 유영모는 별에 대해 이렇게 말한 적이 있다. "밤하늘의 별은 하나님이 앞 못 보고 듣지 못하는 사람들에게 점자(點字)로 보낸 메시지다. 생각이라는 마음의 손을 내밀고, 그 점자를 더

듣어 읽어 하나님의 메시지를 읽어낸다."

　하혈하는 여자를 치유한 예수의 일화도 우리에게는 점자다. 단순한 이적 일화로만 읽기에는 그 안에 담긴 메시지가 자꾸만 반짝인다. 자기 안에 흐르는 신의 속성을 보지 못하고 듣지 못하는 우리는 손을 내밀어 더듬거리며 일화 속의 별들을 헤아리려 한다. 그 별을 통해 새겨진 점자를 하나씩 둘씩 해독하며 걸음을 뗀다.

마침내 예수는 회당장의 집에 이르렀다. 사람들은 회당장의 딸이 이미 죽었다고 생각했다. 예수는 회당장에게 말했다. "두려워하지 말고 믿기만 하여라."(마르코 복음서 5장 36절) 집 앞에서 사람들은 큰 소리로 통곡하고 있었다. 예수는 "저 아이는 죽은 것이 아니라 자고 있다." 하고 말했다. 이 말을 들은 사람들은 예수를 비웃었다.

우리도 그렇다. 예수를 비웃는다. '우리 안에는 어둠뿐이다. 빛은 이미 죽었다. 삶은 순간이고, 고통은 영원하다.' 우리가 보는 삶은 그렇다. 예수는 달리 말한다. 우리 안의 빛은 "죽은 것이 아니라 자고 있을 뿐"이라고 말한다. 우리는 예수를 더욱 비웃는다. 누가 봐도 죽었는데 아직 살아 있다고 우기니 말이다. 회당장의 집에서 예수를 비웃었던 유대인들처럼 우리도 예수를 비웃는다.

예수는 집 안으로 들어가 누워 있는 아이의 손을 잡고 이렇게 말했다. "탈리타 쿰(Talitha, coumi)!"(마르코 복음서 5장 41절) 히브리어로 '소녀여, 일어나라!'라는 뜻이다. 예수가 당시 사용했던 언어인 아람어로 하면 "달리다 쿰!"이다. '달리다'는 '소녀', '쿰'은 '일어나다'라는 의미다. 그러자 무슨 일이 벌어졌을까. 성경에는 "소녀가 곧바로 일어서서 걸어 다녔다."라고 되어 있다. 소녀의 나이는 열두 살이었다.

이슬람 영성가 루미의 「거울」이라는 시를 이현주 목사는 이렇게 번역했다.

우리는 거울이자 그 속에 비치는 얼굴

예수는 누워 있는 소녀를 향해 "달리다 굼!"이라고 말했다.
일리야 레핀의 〈야이로의 딸의 부활〉.

순간의 영원을 맛보고 있다
우리는 고통이자 고통을 치료하는 약
달콤한 생수인 우리는 그것을 퍼내는 항아리

—루미, 「거울」(『루미 시초』, 늘봄출판사, 2014) 중에서

　루미는 노래한다. "우리는 거울이자 그 속에 비치는 얼굴"이라고. 그러니 안과 밖이 둘이 아니다. 어둠과 빛도 마찬가지다. 우리는 어둠이자 그 속에 비치는 빛이다. 너무 짧아서 우리가 절망하는 삶의 순간들조차 루미는 순간이 아니라고 말한다. 그 순간 속에 영원이 깃들어 있기 때문이다. 그래서 루미는 순간을 통해 영원을 맛본다. 고통도 그렇게 노래한다. "우리는 고통이자 고통을 치료하는 약." 그래서 예수는 말했다. "나의 능력이 너를 구한 것이 아니라 너의 믿음이 너를 구했다."고 말이다. 우리는 고통이자 고통을 치료하는 약이므로. 우리는 어둠이지만 그 속에 빛이 있으니.
　그것을 믿지 못하는 우리에게 예수는 말한다.
　"달리다 굼!"
　어둠은 어둠일 뿐이라고 여기는 우리에게 예수는 또 말한다.
　"달리다 굼!"
　내 안의 상처가 너무나 깊어 결코 치유될 수 없다고 버티는 우리에게 예수는 말한다.
　"달리다 굼!"

일어나라고. 소녀처럼, 하혈하는 여인처럼 일어나라고.

우리 안에 잠자는 빛을 향해 예수는 또 말한다.

"달리다 굼!"

내 안의 상처가 너무나 깊어 결코 치유될 수 없다고
버티는 우리에게 예수는 말한다.

"달리다 굼!"

일어나라고. 소녀처럼, 하혈하는 여인처럼 일어나라고.
우리 안에 잠자는 빛을 향해 예수는 또 말한다.

"달리다 굼!"

예수는 어떻게 물 위를 걸었을까

이 믿음이 약한 자야.
왜 의심하였느냐?
마태오 복음서 14장 31절

* * *

제자들은 먼저 배를 타고 호수 건너편으로 떠났다. 예수는 뒤따라온 군중을 돌려보낸 뒤 갈릴래아 호숫가의 산으로 올라갔다. 홀로 기도를 하기 위해서였다. 제자들이 탄 배는 뭍에서 멀어져갔다. 예수는 저녁때가 됐는데도 혼자 그곳에 있었다.

예수는 왜 산에 올랐을까. 저녁 무렵뿐만 아니었다. 새벽녘에도 홀로 산에 올라가 기도를 하곤 했다. 고요한 시간, 고요한 공간을 뚫고 예수는 기도를 했다.

"아버지의 뜻이 하늘에서와 같이 땅에서도 이루어지게 하소서."(마태오 복음서 6장 10절)

이것이 예수가 올렸던 기도의 골자였다. 하늘이 땅이 되는 일, 땅이 하늘이 되는 일. 그래서 둘이 하나가 되는 일. 그것이 예수의 기도였다.

갈릴래아 호숫가를 걸었다. 해가 지고 있었다. 노을이 파스텔처럼 호수와 하늘을 붉게 물들이고 있었다. 이윽고 어둠이 내렸다. 멀리 나갔

해 질 무렵에는 하늘도 갈릴래아 호수도 붉게 물든다.
멀리 눈 덮인 헤르몬산이 보인다.

던 배들도 등을 켠 채 하나둘 부두로 돌아오고 있었다. 당시 제자들이 탄 배는 갈릴래아 호수 어디쯤을 가고 있었을까. 마태오 복음서에는 "배는 이미 뭍에서 여러 스타디온 떨어져 있었는데"라고 기록되어 있다. 요한 복음서에는 "스물다섯이나 서른 스타디온쯤 저어 갔다."고 나와 있다. '스타디온(stadion)'은 고대 그리스 때 썼던 길이의 척도로 약 185.05미터다. 처음에는 185미터 경주를 '스타디온'이라 불렀다가 나중에는 경주하는 장소를 '스타디움(stadium)'이라 부르게 되었다. 그러니 배는 호숫가에서 적어도 수킬로미터는 떨어진 상태였으리라.

당시 호수에는 강한 바람이 불었다. 제자들은 맞바람 때문에 애를 먹고 있었다. 파도도 거세게 일었다. 그때 멀리서 무언가가 보였다. 누군가가 호수 위를 걷고 있었다. 그 형체가 제자들을 향해 점점 가까이 다가왔다. 제자들은 겁에 질렸다. "유령이다!"라고 소리치는 이도 있었다. 유령이 그들에게 다가와 말했다. "용기를 내어라. 나다. 두려워하지 마라.(Courage! It is I. Do not fear!)"(마르코 복음서 6장 50절) 다가온 이는 예수였다. 예수가 배에 오르자 바람이 멎었다.

호숫가에 앉아 어둠이 내려앉은 갈릴래아 호수를 바라봤다. 이 일화는 우리에게 또 하나의 물음을 던진다. 예수 당시에는 돛으로 바람을 받거나 손으로 노를 저어 배를 움직였다. 그런데 맞바람이 불면 돛을 쓸 수가 없었다. 게다가 어두운 밤이고 파도도 거셌으리라. 그러니 노를 저어 나아가기도 만만치 않았다. 그야말로 진퇴양난이었다. 제자들은 어찌할 수 없었을 터이다.

우리 삶도 마찬가지다. 어찌할 수 없을 때가 있다. 돛을 올릴 수도

없고, 노를 저을 수도 없을 때. 그런데 파도마저 거세게 몰아친다. 인생이라는 배는 때때로 그런 위기를 맞는다. 그 속에서 허둥대는 우리를 향해 예수는 말한다. "용기를 내어라. 나다. 두려워하지 마라!" 예수는 왜 그렇게 말했을까. 거기에 어떤 해법이 담겨 있을까. 어쨌든 결과는 놀랍다. 성경에는 "예수가 배에 오르자 바람이 멎었다."고 기록되어 있다. 그것이 어떻게 가능할까.

파도는 높이 솟구쳤다가 산산이 부서지고 결국 사라진다. 그것이 파도의 운명이다. 우리도 한 줌의 파도일 때는 모든 게 두렵다. 그렇게 두려움에 떨고 있는 우리를 향해 예수는 말한다. "용기를 내어라. 나다. 두려워하지 마라!" 예수는 왜 "나다(It is I)!"라고 말했을까. 물에 빠져 죽을지도 모르는 급박한 상황에서 왜 뜬금없이 "나다!"라고 했을까.

파도는 늘 두렵다. 하지만 그런 파도 안에도 바다가 있다. 파도의 속성과 바다의 속성은 하나다. 파도가 그 사실을 깨우치면 달라진다. 그 순간 모든 두려움이 소멸된다. 파도가 아무리 산산이 부서져도 다시 바다로 돌아간다는 것을 알기 때문이다. 우리 안에도 그런 바다가 있다. 그것이 무엇일까. 다름 아닌 '신의 속성'이다. 그런데 파도는 바다를 알지 못한다. 그래서 예수가 부른다. 신의 속성이 부른다. 우리 안의 바다가 우리를 부른다. "나다! 나다! 나를 알아보지 못하겠느냐. 내가 바로 네 안의 바다다." 그렇게 우리를 부른다.

그래도 우리는 바다를 알아보지 못한다. 예수를 알아보지 못한다. 내 안에 있는 신의 속성을 깨닫지 못한다. 그래서 이렇게 소리친다. "유령이다. 유령이 나타났다. 유령이 나타났어!" 그렇게 비명을 지른다. 2000년 전에도 그랬고 지금도 그렇다. 그래서 예수는 지금도 말한다. "나다. 두려워하지 마라." 마르코 복음서에는 이렇게 기록되어 있다. "그러고 나서 (예수께서) 그들이 탄 배에 오르시니 바람이 멎었다."(6장 51절) 왜 바람이 멎었을까. 파도가 바다를 만났기 때문이다.

신약성서 4복음서 중 가장 먼저 기록되었다는 마르코 복음서(기원후

70년 전후에 성립된 것으로 추정)에서는 이야기가 여기서 멈춘다. 예수가 배에 오르자 바람이 멎었고, 제자들은 너무 놀라 넋을 잃었다고 기록되어 있다. 제자들은 그날 낮에 있었던 '오병이어 기적'을 깨닫지 못하고 오히려 마음이 완고해져 있었다고 한다. 이야기는 이렇게 끝난다.

마르코 복음서보다 10년 정도 후대에 작성됐다는 마태오 복음서는 다르다. 예수가 배에 오르기 전에 또 하나의 이야기가 전개된다. 다름 아닌 '물 위를 걷는 베드로'다. 산에서 기도를 마친 예수는 새벽녘에 제자들에게 갔다. 배가 떠난 뒤였다. 예수는 호수 위를 걸어 제자들에게 갔다. 유령인 줄 알고 놀라는 제자들에게 예수는 "나다. 두려워하지 마라."라고 말했다.

그러자 베드로가 말했다. "주님, 주님이시거든 저더러 물 위를 걸어오라고 명령하십시오."(마태오 복음서 14장 28절) 그러자 예수가 말했다. "오너라." 베드로는 배에서 내렸다. 물 위로 한 발, 또 한 발 뗐다. 놀랍게도 베드로는 물 위를 걸었다. 그는 예수를 향해 걸어갔다. 그때 '강풍(strong wind)'이 불었다. 강풍이 부는 것을 보자 베드로는 그만 두려워졌다. 그러자 물에 빠져들기 시작했다.

궁금하다. '물 위를 걷는다'는 것이 무슨 뜻일까. '물에 빠진다'는 것은 또 무슨 뜻일까. 사람들은 쉽게 말한다. "예수를 믿으면 천국에 간다. 그게 물 위를 걷는 것이다. 믿지 않으면 지옥에 떨어진다. 그게 물에 빠지는 것이다. 그러니 믿어야 한다. 믿지 않는 자에게는 멸망과 죽음이 있을 뿐이다." 이처럼 단순화한다. 성경을 이렇게만 읽으면 '물 위를 걷는 베드로'에 담긴 영성의 울림을 맛볼 수가 없다.

베드로가 "저더러 물 위를 걸어오라고 명령하십시오."라고 청하자

유이스 보라사의 〈물 위를 걷는 성 베드로〉.

예수는 "오너라."라고 말했다. 성경에는 베드로가 "배에서 내려 물 위를 걸으며 예수에게 나아갔다(descending from the ship, Peter walks on the waters, to come to Jesus)."라고 기록되어 있다. 베드로는 배에서 내렸다. 에고가 운전하는 배에서 내렸다. 만약 베드로가 여전히 에고의 운전대를 붙잡고 있었다면 배에서 내릴 수 있었을까. 물 위에 발을 딛는 순간 빠져 죽는다는 것을 뻔히 알면서 말이다.

갈릴래아 호수의 바람 속에서 나는 이 대목을 안고 눈을 감았다. 베드로는 먼저 에고의 배에서 내렸다. 자신의 고집과 집착에서 내려왔다. 그렇게 '나의 눈, 나의 관점'에서 내려왔다. 우리도 마찬가지다. '나의 눈'에서 내려올 때 물 위를 걷게 된다. 왜 그럴까. 에고가 만든 잣대와 틀에 스스로 걸리지 않기 때문이다. 그렇게 물 위를 걸으며 우리는 예수에게 더 가까이 다가간다.

그런데 이상하다. 베드로는 다시 물에 빠지고 말았다. 왜 그랬을까. 마태오 복음서에 그 이유가 나와 있다. 베드로가 물 위를 걷고 있을 때 강풍이 몰아쳤다. 복음서에는 "거센 바람을 보고서는 그만 두려워졌다."고 나와 있다. '휘이익!' 하는 돌풍 소리에 베드로는 덜컥 겁이 났다. 죽을까 봐 두려워져 얼른 에고의 운전대를 다시 잡았다. 그 순간 베드로는 물에 쑥 빠져들기 시작했다. 베드로는 "주님, 저를 구해주십시오."라고 소리쳤다. 예수는 손을 내밀어 그의 손을 잡았다. 그리고 이렇게 말했다. "이 믿음이 약한 자야. 왜 의심하였느냐?"(마태오 복음서 14장 31절)

예수를 믿을 때 우리는 에고의 배에서 내려온다. 그때 비로소 에고의 운전대를 놓게 된다. 그다음에는 어찌 될까. 저절로 흐른다. 사람 속으로, 자연 속으로, 우주 속으로 저절로 흘러간다. 소리에 놀라지 않는 사자와 같이, 그물에 걸리지 않는 바람과 같이 말이다. 그렇게 물 위를 걷게 된다.

사람들은 따진다. 예수가 물 위를 걸은 것이 사실일까 아니면 비유일까. 거기에는 어떤 의미가 담겨 있을까. 지금도 물 위를 걷는 예수의 이적은 논란이 되기도 한다. 나도 궁금한 적이 있었다. 왜 하필 물 위를 걸었을까. 눈먼 사람을 고치고 병든 사람을 낫게 하는 이적은 그래도 낯설지 않다. 어딘가 익숙한 일화다. 그런데 물 위를 걷는 장면은 상당히 독특하고 낯설다.

예수 당대의 역사가 플라비우스 요세푸스의 『음부론(陰府論)』을 보면 흥미로운 대목이 등장한다. 요세푸스는 제사장 가문의 유대인이었다. 그는 그리스도교인이 아니라 독실한 유대교인이었다. 『음부론』에는 예수 당시의 유대인들이 상식적으로 생각했던 천국의 모습이 기록되어 있다.

"천국은 잠도 없고, 슬픔도 없고, 타락도 없고, 걱정도 없는 곳이다. 천국은 시간으로 재는 낮과 밤도 없고, 필연적 법칙에 의해 천체 사이를 움직이면서 인생의 모습을 연상시키는 계절의 진행과 변화를 일으키는 해도 없을 뿐 아니라, 계절의 시작을 알리면서 크기를 달리하는 달도 없을 것이다. 대지를 촉촉이 적셔주는 달은 물론 작열하는 태양도 없으며, 회전하는 곰자리 별도 없으며 떠오르는 오리온자리 별도 없으며, 유리하는 수많은 별도 찾아볼 수가 없을 것이다. 그때가 되면 이 세상은 여행하기에 힘이 들지 않을 것이며, 낙원의 뜰을 발견하기가 그리 어렵지 않을 것이다. 또한 보행자들이 그 위를 걸을 수 없도록 만든 바다의 무서운 파도 소리도 더 이상 없을 것이다. 비록 바다에 물이 완전히 없어지지는 않겠지만, 그때가 되면 의인들은 쉽게 바다 위를 걷게 될 것이다."

처음 이 대목을 읽었을 때 나는 적잖이 놀랐다. 2000년 전 예수 당시의 유대인들이 생각했던 천국의 풍경이 자세히 묘사되어 있었기 때문이다. 예수의 설교를 듣고 감동했던 유대인들은 물론이고 예수의 설교를 향해 공격을 서슴지 않았던 유대인들도 이런 생각을 가졌을 것이다. 그들이 오랜 세월에 걸쳐 상식으로 받아들였던 천국의 풍경, 천국의 사람은 이런 식이었다.

2000년 전에는 아무래도 항해가 위험했을 것이다. 바다의 파도는 목숨을 위협하는 공포의 대상이었다. 얼마나 무서우면 그랬을까. 당시 유대인들은 천국의 바다에는 파도가 치지 않는다고 믿었다. 파도로 인해 목숨을 잃을 일이 없다고 생각했다. 그뿐만이 아니다. 천국에 사는 의인들은 바다 위를 쉽게 걷는다고 여겼다. 그러니 2000년 전 유대인의 상식에 의하면, 천국 사람은 바다 위를 걸을 수 있어야 했다. 하늘나라 사람은 물 위를 걷는 이들이었다.

예수는 하느님의 아들이다. 신의 아들이다. 그러니 천국 사람이다. 당시 유대인들은 어떻게 생각했을까. 유대인의 상식에는 천국 사람이라면 당연히 바다 위를 걸어야 했다. 그러니 예수도 바다 위를 걸을 수 있다고 생각하지 않았을까. 아니면 유대인들이 그런 기대를 품고 있다는 것을 알고 예수가 하느님의 아들이자 천국 사람임을 직접 보여주기 위해 몸소 바다 위를 걸었을까.

마태오 복음서의 물 위를 걷는 예수 일화에서 마지막 구절이 눈길을 끈다. 예수가 배에 오르자 바람이 그쳤다. 그러자 배 안에 있던 사람들이 엎드려 예수에게 절을 했다. 그러고는 "스승님은 참으로 하느님의 아드님이십니다."(마태오 복음서 14장 33절)라고 말했다. 왜 그랬을까.
예수가 물 위를 걸었기 때문이다. 오랜 세월 동안 유대인들이 품고 있
던, 천국 사람은 물 위를 걷는다는 상식을 충족시켰기 때문이다.

그래도 물 위를 걷는 예수에 대한 논란은 멈추지 않는다. 어떤 사람
은 예수가 실제 물 위를 걸었다고 말하고, 또 다른 사람은 예수가 유
대인들에게 자신이 천국 사람임을 보여주기 위해 그런 비유를 끌어왔
을 것이라고 말한다. 그렇다면 물 위를 걷는 예수 일화가 우리에게 던
져주는 메시지는 무엇일까. 이 일화가 우리에게는 어떤 의미를 지닐까.
이 물음을 뚫을 때 비로소 '물 위를 걷는 예수'가 우리 안에서 되살아
난다.

갈릴래아의 밤바다는 캄캄했다. 요즘도 갈릴래아 호수에는 종종 돌
풍이 분다. 우리 삶은 바다다. 그것도 거친 바다다. 예고 없이 돌풍이
몰아쳐 배가 뒤집히고 수시로 물에 빠진다. 그래서 두렵고 불안하다.
에고의 배를 타고 있는 한 피할 수 없는 운명이다. 그런 우리에게 지금
도 예수는 물 위를 걷는 법을 일러준다. 그 방법이 무엇일까.

베드로처럼 우선 에고의 배에서 내려야 한다. 그러려면 에고의 운전
대에서 손을 떼는 연습이 필요하다. 어렵지만은 않다. 나의 고집을 한
번 꺾고, 나의 집착을 한 번 내려놓으면 된다. 그 순간 나의 손이 운전대
에서 떨어진다. 그다음에는 어찌해야 할까. 무인 자율 자동차에 탄 사람
처럼 '우주의 운전대'가 어떻게 돌아가는지 유심히 지켜보면 된다. 그
러면 깨닫게 된다. 에고의 운전보다 우주의 운전을 따르는 것이 훨씬 여

유롭고 지혜롭다는 사실을 말이다. 그것이 바로 물 위를 걷는 일이다.

베드로가 물 위를 걷지 못한 이유가 무엇일까. 집착 때문이다. 돌풍을 보고 물에 빠져 죽을까 봐 자신을 강하게 틀어쥐었기 때문이다. 그 순간 베드로는 물속으로 빠지고 말았다. 그런 방식으로는 예수에게 나아갈 수 없다. 집착을 내려놓고 물 위를 걸을 때 비로소 우리는 예수를 향해 나아간다. 베드로는 단순히 "저더러 물 위를 걸어오라고 명령하십시오."라고 말하지 않았다. 그리스어 성서를 보면 문장이 더욱 명확하다. 베드로는 "제가 물 위를 걸어서 당신을 향해 나아가라고 명령하십시오(Order me to come toward you on the waters)."라고 말했다. 그러니 '물 위를 걷는 일'이 목표가 아니다. '예수를 향해 나아가는 일'이 목표다. 그렇게 나아가는 방식이 물 위를 걷는 일이다.

베드로를 향해, 우리를 향해 예수는 지금도 말한다. "이 믿음이 약한 자야! 왜 의심하였느냐?" 영어로는 "Scant of faith, why do you hesitate?"이다. "약한 믿음이여! 왜 망설이는가?" 무엇에 대한 약한 믿음일까. 그렇다. 우주의 운전대에 대한 약한 믿음이다. 그 믿음이 약해질 때 우리는 자꾸만 망설인다. 애써 놓았던 에고의 운전대를 향해 자꾸만 손이 간다.

그때마다 예수가 묻는다.

"이 믿음이 약한 자야! 왜 의심하였느냐?"

빵 다섯 개와 물고기 두 마리로
수천 명이 배불리 먹다

사람은 빵만으로 살지 않고,
하느님의 입에서 나오는 모든 말씀으로 산다.

마태오 복음서 4장 4절

···

갈릴래아 호수의 북쪽으로 갔다. 이곳 호숫가에 있는 교회가 '오병이어 (五餅二魚) 교회(The Church of Multiplication)'이다. 오병이어는 '빵 다섯 개(五餅)와 물고기 두 마리(二魚)'라는 뜻이다. 교회 안으로 들어가자 정면에 제단이 있었다. 바닥에는 오래된 모자이크 조각이 박혀 있었다. 물고기 두 마리와 광주리 하나. 광주리 안에는 보리 빵 다섯 개가 담겨 있었다. 얼핏 봐도 무척 오래된 모자이크였다. 이 모자이크는 1930년 대 초에 발견됐다. 4세기 때 이곳에 지었다는 비잔틴 시대의 교회 유적 이다. 1936년, 그 유적 위에 지금의 오병이어 교회가 세워졌다. 순례객 들이 끊임없이 찾아왔다. 그들은 교회 안에서 눈을 감고 '오병이어'를 묵상했다. 예수의 이적 중에서도 대표적인 이적이다. 우리는 그 이야기 를 어떻게 받아들여야 할까.

예수 당시 갈릴래아의 언덕에는 7000명이 넘는 군중이 모였다. 어마 어마한 인파였다. 성경에는 남자 장정만 5000명이었다고 기록되어 있 다. 여성들과 아이들을 합하면 7000~8000명은 족히 넘었을 것이다.

오병이어 일화는 마르코 복음서, 마태오 복음서, 루카 복음서, 요한 복음서 등 4복음서에 모두 기록되어 있다. 그중에서도 요한 복음서의 서술이 가장 구체적이다. 때는 유월절이 가까운 무렵이었다. 요즘 달력으로 치면 4, 5월경이었다. 예수는 배를 타고 갈릴래아 호수 건너편으로 갔다. 군중은 마음이 급했을까. 사람들은 육로를 통해 호수를 빙 둘러 그곳까지 따라왔다. 성경에 그 이유가 기록되어 있다. "(예수께서) 병자들에게 일으켰던 표징을 보았기 때문"이라고 되어 있다.

예수는 호수를 건너 산으로 올라가 언덕에 자리 잡고 앉았다. 멀리서 엄청난 인파가 예수를 향해 오고 있었다. 그 광경을 본 예수는 제자인 필립보(빌립)에게 물음을 던졌다. "저 사람들이 먹을 빵을 우리가 어디에서 살 수 있겠느냐?"(요한 복음서 6장 5절) 그냥 던진 평면적인 말이 아니었다. 요한 복음서에는 "이는 필립보를 시험해보려고 하신 말씀이다."(6장 6절)라고 되어 있다. 예수는 제자에게서 무엇인가를 보려고 했다. 필립보는 저들을 다 먹이려면 200데나리온어치 빵을 사도 충분히 않겠다고 답했다. 당시 노동자나 군인의 하루 품삯이 1데나리온이었다. 만약 1데나리온을 5만 원으로 계산하면 1000만 원이다. 군중에게 저녁 식사용 빵을 제공하려면 굉장한 액수의 돈이 필요했다.

오병이어 교회 안에서 눈을 감았다. 당시 예수는 어떤 심정이었을까. 왜 필립보에게 "빵을 어디에서 살 수 있겠는가?"라고 물었을까. 그 말은 무슨 뜻일까. 단지 빵을 살 수 있는 가게의 위치를 물은 것일까?

예수는 광야에서 악마의 시험을 받은 적이 있다. 40일간 밤낮으로 단식한 상태였으니 얼마나 배가 고팠을까. 그 정도면 멀쩡한 돌도 빵으로 보일 만큼 허기가 지지 않았을까. 악마가 말했다. "이 돌들에게 빵이 되라고 해보시오." 그 말에 예수는 이렇게 받아쳤다. "사람은 빵

만으로 살지 않고 하느님의 입에서 나오는 모든 말씀으로 산다."(마태오 복음서 4장 4절)

사람은 밥을 먹어야 산다. 유대인에게는 그 밥이 빵이다. 빵을 먹어야 육신의 생명이 유지된다. 그런데 예수는 "사람은 빵만으로 살지 않는다."고 했다. 육신의 생명이 전부가 아니라는 말이다. 왜 그럴까. 우리에게는 육신도 있고 마음(영혼)도 있기 때문이다. 그러므로 마음의 생명도 못지않게 중요하다. 마음은 무엇을 먹어야 살까? 예수는 "하느님의 입에서 나오는 말씀"이라고 했다. 하느님의 말씀은 신의 속성이다. 성경의 말씀은 모두 신의 속성에서 나오며, 그 말씀 속에도 신의 속성이 담겨 있다. 그래서 사람은 빵만으로는 살 수가 없다. 신의 속성을 먹어야 우리 마음의 속성도 살아나기 때문이다.

그때 곁에 있던 다른 제자가 예수에게 말했다. "여기 보리 빵 다섯 개와 물고기 두 마리를 가진 아이가 있습니다. 그런데 사람이 저렇게 많으니 무슨 소용이 있겠습니까?" 그 말을 들은 예수는 뜻밖의 반응을 보였다. 사람들로 하여금 풀밭에 한 무리씩 어울려 앉게 했다. 사람들은 50명씩, 100명씩 둥그렇게 앉았다. 그러자 예수는 빵과 물고기를 두 손에 들고 하늘을 향해 감사를 드렸다. 마태오 복음서에는 "하늘을 우러러 찬미를 드리신 다음 빵을 떼어 제자들에게 주시니, 제자들이 그것을 군중에게 나누어 주었다. 사람들은 모두 배불리 먹었다."(14장 19~20절)라고 되어 있다. 다른 복음서에도 마찬가지다. 제자들이 빵을 나누어 주었고, 군중은 배불리 먹었다고 기록되어 있다.

이 대목이 오병이어 일화의 쟁점이다. '제자들이 빵을 나누어 주었다'와 '사람들은 모두 배불리 먹었다'라는 곧장 이어지는 두 문장 사이에 아무런 설명이 없다. 가령 제자들이 빵을 건넬 때 빵 하나가 순식간에 둘로 불어났다거나, 빵을 아무리 건네고 건네도 양이 줄어들지 않아 사람들이 깜짝 놀랐다거나, 빵이 계속 나오는 것을 믿지 못한 일부 사람들이 빵 광주리 안에 직접 손을 넣어보기도 했다는 식의, 이적임을 확실히 드러내는 구체적인 상황이나 묘사가 없다. 그런 식으로 빵을 나누고 남은 양이 열두 광주리에 가득 찼다고만 나와 있다. 그래서 의견이 갈린다. 어떤 사람들은 "오병이어 일화야말로 예수님이 신의 아들임을 입증하는 분명한 이적"이라고 말하고, 또 어떤 이들은 다른 해석을 내놓는다.

정진석 추기경이 은퇴하기 전이었다. 나는 그의 집무실에서 오병이어 이적에 대해 물음을 던진 적이 있다. 정진석 추기경은 깊은 묵상 끝에 답했다. 그것은 '예수의 빵'이 아니라 '예수의 뜻'에 무게를 싣는 답이었다. 그는 이렇게 말했다. "사람들 사이에는 친밀도가 있습니다. 가장 친밀한 이들이 가족입니다. 그다음에 학벌로 뭉친 이들, 이권을 위해 모인 사람들 등이 있지요. 그러면 친밀도가 가장 낮은 이들은 누구일까요? 시장에 모인 사람들입니다. 그들은 서로 언제 볼지 모르는 사람들입니다. 그래서 마음을 열지 않는 사이지요. 갈릴래아 호숫가 언덕에 모인 이들이 바로 그런 사람들이었습니다."

그랬다. 예수 앞에 모인 수천 명의 군중은 서로 '모르는 사이'였다. 같은 부락에서 온 아주 소수 사람들을 제외하면 말이다. 그들은 한번 헤어지면 언제 다시 볼지 모르는 사이였다. 정진석 추기경은 말을 이

바르톨로메 에스테반 무리요의 〈빵과 물고기의 기적〉.

었다. "성경에는 물고기 한 마리가 두 마리, 세 마리로 불어났다는 기록은 없습니다. 하늘에서 떨어졌다는 이야기도 없습니다. 그러면 예수님이 보이신 진정한 기적은 무엇일까요? 다름 아닌 꼭꼭 닫혔던 사람들의 마음을 여신 것입니다. 사람들이 예수님의 마음, 예수님의 사랑으로 이웃과 도시락을 나누게 하신 것입니다. 그것이야말로 진정한 기적입니다. 지금 우리에게도 그런 마음이 필요합니다."

정진석 추기경의 답은 파격이었다. 어찌 보면 몹시 민감한 물음이다. 그럼에도 그는 망설이지 않고 답했다.

오병이어 교회의 바닥에 새겨진 모자이크 조각 앞에서 눈을 감았다.

물고기 두 마리. 그것은 단지 물고기에 불과했을까. 보리 빵 다섯 개. 그것은 단순히 보리로 구운 빵에 불과했을까. 오병이어 일화는 그야말로 단순한 이적 일화에 불과한 것일까. 파도는 더 이상 내게 밀려오지 않는 것일까. 그 파도가 내 안에서 무언가를 깨어나게 하지는 않는 것일까.

오병이어 교회에서 나와 뒷산으로 올라가 중턱쯤에 앉았다. 예수 당시에 갈릴래아 주변의 산에는 식당이나 편의점이 없었다. 집을 나와 길을 나선 이들은 모두 도시락을 준비해야 했다. 갈릴래아 산에 모인 수천 명의 군중도 그랬으리라. 그들 중에는 이스라엘 사람뿐만 아니라 이웃한 시리아와 요르단에서 온 이들도 꽤 있었을 터이다. 먼 길에는 도시락이 필수다. 갈릴래아 서편 티베리아스에서 북쪽 카파르나움으로 가더라도 도시락은 꼭 챙겨야 했다. 직접 걸어보면 만만찮은 거리다. 갈릴래아 산길에는 지금도 아무런 가게가 없다. 예수 역시 갈릴래아의 산촌을 돌아다니며 설교를 할 때 도시락을 가지고 다녔을 것이다. 정진석 추기경은 사람들이 도시락을 꺼내 옆 사람과 함께 나누었을 것이라고 했다. 그렇게 나누고서 남은 빵이 열두 광주리였다고 설명한다.

이에 거세게 반박하는 사람들도 있다. "'오병이어'는 예수님의 대표적인 이적이다. 예수님의 절대 이적을 희석시키지 마라. 빵 다섯 개와 물고기 두 마리로 수천 명을 먹인 것은 틀림없는 사실이다. 그것을 부정해서는 안 된다. 예수님은 절대 권능을 지닌 분이고, 하느님의 아들이다. 그러니 그건 어려운 일이 아니었다. 그냥 받아들여라. 거기에 진정한 믿음이 있다. 다시 말하지만 물고기 한 마리가 두 마리로, 다시 세 마리로, 나중에는 수천 마리로 늘어난 것이다. '오병이어'는 완전한 이적이다." 이런 믿음을 가진 이들도 결코 적지 않다.

오병이어 교회의 뒷산에 서자 물음이 올라왔다. 그것은 "물고기 한 마리가 어떻게 두 마리로 바뀌는가. 그것이 과학적으로 가능한가?"라는 식으로 따지는 물음이 아니었다. 그런 물음은 얕은 물음이고, 오병이어 일화의 정곡을 찌르지 못한다. 우리 내면에는 더 깊은 물음이 도사리고 있다. 그것은 예수를 향해서 던지는 "왜?"라는 물음이기도 하다. '예수는 왜 수천 명의 군중에게 빵과 물고기를 건넸을까. 한 끼 굶는다고 해서 사람들이 죽는 상황도 아니었다. 더구나 예수는 스스로 사람은 빵만으로 살지 않는다고 하지 않았나. 그렇다면 빵과 물고기를 통해 예수가 진정으로 건네고자 한 것은 무엇이었을까.'

당시 풍경을 눈앞에 그려보았다. 저기 저쯤에 예수가 앉아 있었을까. 군중은 저 아래에 앉았을까. 5000명이 넘었으니 산 중턱에 가득했을 것이다. 여기도 동그랗게, 저기도 동그랗게 둘러앉았을 것이다. 예수는 그들을 향해 벌떡 일어섰다. 그리고 빵과 물고기를 들고 하늘을 향해 기도를 올렸다. 모든 사람들이 그 광경을 보고 있었을 것이다. 그리고 고개를 갸우뚱하지 않았을까. '아니, 저분이 뭘 하려고 하는 거지? 아, 물고기 두 마리와 빵 몇 개로 저녁 식사를 하려고 하시나? 그래서 감사 기도를 올리는 건가?' 다들 그렇게 생각했을 것이다. 예수가 제자들과 함께 저녁을 먹으려고 식전 기도를 한다고 여겼을 터이다. 이어지는 예수의 행동은 상상을 초월했다. 예수가 떼어낸 빵과 물고기는

오병이어 교회를 찾은 순례객들이 기도와 묵상을 하고 있다.

틴토레토의 〈빵과 물고기의 기적〉.

제자들의 입을 향하지 않았다. 군중을 향했다. 예수는 고작 빵 다섯 개와 물고기 두 마리를 5000명을 향해 건네기 시작했다. 나는 이 광경이 바로 오병이어 일화의 핵심이라고 본다.

감히 엄두라도 낼 수 있을까. 빵 몇 개와 물고기로 5000명이 넘는 군중을 먹이겠다는 생각을 할 수 있을까. 만약 똑같은 상황이 우리 눈앞에 펼쳐진다면 어떨까. 누가 과연 물고기 두 마리를 들고 수천 명을 향해 팔을 벌릴 수 있을까. 그들을 향해 물고기를 떼어줄 수 있을까. 어림도 없다. '맨 앞줄에서 물고기가 바닥나 괜히 창피만 당하지 않을까.' 우리는 그런 걱정만 할 것이다. 그런데 예수는 달랐다. 우리 눈에는 결과가 빤히 보이는데도 예수는 '대책 없는 무모함'을 주저 없이 시도했다.

나는 종종 '오병이어' 광경을 떠올린다. 내가 떠올리는 풍경 속에는 그때마다 비가 내린다. 눈에 보이지 않는 소나기다. 수천 명을 향해 빵 다섯 개를 나누기 시작하는 예수의 모습. 거기서 예수는 빵만 떼어냈을까. 자신의 내면에 깃든 신의 속성까지 함께 떼어내지 않았을까. 그것을 예수는 사람들에게 나눠 주지 않았을까. 그래서 비가 내린다. 누구는 그것을 '사랑'이라 부르고, 누구는 또 '연민'이라 부른다. 그래서 사랑의 비가 내리고 연민의 비가 내린다. 그런 빗줄기가 갈릴래아 언덕을 적시고 사람들을 적셨다. 바짝 말라 갈라진 논바닥 같던 사람들의 마음이 '예수의 소나기'로 인해 흠뻑 젖었을 것이다. 그 덕분에 깨어난 것일까. 그들 속에 잠자고 있던 신의 속성이 예수의 빗줄기로 인해 눈을 뜬 것일까.

가령 사람들이 도시락을 꺼냈다고 가정하자. 저마다 깊숙이 숨겨둔 도시락을 꺼내 낯선 이들과 나누기 시작했다고 치자. 그것이 단순히 예수의 이적에 대한 과학적 설명에 불과할까. 이와 같은 설명이 정말 예수의 이적을 부정하는 것일까. 어쩌면 우리는 예수 당시의 유대인들처럼 겉으로 보이는 표징과 겉으로 보이는 이적에 너무 매달리는 것은 아닐까. 그 와중에 첫 단추를 잊어버린 것은 아닐까. '예수는 왜 이 땅에 왔는가', '예수는 왜 이적을 행했는가' 하는 첫 단추 말이다. 그것은 하나 됨을 위해서였다. 예수는 자신을 통해 신의 속성과 우리의 속성이 하나가 되게 하고자 했다. 하늘에서 이루어진 것이 땅에서도 이루어지게 하고자 했다.

여기서 오병이어 일화의 정곡이 보인다. 그것은 물고기 한 마리가

두 마리, 세 마리로 늘어난 것이 아니다. 빵 한 조각이 한 광주리, 두 광주리로 늘어난 것이 아니다. 그것이 과학적으로 사실인가 아닌가가 아니다. 눈에 보이는 빵, 손에 잡히는 물고기만 따진다면 우리는 '육신의 생명'만 따지는 셈이다. 예수는 달리 말했다. "사람은 빵만으로 살지 않고 하느님의 입에서 나오는 모든 말씀으로 산다." 그러니 예수는 단순히 빵과 물고기를 5000명에게 먹인 것이 아니었다. 예수가 그들에게 먹인 것은 하느님의 입에서 나오는 모든 말씀이었다. 다시 말해 그 말씀에 깃든 '하느님의 속성'이다. 그래서 끝이 없었다. 쪼개고 또 쪼개도, 나누고 또 나누어도 신의 속성은 줄어들지 않는다. 말 그대로 무궁무진하다. 그런 신의 속성을 예수가 품고 있었다. 예수 안에 신의 속성이 깃들어 있었다.

'내가 찾는 빵은 어떤 빵인가. 갈릴래아 언덕에서 예수가 행했던 이적의 빵. 하나가 둘, 셋, 넷으로 마구 불어나 결국 수천 명을 먹이는 빵. 그런 빵인가. 아니면 하느님의 입에서 나오는 말씀의 빵인가. 그 빵에 깃든 신의 속성인가.'

우리는 그것부터 물어야 하지 않을까. 예수의 이적이 과학적 사실인가 아닌가를 따지기 전에 말이다.

예수가 고친 것은 오그라든 손일까,
오그라든 마음일까

내가 하느님의 영으로 마귀들을 쫓아내는 것이면,
하느님의 나라가 이미 너희에게 와 있는 것이다.
마태오 복음서 12장 28절

＊＊＊

독사의 눈들이 도사리고 있었다. '어떻게 하면 예수를 해치울 수 있을까?' 그렇게 노려보는 눈들이 회당 곳곳에 박혀 있었다. 예수는 마치 호랑이 굴로 들어가듯 그 속으로 걸어 들어갔다. 회당 안에는 한쪽 손이 오그라든 사람이 있었다. 예수의 눈에도 그 사람이 들어왔으리라. 유대인들은 그 순간을 놓치지 않고 물었다. "안식일에 병을 고쳐주어도 됩니까?"

그것은 덫이었다. 유대 율법 사회에서 안식일을 어기는 자는 목숨을 내놓아야 하기 때문이다. 그 사실을 뻔히 알면서도 예수는 그 덫을 밟았다. "너희 가운데 어떤 사람에게 양 한 마리가 있는데, 그 양이 안식일에 구덩이에 빠졌다고 하자. 그러면 그것을 잡아 끌어내지 않겠느냐? 사람이 양보다 얼마나 더 귀하냐? 그러니 안식일에 좋은 일은 해도 된다."(마태오 복음서 12장 11~12절)

맹자도 비슷하게 묻는다. 어린아이가 우물을 향해 기어가고 있다면 어떻게 하겠는가? 그냥 놔두면 아이는 십중팔구 우물에 빠져 죽고 말

것이다. 그러니 착한 사람이든 악한 사람이든 기어가는 아이를 구하지 않겠는가. 인간의 천성은 선하다. 인간의 성품은 하늘을 닮았으니 하늘의 성품이 본래 선하다. 이것이 맹자가 좇은 '하늘의 성품'이었다.

예수는 회당 안에 들어섰다. 그는 인도주의나 박애주의를 표방하지 않았다. 그렇게 거창한 철학이나 사상을 내걸지 않았다. 그 대신 예수는 하늘의 속성을 보여주었다. 유대인들에게 안식일은 '가장 철저하게 율법을 지키는 날'이었다. 하지만 예수의 안식일은 달랐다. 예수에게 안식일은 자신이 쉬고, 이웃이 쉬고, 세상이 쉬고, 우주가 쉬는 날이었다.

예수가 손이 오그라든 사람을 고쳐주고 있다.
예수는 그를 향해 "손을 뻗어라."라고 말했다.
그러자 그의 손이 펴졌다고 한다.

　예수 앞에 양 한 마리가 나타났다. 양이 구덩이에 빠져 목숨이 위태롭다. 안식일이지만 양은 쉴 수가 없다. 그 모습을 보는 예수의 마음은 어땠을까. 예수도 쉴 수가 없다. 그런 양이 살고 있는 세상은 어떨까. 세상 역시 쉴 수가 없다. 그러면 그 모두를 품고 있는 우주는 어떨까. 마찬가지다. 내가 쉬지 못할 때는 우주도 쉬지 못한다. 내가 쉴 때 비로소 우주도 쉰다.

　예수가 왜 손이 오그라든 사람을 고쳤는지 이제 그 이유가 보인다. 예수야말로 안식일을 지켰던 것이다. 유대인들이 안식일의 껍데기를 지킬 때 예수는 홀로 안식일의 알맹이를 지켰다. 예수의 눈에는 이 모든 우주가 쉬는 것이야말로 진정한 안식이기 때문이었다. 그러니 진정으로 안식일을 지킨 사람은 유대인들이 아니라 예수였다.

　카파르나움의 회당에서 나는 눈을 감았다. 쉼이란 뭘까. 휴가를 받아서 소파에 누워 음악을 들으며 책을 보는 것일까. 아니면 도심의 극장에서 만사를 잊고 영화를 한 편 감상하는 것일까. 그도 아니면 별이 쏟아지는 캠핑장에서 바비큐를 하며 자연을 즐기는 것일까. 이 모든 순간에 쉼이 있을 수도 있다. 또한 이 모든 순간에 쉼이 없을 수도 있다.

가령 별이 빛나는 강원도 산골로 캠핑을 가서 월요일에 회사에 제출해야 할 보고서 걱정만 하고 있다면 어떨까. 거기에는 안식이 없다. 몸은 강원도에 있지만 마음은 그렇지 않다. 진정한 안식은 마음도 포맷이 될 때 누릴 수 있다. 그렇다면 예수가 회당에서 고친 것이 오그라든 손뿐일까. 그렇지 않다. 예수가 회당에서 하늘의 속성을 전하며 진정으로 고친 것은 사람들의 '오그라든 마음'이었다.

'오그라든 손' 대신 '오그라든 마음'을 성경에 대입하면 어떨까. 그러면 멀찌감치 서 있던 예수의 이적 일화가 성큼성큼 걸어와 자신의 이야기가 된다. 각자의 이야기가 된다. 손이 오그라든 사람에게 예수가 말했다. "손을 뻗어라(Stretch out your hand)." 성경에는 "그가 손을 뻗자 다른 손처럼 성해져 건강하게 되었다."(마태오 복음서 12장 13절)라고 기록되어 있다.

회당 구석으로 가서 바닥에 앉았다. 그리고 눈을 감았다. 구체적인 장면을 떠올렸다. 회당 입구, 그늘진 자리에 내가 앉아 있다. '오그라든 마음'을 가진 내가 앉아 있다. 그때 회당 안으로 예수가 들어온다. 나는 예수를 쳐다보고, 예수는 나를 쳐다본다. 눈이 마주친다. 예수가 내게 말한다.

"네 마음을 뻗어라(Stretch out your mind)."

우리 마음은 꾸깃꾸깃하다. 수시로 구겨진다. 온갖 세상사를 감당하느라 마음의 도화지는 구겨진 종이 뭉치가 된 지 오래다. 거기서 그치지 않는다. 구겨진 마음만큼 우리 삶도 뻣뻣해진다. 그래서 안식이 없다. 예수는 그런 우리를 향해 말했다. "네 마음을 뻗어라." 구부러진 것을 펴고, 오그라든 것을 펴고, 접힌 것을 펴라는 말이다. 그렇게 본래로 돌아오라는 뜻이다.

그러기 위해 예수는 다림질을 한다. 그리스어 성경에서는 '뻗다'에 '에크테이노(ekteino)'라는 단어를 썼다. 구겨진 것을 '펴다'라는 뜻이다. 그러니 예수가 설한 산상설교의 메시지와 팔복, '주님의기도'는 모두 다림질이다. 오그라든 우리의 마음을 꾹꾹 눌러 다시 펴게 하는 예수의 다림질이다. 성경에는 "(오그라든 손을 가진) 그가 손을 뻗자 다른 손처럼 성해져 건강하게 되었다."고 기록되어 있다. '성해지다'는 영어로 'restore'다. '회복하다'라는 뜻이다. '곡(曲, 굽을 곡)'을 '직(直, 곧을 직)'으로 바꾸는 일이다.

삶의 이치, 세상의 이치, 우주의 이치에 대한 곡해. 그로 인해 구김살이 생긴다. 구김살이 심해지면 우리의 손이 오그라들고, 얼굴이 오그라들고, 마음이 오그라든다. 결국 우리에게서 안식이 없어진다. 그래서 곡해를 직해로 바꾸어야 한다. 그럴 때 '곡'이 '직'이 된다. 굽은 손이 펴지고, 굽은 마음이 펴진다. 그럼 안식일에 예수가 회당에서 보여준 것은 무엇이었을까. 율법을 깨는 파격이었을까? 아니다. 그것은 안식 그 자체였다. 이 일화를 통해 예수는 우리에게 묻는다. '진정한 안식이란 무엇인가?' 그것을 되묻는다.

카파르나움 회당 유적지에서 나와 바로 곁에 있는 갈릴래아 호숫가로 갔다. 2000년 전에는 호수 주변에 가난하고 소외받은 이들이 많이 있었다. 병자도 많고 장애인도 많았다. 2000년 전 유대인들은 눈이 멀

고대 가나안 지역 사람들이 믿던 신 '바알'.
유대인들에게 바알은 이방 신의 상징이었다.

고 말을 못하는 사람을 마귀가 들렸기 때문이라고 보았다. 예수가 그
런 사람을 고쳐주자 유대인들은 질겁했다. 마귀를 이겼으니 더 큰 마
귀의 힘을 쓴 게 아니냐고 바리사이(바리새인)들은 따졌다. "저자는 마
귀 우두머리 베엘제불의 힘을 빌리지 않고서는 마귀들을 쫓아내지 못
한다."(마태오 복음서 12장 24절)

베엘제불(바알제불)은 고대 셈족의 신이었던 '바알'을 가리킨다. 셈족
어로 '주(主)'를 뜻한다. 히브리어로는 '하늘의 주인'이다. 구약에서 바
알과 야훼는 끊임없이 경쟁한다. 유일신을 믿던 유대인들도 신앙이 약
해질 때마다 수시로 다신교의 신 바알을 섬겼다. 그래서 기독교에서는
바알이 '이방인의 신' 혹은 '악마'와 동일시된다. 바알은 농경 사회였

던 가나안에서 풍요와 다산을 상징하는 남성 신이었다. 야훼와 바알의 대립을 목축 문화권과 농경 문화권의 충돌로 보기도 한다. 예수 당시에도 유대인들은 바알을 사탄의 우두머리로 여겼다. 그래서 바알의 힘을 빌리지 않고서는 마귀들을 쫓아낼 수 없다면서 예수를 공격했다.

예수는 받아쳤다. "사탄이 사탄을 내쫓으면 서로 갈라선 것이다. 그러면 사탄의 나라가 어떻게 버티어내겠느냐? (…) 너희의 제자들은 누구의 힘을 빌려 마귀들을 쫓아낸다는 말이냐?" 예수의 반박에 바리사이들은 아무런 대꾸도 하지 못했다. 예수의 반박이 이치를 관통하기 때문이었다. 이윽고 예수는 '하느님의 나라'를 선포한다. "그러나 내가 하느님의 영으로 마귀들을 쫓아내는 것이면, 하느님의 나라가 이미 너희에게 와 있는 것이다."(마태오 복음서 12장 28절)

예수의 선언은 파격적이다. "당신이 지금 사탄의 힘을 빌리고 있지 않느냐?"며 공격하는 이들에게 "너희에게 이미 하느님의 나라가 와 있다."고 공표했다. 사람들은 알아보지 못했다. 자신의 눈앞에 와 있는 나라, 하느님의 나라를 말이다. 2000년 전에도 그랬고 지금도 마찬가지다. 우리는 이미 하느님 나라 안에 있으면서도 그 나라를 보지도, 듣지도, 만지지도 못하고 있다.

예수는 그 이유까지 설명한다. 사람들이 짓는 죄와 신에 대한 불경은 모두 다 용서받을 수 있다고 말했다. 그런데 용서받지 못하는 것이 딱 한 가지 있다고 했다. 그것이 바로 '성령에 대한 모독'이다. 성령에 대해 모욕적인 말을 하는 것이 성령에 대한 모독이라고 생각하는 사람들도 있다. 그런 해석은 너무 일차원적이다. 그것이 아니다. '모독'에 해당하는 그리스어는 '블라스페미아(blasphemia)'이다. 무언가를 '해치다'라는 뜻이다. 그러니 예수가 결코 용서받을 수 없다고 지적한 것은 '성령을 해치는 일'이다.

성부와 성자와 성령은 하나다. 속성이 통한다. 셋이 하나다. 그래서 삼위일체다. 모두 하느님의 위격이다. 다시 말해 신의 속성이다. 개신교가 우리나라에 전래되었던 초기에는 성령을 '숨님'이라 불렀다. 신이 인간을 지을 때 불어넣은 숨을 가리킨다. 그러면 성령을 해친다는 것은 무슨 뜻일까. 그렇다. 신의 속성을 해치는 것이다. 신의 속성에서 어긋나는 것을 말한다. 그런데 예수는 왜 신의 속성에서 어긋나는 일은 절대 용서받을 수 없는 일이라고 강력하게 경고했을까. 우리가 짓는 죄와 신에 대한 불경은 용서받을 수 있다고 해놓고선 말이다.

거기에는 이유가 있다. 신의 속성이 밭이기 때문이다. 우리가 짓는 죄와 신에 대한 불경은 모두 그 밭에서 자라는 오이나 가지, 토마토 정도에 불과하다. 가령 오이나 가지가 썩었다면 잘라서 버리면 된다. 시간이 지나면 밭에서 다시 오이와 가지가 올라온다. 그런데 밭 자체가 망가지면 어떻게 될까. 아무리 씨앗을 심어도 싹이 트지 않는다. 어떤 농작물도 자랄 수가 없다. 바탕이 사라졌기 때문이다. 오이와 가지, 토마토를 망치는 일은 회복될 수 있다. 그러나 밭을 해치는 일은 결코 회복될 수가 없다. 그것이 이치다. 그래서 예수는 "성령을 해치는 일은 결코 용서받을 수 없다."고 말했다.

예수는 이런 말도 덧붙였다. "사람의 아들을 거슬러 말하는 자는 용서받을 것이다. 그러나 성령을 거슬러 말하는 자는 현세에서도 내세에

삼위일체를 주제로 한 그림 중 가장 아름다운 작품으로 꼽힌다.

성부와 성자와 성령이 테이블에 앉아 있다.

가운데가 성부, 왼쪽이 성자, 오른쪽이 성령이다.

안드레이 루블료프의 〈삼위일체〉.

왼쪽에 서 있는 여성이 마리아 막달레나,
오른쪽이 세례자 요한이다.
산드로 보티첼리의 〈거룩한 삼위일체〉.

서도 용서받지 못할 것이다."(마태오 복음서 12장 32절) 무슨 뜻일까. 농
사법이 잘못됐으면 고치면 된다. 그런데 밭이 망가지면 방도가 없다.
농사를 지을 수가 없다. 지금도 그렇고 앞으로도 그렇다. 예수는 "현세
에서도 내세에서도 용서받지 못할 것"이라고 표현했다. 왜 그럴까. 그
밭이 '지금'과 '영원'을 동시에 아우르는 바탕이기 때문이다.

마르틴 루터는 "진리의 원천은 성경에서 나온다."고 말했다. 독일의

종교개혁가이자 농민전쟁을 이끈 좌파 혁명가였던 토마스 뮌처는 루터보다 더 깊은 곳으로 두레박을 던졌다. 그리고 통찰의 눈을 길어 올렸다. 뮌처는 이렇게 말했다. "진리의 원천은 성령에서 나온다." 뮌처는 한때 수도원에 머물며 그리스도교 신비주의의 영향을 받았다. 성경이 성령에 의해 기록됐으니 우리가 닿을 곳은 '성령'이라고 했다. 뮌처는 진정한 권위는 성경이 아니라 하느님이 자신의 사람들에게 부여한 '내면의 빛'이라고 보았다. 그는 믿음에 의해서만 의롭게 된다는 루터의 '의인론(義認論)'을 반박했다. 이러한 신학적 견해 차이로 인해 뮌처는 나중에 루터에게서 등을 돌렸다.

이스라엘 회당에서 예수를 공격했던 유대인들도 진리의 원천을 성경으로 보았다. 성경 속에 담긴 가르침. 그들에게는 그 가르침이 율법이었다. '이렇게 해야 한다', '저렇게 해서는 안 된다'고 하는 행동의 절대 지침이었다. 유대인들의 눈에는 그것만 보였다. 그래서 그것을 가장 중시했다.

예수의 눈은 달랐다. 무엇을 위한 율법인가를 따졌다. 뮌처가 무엇을 위한 성경인가를 따졌듯이 말이다. 율법은 도구일 뿐이다. 무언가를 얻기 위한 방편이다. 그렇다면 성경을 통해 우리가 만나고자 하는 것은 무엇일까. 다름 아닌 성령이다. 영어로는 'Holy Spirit'이다. 성령을 하늘 위를 떠돌다 번개처럼 머리에 꽂히는 초자연적 로또 같은 존재로 생각하는 사람도 많다. 그런 것이 아니다. 성령은 아버지와 아들을 잇는 속성이다. 둘을 하나로 잇는 속성이다. 그것이 바로 신의 속성이다. 그 속성의 작용이 성령이다.

베드로 통곡 교회의 천장 그림.
그리스도교에서 성령은 종종 비둘기로 표현된다.
예수가 세례자 요한에게서 세례를 받고 물에서 나올 때
"성령이 비둘기처럼 내려왔다."는 성경 구절 때문이다.

성령이 임할 때는 어김없이 에고가 무너진다. 나의 고집이 무너지고, 나의 신념이 무너지고, 나의 패배가 드러난다. 그렇게 신의 속성도 드러난다. 사람들은 자신의 에고가 무너지면 폐허만 남으리라 여긴다. 그런데 폐허 속에서 신의 속성이 드러난다. "각자 자신의 십자가를 짊어지라."는 예수의 메시지도 이와 맥이 통한다. 왜 그럴까. 에고가 무너질 때 비로소 성령을 만나는 통로가 생기기 때문이다. 그래서 그리스도교 영성의 핵심은 '전적인 항복(total surrender)'이다.

예수는 이렇게 말했다.

"고생하며 무거운 짐을 진 너희는 모두 나에게 오너라. 내가 너희에게 안식을 주겠다. 나는 마음이 온유하고 겸손하니 내 멍에를 메고 나에게 배워라. 그러면 너희가 안식을 얻을 것이다. 정녕 내 멍에는 편하고 내 짐은 가볍다."(마태오 복음서 11장 28~30절)

소가 밭을 갈 때 어깨에 씌우는 것이 멍에다. 소는 멍에를 짊어져야 밭을 갈 수 있다. 우리 안에 있는 마음의 밭도 그렇다. 나의 고집과 잣대로 딱딱해진 밭은 쟁기를 들이대도 쉽게 갈리지 않는다. 그 밭을 갈아엎으려면 멍에가 필요하다. 그런데 아무 멍에나 멘다고 마음의 밭이 갈리는 것은 아니다. 딱딱하고 자갈투성이인 마음을 파고들려면 '이치의 날'이 있어야 한다. 그래서 예수는 "나의 멍에를 메라."고 했다. 예수의 멍에가 뭘까. 예수의 가르침이다. 거기에는 예수의 눈, 예수의 이치가 녹아 있다. 그 이치가 우리의 밭을 파고든다. 그래서 밭이 갈린다.

멍에는 무거운 도구다. 짊어지기만 해도 어깨를 옥죈다. 예수의 설명은 정반대다. "정녕 내 멍에는 편하고 내 짐은 가볍다."고 했다. 왜

천사들이 '하느님의 어린양(예수 그리스도)'을 경배하고 있다.
휘 베르트와 얀 반 에이크 형제의 〈비둘기 형상의 성령〉.

그럴까. 예수의 멍에가 우리의 멍에를 부수기 때문이다. 우리의 멍에는 바로 우리의 고집, 우리의 착각, 우리의 이념이다. 이것들이 부서진 자리가 바로 안식(安息)의 자리다. 예수는 유대인들에게 이런 말도 했다. "너희가 내 말 안에 머무르면 참으로 나의 제자가 된다. 그러면 너희가 진리를 깨닫게 될 것이다. 그리고 진리가 너희를 자유롭게 할 것이다."(요한 복음서 8장 31~32절) '진리(眞理)'가 뭔가. 참된 이치다. 그런 이치가 우리를 자유롭게 한다.

갈릴래아 호수의 서편으로 해가 떨어지고 있었다. 하늘도 물들고 호수도 물들었다. 얼마나 많은 사람이 예수에게 물었을까. "우리가 자유로워지는 길은 무엇입니까?" "어떻게 해야 자유로운 삶이 가능합니까?" 그 모든 물음을 향해 예수는 이렇게 답했다.
"진리가 너희를 자유롭게 하리라."
"이치가 너희를 자유롭게 하리라."

우리 마음은 꾸깃꾸깃하다. 수시로 구겨진다.
온갖 세상사를 감당하느라
마음의 도화지는 구겨진 종이 뭉치가 된 지 오래다.

거기서 그치지 않는다.
구겨진 마음만큼 우리의 삶도 뻣뻣해진다.
그래서 안식이 없다.

예수는 그런 우리를 향해 말했다.
"네 마음을 펴어라."

구부러진 것을 펴고, 오그라든 것을 펴고, 접힌 것을 펴라는 말이다.
그렇게 본래로 돌아오라는 뜻이다.

2부

예수의 눈으로 진리를 보다

내가 만든 예수,
내가 만든 하느님

나에게 '주님, 주님!' 한다고
모두 하늘나라에 들어가는 것이 아니다.
하늘에 계신 내 아버지의 뜻을
실행하는 이라야 들어간다.
마태오 복음서 7장 21절

・・・

그리스도교는 행위의 종교일까. 행위의 종교라면 '룰(rule)'만 지키면 된다. 주일이면 빠짐없이 교회에 가고, 헌금을 하고 십일조를 내고, 교회를 위해 이런저런 봉사 활동을 하면 된다. 예수를 모르는 불신자에게 전도까지 하면 금상첨화다. 그 불신자가 다른 종교를 믿던 사람이라면 더욱 뿌듯할 것이다. "땅끝까지 복음을 전하라."는 성서의 메시지를 온몸으로 실천하는 기분이리라. 그 정도만 해도 마음이 든든하고 천국에 복을 쌓는 느낌이 든다. 그러니 언젠가 천국의 문 앞에 선다면 그 문이 스르르 열리지 않을까. 어떻게 확신할 수 있을까? '룰'을 지켰으니까.

그렇게 생각하는 이들을 종종 만난다. 그런 사람들과 대화를 나누다 보면 깜짝깜짝 놀라곤 한다. 그들의 한마디, 한마디가 너무 익숙한 말들이기 때문이다. '나는 분명 이 풍경을 본 적이 있어. 이런 생각을 읽은 적이 있어. 이런 신앙을 만난 적이 있어. 어디서 저런 이야기를 접했었지? 어디서 저런 사람들을 만났었지?' 그렇게 가만히 되짚어봤다.

그러다 마침내 깨달았다. 내가 그들을 만난 곳은 성서였다. 성서 속에 등장하는 인물들이었다.

그들이 누구였을까. 다름 아닌 예수 당시의 바리사이들이다. 그들은 '행위'를 믿었다. 행위가 구원의 통로라고 생각했다. 루카 복음서에는 바리사이에 대한 이야기가 한 토막 있다. 2000년 전 유대인들은 예루살렘 성전에서 기도를 했다. 하느님을 만나는 장소가 예루살렘 성전이라고 믿었다. 오래된 전통이었다. 유대인들은 정해진 거처도 없이 광야를 떠돌아야 했던 구약 시대에는 성막을 치고 기도를 했다. 성막은 일종의 천막이었다. 그 안에 모세가 받은 십계명 돌판을 넣었다. 소 떼와 양 떼를 몰고 다른 지역으로 이동할 때면 성막도 수레에 함께 싣고 다녔다. 그들의 생활과 삶, 그 중심에 성막이 있었다. 가나안 땅에 정착

유대인 청년이 경문곽을 머리와 손에 대고 통곡의 벽에서 기도하고 있다.
경문곽은 성경 구절을 적은 양피지를 넣은 조그만 상자다.
경문곽과 이어진 검은색 가죽 끈으로 손은 세 번, 팔은 일곱 번 둘러서 감는다.
유대인들은 기도할 때나 중요한 일이 있을 때만 착용했지만,
바리사이들은 하루 종일 착용했다.

하면서 나라를 세웠고 성막은 성전이 됐다. 천막에 비하면 어마어마한 건축물이 세워졌지만 기능은 똑같았다. 성전은 신을 만나는 장소였다. 유대인들은 성전에서 기도하는 것을 매우 각별한 체험으로 여겼다.

　루카 복음서에는 바리사이와 세리(세금 징수원)가 등장한다. 두 사람은 기도를 하기 위해 예루살렘 성전으로 올라갔다. 바리사이는 꼿꼿이 서서 기도하며 혼잣말로 말했다. "오, 하느님! 제가 다른 사람들, 강도 짓을 하는 자나 불의를 저지르는 자나 간음을 하는 자와 같지 않고 저 세리와도 같지 않으니, 하느님께 감사드립니다. 저는 일주일에 두 번 단식하고 모든 소득의 십일조를 바칩니다."(루카 복음서 18장 11절~12절)

　바리사이의 기도는 이와 같았다. 가만히 뜯어보면 우리의 기도와 똑 닮았다. "저는 교회에 출석하고, 일주일에 두 번 이상 갈 때도 있고, 모든 소득의 십일조를 하느님께 바치고 있습니다. 그러니 저는 무엇보다 '믿지 않는 자들'과는 다르지 않습니까. 제가 그들과 다르니 하느님께 감사드립니다." 이런 식의 기도가 바리사이의 기도와 무엇이 다를까.

우리는 생각한다. 내게는 예수가 있지만 저들에게는 예수가 없다고. 그래서 다행이라고. 저들에게는 불행이지만 내게는 다행이라고. 그렇게 안도의 한숨을 쉬고 가슴을 쓸어내린다.

바리사이와 함께 성전에 올라간 세리의 기도는 달랐다. 세리는 멀찍이 섰다. "하늘을 향하여 눈을 들 엄두도 내지 못하고 가슴을 치며"(루카 복음서 18장 13절) 이렇게 기도했다. "오, 하느님! 이 죄인을 불쌍히 여겨주십시오." 예수 당대에 세금 징수원 세리는 로마 제국의 앞잡이였다. 유대인들은 그들을 벌레처럼 취급했다. 그런 세리가 하느님에게 이렇게 기도를 올린 것이다.

두 사람의 기도에 대한 예수의 판정은 어땠을까. 예수는 그들에게 뭐라고 답했을까. 이 역시 루카 복음서에 기록되어 있다. "내가 너희에게 말한다. 그 바리사이가 아니라 이 세리가 의롭게 되어 집으로 돌아갔다."(루카 복음서 18장 14절) 왜 그랬을까. 일주일에 두 번이나 단식하는 것은 쉽지 않다. 배고픔은 물론 그로 인한 이런저런 불편도 감수해야 한다. 그럼에도 바리사이는 주 2회 단식을 철두철미하게 지켰다. 그리고 모든 소득의 십일조를 내놓았다. 십일조라고 하지만 요즘도 모든 소득의 십일조를 내는 이는 많지 않다. 미국의 한 교회에서 회계사의 공증 아래 정확하게 소득의 십일조를 내는 교회가 있어 화제가 된 적도 있다. 그러니 그 바리사이처럼 모든 소득의 십일조를 내는 것은 쉽지 않다. 그럼에도 바리사이는 그것을 지켰다. 그러니 그가 보인 '신에 대한 충성도'가 얼마나 큰 것일까.

그럼에도 예수는 손을 내저었다. 바리사이는 의로워지지 않았고, 의

자신을 내세우며 기도하는 바리사이와 달리
세리는 멀찍이 떨어져 회개하고 있다.
해럴드 코핑의 〈바리사이와 세리〉.

로워진 채 집으로 돌아간 사람은 오히려 세리라고 했다. 왜 그랬을까.
의로움은 히브리어로 '체다카(tzedakah)'다. '어떠한 기준에 부합하다'
라는 뜻이다. 무언가에 맞아떨어지는 것을 의미한다. 그것이 무엇일까.
세리는 기도를 통해 무엇에 맞아떨어지게 된 것일까. 그 대상은 신의
속성이다. 우리가 신의 속성에 부합할 때 비로소 우리는 예수 안에 거

하게 된다. 그리스도의 속성으로 녹아들게 된다. 세리를 칭찬하던 예수는 마지막에 이렇게 덧붙였다. "누구든지 자신을 높이는 이는 낮아지고 자신을 낮추는 이는 높아질 것이다."(루카 복음서 18장 14절)

예수가 말한 '높아짐'은 우리가 생각하는 높아짐과는 차원이 달랐다. 그것은 행위를 쌓아서 올라가는 높아짐이 아니었다. 왜 그럴까. 행위를 쌓아서 올라갈 때는 에고도 쌓여서 올라가기 때문이다. 그럴 때는 체다카가 작동하지 않는다. 세리는 달랐다. "이 죄인을 불쌍히 여겨주십시오."라고 기도하며 자신을 무너뜨렸다. 늘 그렇다. 에고를 무너뜨릴 때 체다카가 작동한다.

루카 복음서 18장을 펼치면 의미심장한 대목이 나온다. 바리사이와 세리의 일화를 말한 사람은 예수였다. 그러면 예수는 누구에게 이 일화를 들려주었을까. 예수 주위에 빙 둘러앉아 있던 이들이다. 그들은 어떤 사람이었을까. 루카 복음서에는 이렇게 기록되어 있다. "예수님께서는 또 스스로 의롭다고 자신하며 다른 사람들을 업신여기는 자들에게 이 비유를 말씀하셨다."(루카 복음서 18장 9절) 그러니 예수가 이 이야기를 들려줄 때 주위에는 바리사이들이 앉아 있지 않았을까. 혹은 그들처럼 생각하는 유대인들이 앉아 있지 않았을까.

바리사이는 생각했다. '나에게는 하느님이 있다. 그러나 세리에게는 하느님이 없다. 이 얼마나 다행한 일인가. 그러니 감사의 기도를 드려야지.' 행여 우리도 그렇게 생각하고 있는 건 아닐까. '나에게는 예수님이 있다. 저들에게는 예수님이 없다. 그러니 전해주어야지. 내게는 있고 저들에게는 없는 예수를 전해주어야지.'

그런데 저명한 기독교 미래학자 레너드 스위트 박사는 달리 말한다. "그런 생각은 큰 오산이다. 그리스도교인들이 범하는 큰 착각이다. 내

유대인이 지었던 예루살렘 성전은 파괴됐다.

지금은 '통곡의 벽'이라 불리는 일부 성벽만이 남아 있다.

유대 성전이 있던 자리에 지금은 이슬람 성전이 서 있다.

유대인들은 지금도 그곳에 가서 기도를 한다.

단지 옛날의 영화를 그리워해서가 아니다.

아직도 성전이 하느님을 만나는 장소라고 생각하기 때문이다.

게는 예수가 있고 상대방에게는 없는 것이 아니다. 나만 가진 예수를 상대방에게 전해주는 것이 아니다. 예수는 내가 가기도 전에 이미 그곳에 가 있다. 내가 예수를 전하기도 전에 이미 그 사람 속에서 살고 있다. 내가 할 일은 그런 예수를 찾아내는 일이다. 내가 예수를 전하기도 전에 이미 상대방 속에서 살고 있는 예수를 발견하는 일이다. 그것이 내가 할 일이다."

바리사이의 사고방식은 제국주의 시대의 선교 방식과 통한다. 총과 칼을 앞세우고 신대륙을 개척할 때 뱃머리에는 늘 사제나 선교사들이 탔다. 왜 그랬을까. 나에게만 있고 저들에게는 없는 예수. 그런 예수를 전하려 했기 때문이다. 그런 전달 방식은 제국주의적 정복 방식과 여러모로 맞아떨어졌다. 그들이 전하려 한 예수에게는 치명적인 결함이 있었다. 예수 그리스도는 늘 자기 자신이 무너진 곳으로 찾아온다. 사도 바울로도 그랬다. 말에서 떨어져 눈이 멀고서야 바울로는 그리스도를 만났다. 간디는 식민지 인도를 떠나가는 영국인들에게 "당신들이 만든 예수는 가져가고, 성경 속의 예수는 두고 가라."라고 했다. 바리사이의 눈은 멀 수가 없다. 꼿꼿이 서서 기도하는 그들은 '나의 눈'을 통해 하느님을 만난다. 내가 만든 하느님, 내 입맛에 맞는 하느님을 만난다.

예루살렘 성전이 내다보이는 곳에서 나는 눈을 감았다. 어쩌면 우리가 바로 바리사이가 아닐까. 내게만 하느님이 있다고 착각하는 바리사이가 아닐까. 아무리 기도의 버튼을 눌러도 체다카가 작동하지 않는 바리사이가 아닐까. 예수의 지적처럼 스스로 의롭다고 자신하며 다른 사람을 업신여기는 바리사이가 아닐까.

바리사이들도 처음부터 그렇지는 않았다. 사실 그들은 오랫동안 유대인에게 존경을 받았다. 형식적인 존경이 아니라 가슴에서 우러나는 존경이었다. 이스라엘은 고대로부터 주변 국가에게 수시로 침략을 받았다. 그 와중에 오랜 세월 식민지가 되기도 했다. 기원전 171년 수리아(시리아)는 이집트를 물리쳤다. 그리고 이스라엘을 식민지로 삼았다. 예루살렘 성전에는 그리스 신 조각상이 세워지고 돼지의 피로 제사를 올렸다. 하느님의 구원을 약속받은 민족이라는 징표인 할례도 금지됐다. 유대인들이 얼마나 큰 모욕을 느꼈을까.

유대인들은 항거했다. 그 저항의 중심에 바리사이가 있었다. '바리사이'라는 당파가 등장한 것은 이스라엘이 수리아를 상대로 독립 전쟁을 펼칠 때였다. 20년간 전쟁을 치른 끝에 이스라엘은 수리아를 물리쳤다. 당시 바리사이들은 제사장 집안인 마카베오 가문을 중심으로 결집했다. 마카베오 가문은 곧 변질됐다. 사치를 일삼고 세속적인 사업에 몰두하기 시작했다. 심지어 왕권과 대제사장직을 통합하려 했다. 그것은 성서의 지침을 정면으로 거스르는 일이었다. 모세가 시나이산에서 신으로부터 받은 말씀과 어긋나는 조치였다. 바리사이들이 보기에는 신에 대한 배신이었다. 그래서 바리사이들은 마카베오 가문에 맞서 싸웠다.

당시 마카베오 가문의 권력은 막강했다. 그럼에도 바리사이들은 반기를 들었다. 유대인들이 다들 무서워서 고개를 숙일 때 바리사이들은

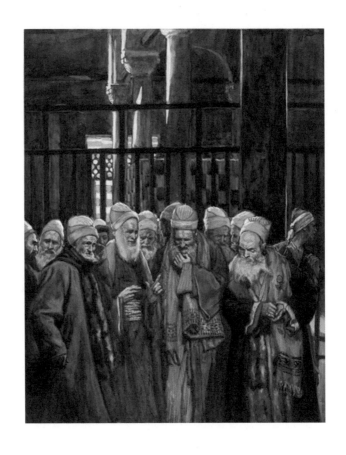

"안식일을 지키지 않는 이는 사형에 처한다."라는 율법을
목숨처럼 모시는 바리사이들에게 "안식일이 사람을 위해 있는 것이지,
사람이 안식일을 위해 있는 게 아니다."라고 말한 예수는 이단이었다.

자메 티소트의 〈함께 음모를 꾸미는 바리사이들〉.

목숨을 걸고 저항했고, 순교한 이들도 많았다. 유대 백성의 입장에서 이를 보면 어땠을까. 위정자들은 자신들의 이익만 좇고 '유대의 정체성'에는 별 관심이 없었다. 다들 두려워서 누구도 "노(NO)!"라고 말하지 않았다. 그때 손을 번쩍 들고 "그건 아니오!"라고 외친 이들이 바리사이들이었다. 그래서 유대 백성들은 그들을 믿고 존경했다.

예수 당대에도 그랬다. 바리사이들의 꼿꼿함은 그대로였다. 당시 유대인들은 로마 황제와 유대 왕족인 헤롯 가문에 충성을 맹세했다. 사두개파인 제사장들도 헤롯 가문에 협력하고, 그 대가로 성직의 지위를 유지했다. 그때도 바리사이들은 반기를 들었다. 황제와 헤롯 가문에 대한 충성 맹세를 거부했다. 플라비우스 요세푸스는 『유대 고대사』에서 "당시 바리사이의 숫자는 6000명이었다."라고 기록하고 있다. 수는 많지 않았으나 그들이 유대 사회에 미치는 영향력은 무척 컸다. 바리사이들이 말을 듣지 않자 왕은 급기야 벌금을 부과할 정도였다.

바리사이의 꼿꼿함은 시간이 흐를수록 박제가 되어갔다. 종교로 따지면 그들은 '율법주의자'가 됐다. 그들은 '행위'에 방점을 찍었다. 행위는 격식으로 굳어졌고, 그들의 눈에는 예수가 격식을 파괴하는 위험한 인물로만 비쳤다. 그러면 예수는 어땠을까. 예수는 행위를 강조하지 않았을까. 아니다. 예수도 행위를 중시했고, 천국의 문을 여는 열쇠는 아버지 뜻에 대한 '행함'이라고 했다. 그렇다면 예수의 행위와 바리사이의 행위는 무엇이 다를까.

예수는 이렇게 말했다. "나에게 '주님, 주님!' 한다고 모두 하늘나라에 들어가는 것이 아니다. 하늘에 계신 내 아버지의 뜻을 실행하는 이라야 들어간다."(마태오 복음서 7장 21절) 예수는 정확하게 '실행'이라는 단어에 힘을 주었다. 그리스어로는 '포이에오(poieo)'다. 영어로는 'act(행하다)', 'make(만들다)', 'produce(생산하다)'라는 뜻이다. 예수는 앉아서 암송만 하지 말고, 기도만 하지 말고, 실행하라고 했다. 그래야 천국의 문을 여는 열쇠가 생긴다고 했다.

그뿐만이 아니다. 그 대목에 이어 예수는 이렇게 말했다.

"그러므로 나의 이 말을 듣고 실행하는 이는 모두 자기 집을 반석 위에 지은 슬기로운 사람과 같을 것이다. 비가 내려 강물이 밀려오고 바람이 불어 그 집에 들이쳤지만 무너지지 않았다. 반석 위에 세워졌기 때문이다."(마태오 복음서 7장 24~25절)

이번에도 '행함'이다. 예수의 말을 듣고 행하는 이라야 반석 위에 집을 짓는다고 했다. 그래야만 슬기로운 사람이라고 했다. 여기서 의문이 생긴다. 바리사이들도 행위를 강조했다. 예수도 마찬가지다. 그럼 예수와 바리사이는 무엇이 다른 것일까.

자전거를 예로 들어보자. 그러면 예수의 말은 이렇게 바뀐다. "나에게 '주님, 주님!' 한다고 모두 자전거를 아는 게 아니다. 내가 일러준 대로 직접 페달을 밟아본 이라야 알 수 있다." 사람들은 바란다. 자전거를 탈 수 있기를 바란다. 그래서 외친다. "주님! 주님!" 예수는 말했다. 그런다고 자전거를 타게 되는 건 아니라고 말이다. 예수가 일러준 열쇠는 '행함'이다. 직접 자전거를 타보는 일이다.

그렇다면 바리사이는 이 말을 듣고 어떻게 행동할까. 그들의 관심사는 결과물이다. 자전거를 탈 줄 아느냐 모르느냐 그것뿐이다. 그들이

들이미는 신앙의 잣대도 그렇다. "나는 자전거를 탈 줄 아는가, 당신은 자전거를 탈 줄 아는가." 그것뿐이다. 그게 전부다. 그래서 놓친다. 그들은 자전거만 알고 바람은 알지 못한다. 그들은 자전거만 알고 뒷좌석은 모른다. 그들은 자전거만 알고 '따르릉' 하는 벨 소리는 모른다.

예수는 다르다. 예수가 자전거의 페달을 밟으라고 한 데에는 이유가 따로 있다. 그것은 결과물만을 보라는 이야기가 아니다. 우리는 성서에서 예수가 설한 '자전거 타는 법'을 읽는다. "이웃을 네 몸처럼 사랑하라." "마음을 깨끗하게 하라." 열 번, 스무 번 읽는 사람도 있고, 백 번 또는 이백 번씩 읽는 사람도 있다. 그렇게 타는 방법을 숙지한다. 여기서 사람들은 종종 착각한다. 자신이 이미 자전거를 안다고, 탈 줄도 안다고 생각한다. "주여! 주여!"만 목이 터지게 외치면 자전거는 저절로 탈 줄 안다고 생각한다.

예수는 그게 아니라고 했다. 성서 속의 '자전거 타는 법'을 직접 행하라고 했다. 자전거의 핸들을 잡고 이리저리 돌려보라고 했다. 안장 위에 앉아서 딱딱한지 부드러운지 엉덩이의 감촉을 느껴보라고 했다. 두 발을 페달 위에 놓고서 돌려보라고 했다. 발이 땅에서 떨어진 느낌, 허공에서 원을 그리며 돌아가는 기분이 어떤 것인지 느껴보라고 했다. 그렇게 시도하며 넘어져보라고 했다. 그렇게 시행착오를 겪어보라고 했다. 성서를 읽을 때는 몰랐던 시행착오를 직접 체험해보라고 했다. 그런 시행착오가 없다면 어찌 될까. 머리로만 자전거를 타게 된다.

그래서 예수는 행하라고 했다. 직접 핸들을 잡고 페달을 밟아보라고 했다. 그것은 단순히 '자전거를 탈 줄 안다'는 결과물을 겨냥한 메시지가 아니다. 예수의 자전거는 바리사이들이 집착했던 '행위의 자전거'가 아니다. 예수는 '행함'을 통해 자전거의 속성을 체득하라고 한 것이다. 핸들과 안장과 페달만이 자전거의 전부가 아니다. 자전거의 속성에는 귓가를 스치는 바람과 바람을 가를 때의 상쾌함과 이마에서 흐르는 땀까지 포함되어 있다. 고개를 들면 펼쳐지는 푸른 하늘까지 담겨 있다. 그 모두를 통해 자전거의 속성을 익히라고, 그 속성과 하나가 되라고 한 것이다.

그렇다면 예수가 내민 자전거는 뭘까. 그것은 '하늘에 계신 아버지의 뜻'이다. 자전거를 탄다는 것은 그 뜻을 행함이다. 그 뜻을 행하면 어찌 될까. 신의 속성을 체험하게 된다. "이웃을 네 몸과 같이 사랑하라."라는 자전거를 타면서 우리는 신의 속성을 체험하게 된다. 내가 부서지고 이웃이 그 자리에 들어서는 경험을 통해 비로소 자전거의 속성을 깨닫게 된다. 내가 부서질 때의 시원함과 신의 속성이 드러날 때의 깊은 고요를 알게 된다.

이것이 바로 '반석(盤石)'이다. 비가 오고 바람이 불고 강물이 밀려와도 무너지지 않는 반석이다. 그 반석은 사라지지 않는다. 영원하다. 그 위에 집을 지어야 한다. '나의 삶'이라는 집을 그곳에 지어야 한다. 반석이 무너지지 않아야 집도 무너지지 않는다. 그 반석이 바로 신의 속성이다. 예수는 반석을 찾기 위해 행함을 그토록 강조한 것이다. "주여! 주여!" 한다고 그 반석이 찾아지는 것이 아니기 때문이다. 직접 페달을 밟아봐야 그 반석을 찾을 수 있다. 그 페달이 바로 행함이다.

그렇다고 해서 행함이 목적이 되는 것은 아니다. 행함을 통해 반석을 찾는 것이 목적이다. 바리사이들은 그걸 몰랐다. 그래서 행함에만 계속 방점을 찍었다. 반석이 빠져버린 행함은 이데올로기가 되기 마련이다. 신의 속성은 이치를 관통한다. 자신과 삶과 세상과 우주에 대한 이치다. 그런 이치를 관통할 때 우리는 지혜로워진다. 그래서 예수는 말했다. "나의 이 말을 듣고 실행하는 이는 모두 자기 집을 반석 위에 지은 슬기로운 사람과 같을 것이다."(마태오 복음서 7장 24절) 내가 뿌리 내린 반석(신의 속성)을 통해 나의 눈이 열리기 때문이다. 그래서 슬기로워진다.

예루살렘 성전으로 갔다. 통곡의 벽 광장에서 성전으로 올라가는 구름다리가 설치되어 있었다. 유대 성전은 파괴됐고 지금은 이슬람교의 성전이 세워져 있다. 그 앞에 섰다. 이 어디쯤에서 루카 복음서 속의 바리사이와 세리가 기도를 했으리라. 물음이 올라왔다.

'나만 아는 예수. 다른 이는 모르는 예수. 우리만 아는 예수. 저들은 모르는 예수. 그런 예수일까. 그렇다면 예수의 가슴이 너무 좁지 않을까. 무소부재(無所不在)의 하느님이다.'

바람이 불었다. 성전 앞뜰에 바람이 불었다. 그 바람이 물었다.

'너의 하느님은 다른가. 바리사이가 믿던 하느님과 다른가. 네가 만든 하느님, 네 입맛에 맞는 하느님. 그 하느님과 과연 다른가.'

바람이 불고, 또 불었다.

태어나려는 자,
하나의 세계를 파괴해야 한다

씨 뿌리는 사람은
실상 말씀을 뿌리는 것이다.
마르코 복음서 4장 14절

＊＊＊

갈릴래아 호숫가에 군중이 모였다. 모두들 예수에게 다가가려고 서로 밀고 당겼으리라. 예수는 아예 배에 올랐다. 그리고 뭍에서 조금 떨어졌다. 그제야 사람들은 차분해졌을 것이다. 예수는 호숫가의 사람들을 바라보며 배에 앉았다. 그리고 '씨 뿌리는 사람'에 대해 설했다.

한 사람이 씨를 뿌렸다. 어떤 씨는 길에 떨어져 새가 와서 먹고, 어떤 씨는 돌밭에 떨어졌다. 돌밭은 흙이 깊지 않아 뿌리가 얕았다. 싹이 돋았지만 결국 해가 솟아오르자 말라버리고 말았다. 또 어떤 씨는 가시덤불에 떨어졌다. 가시덤불이 자라면서 숨이 막혀 열매를 맺지 못했다. 또 다른 씨는 좋은 땅에 떨어져 싹이 나고 자라서 열매를 맺었다. 어떤 것은 30배, 어떤 것은 60배, 어떤 것은 100배의 열매를 맺었다. 이 말끝에 예수는 이렇게 당부했다. "들을 귀 있는 사람은 들어라."(마르코 복음서 4장 9절)

이 일화는 곳곳에서 자주 인용된다. 그리고 다양한 결론으로 이어진다. "너는 교회에 다니니 이미 좋은 밭이다. 그러니 100배의 열매를 맺

을 것이다.” “좋은 밭이 되려면 교회에 꾸준히 출석해야 한다. 헌금도 내고, 봉사 활동도 열심히 해야 한다. 그래야 좋은 밭이 되지 않겠는가.” “불신자들의 밭은 돌밭이고 가시덤불이다. 믿는 이들의 밭은 다르다. 100배의 열매가 보장되어 있다. 천국이 그런 곳이 아니겠나. 100배의 열매가 열리는 곳이 아니겠나. 그러니 열심히 믿어야 한다.” 그래서 사람들은 믿는다. “믿습니다!”라고 큰소리로 외치며 믿는다.

갈릴래아 호숫가를 걸었다. 물음이 올라왔다. 과연 그런 식의 믿음이 옳은 것일까. 그렇게 소리친다고 믿음이 솟아날까. 그렇다면 그것은 교리로 무장한 신념 체계와 무엇이 다른가. 그리스도교가 그런 신념 체계에 불과한가. 예수가 말한 '씨앗'은 이데올로기가 아니었다. 자본주의나 공산주의 같은 '기독교주의'가 아니었다. 그러한 '~이즘'이 아니었다. 행여 그런 신념 체계야말로 그리스도교의 강고한 믿음이라고 생각하는 이가 있다면 큰 착각에 빠져 있는 것이다. 그런 생각은 결국 '근본주의자'를 낳고 만다. 어찌 보면 그들이야말로 돌밭에서 예수의 씨앗을 품고 있는 사람들이다.

예수는 말했다. "씨 뿌리는 사람은 실상 말씀을 뿌리는 것이다."(마르코 복음서 4장 14절) 예수가 뿌리는 씨앗, 그 정체는 '말씀'이다. 그러니 예수는 말씀을 뿌린 것이다. 그 말씀에 이치가 담겨 있다. 나와 이웃, 하느님 나라와 신의 속성이 어떻게 숨 쉬고, 작동하고, 통하는가를 풀어주는 이치다. 그러한 이치의 씨앗이 여기에도 '툭!', 저기에도 '툭!', 이쪽 밭에도 '툭! 툭!', 저쪽 밭에도 '툭! 툭!' 떨어지는 것이다.

그러면 나의 밭에 떨어진 예수의 씨앗을 어떻게 대해야 할까. 이것이 핵심이다. '나는 세례를 받았고, 예수님을 믿고, 주일마다 교회에도 빠짐없이 나간다. 그러니 그 씨앗은 알아서 잘 자라겠지.' 이렇게 생각

한다면 큰 오산이다. 자신의 밭이 돌밭이 될 수 있기 때문이다. 밭의 종
류가 처음부터 정해져 있는 것은 아니다. 우리가 씨앗을 다루는 방식
에 따라 돌밭이 되기도 하고, 길바닥이 되기도 하고, 좋은 밭이 되기도
한다.

　그러면 어찌해야 할까. 예수가 뿌린 씨앗에서 싹이 트고, 줄기가 자
라고, 꽃이 피고, 열매를 맺게 하려면 말이다. 답은 의외로 간명하다.

암탉이 되면 된다. 알을 품어서 병아리를 부화시키는 한 마리 암탉이 되면 된다. 예수의 씨앗(말씀)이 일종의 달걀이기 때문이다. 그냥 달걀이 아니라 그것은 이치를 담고 있는 달걀이다. 그래서 부화를 시켜야 한다. 알이 부화할 때 그 안에 담긴 이치도 함께 깨어난다. 그렇게 깨어난 이치가 나를 통해 살게 된다. 예수가 뿌린 씨앗은 그런 식으로 싹이 튼다.

헤르만 헤세는 소설 『데미안』에서 이렇게 노래했다. "새는 알에서 깨어나려고 한다. 알은 하나의 세계다. 태어나려는 자는 하나의 세계를 파괴해야 한다." 이와 마찬가지다. 성경 속 이치가 깨어날 때도 하나의 세계가 파괴된다. 자신의 이치를 거스르는 착각과 오해, 그리고 고집이 파괴된다. 그렇게 하나의 세계가 부서진다. 그것들이 파괴될 때 비로소 새가 알에서 깨어난다. 깨어난 새는 자유롭게 삶을 비행한다.

사람들은 예수의 메시지를 단박에 알아채지 못했다. 그래서 예수는 비유를 들었고, 그래도 어려워하는 이들이 많았다. 예수는 갈릴래아 호숫가에서 다그치기도 했다. 얼마나 답답했으면 그랬을까. "너희는 이 비유를 알아듣지 못하겠느냐? 그러면서 어떻게 모든 비유를 깨달을 수 있겠느냐?"(마르코 복음서 4장 13절) 예수는 강조했다. '비유를 알아들어야' 하고, '비유를 깨달아야' 한다. 그래야 예수가 뿌린 씨앗이 싹을 틔울 수 있다.

제자들에게는 이렇게 말했다. "너희에게는 하느님 나라의 신비가 주어졌지만, 저 바깥 사람들에게는 모든 것이 그저 비유로만 다가간다."(마르코 복음서 4장 11절) 예수는 복음서를 관통하며 숱한 씨앗을 뿌린 이유를 정확하게 밝혔다. 그것은 '하느님 나라의 신비' 때문이다. 영어로는 'the secret of the kingdom of God'이다. '하느님 나라의 비밀'이다. 그리스어 성경에서 '신비'에 해당하는 단어는 'musterion'이다. '닫혀 있다, 잠겨 있다(closed-keep)'라는 뜻이다. '하느님 나라의 신비'에는 자물쇠가 있다. 예수가 뿌린 씨앗(말씀)에도 자물쇠가 있다. 우리가 할 일은 비유에 담긴 자물쇠를 푸는 일이다.

사람들은 묻는다. "어떻게 해야 자물쇠를 풀 수 있나?" "그럼 예수의 씨앗을 어떻게 품어야 하나?" "어떻게 하면 암탉이 될 수 있나. 알을 품는다는 게 정확하게 무슨 뜻인가?" 그리스도교의 역사에는 오랜 세월 내려오는 '암탉의 전통'이 있다. 예수가 세상을 떠난 뒤에도 숱한 수도자들이 '좋은 밭'이 되고자 애썼다. 그들은 광야로 떠났다. 팍팍한 사막의 동굴에서 거하며 예수가 뿌렸던 씨앗(말씀)을 품었다. 자신의 내면에서 싹을 틔우기 위해서였다. 그들을 '은수자(隱修者)'라 부른다. 그렇다면 우리도 암탉이 되기 위해 이스라엘의 광야로 가야 할까. 그렇지 않다. 청년에게는 취업의 전쟁터에서 바쁘게 다니는 학교가 광야다. 직장인에게는 아이들을 키우며 출퇴근해야 하는 바쁜 일상이 광야

갈릴래아 호수 주변의 산촌 풍경.
예수도 이런 언덕에 난 길들을 걸으며 설교를 했다.
길옆에는 지금도 밭이 보인다.

다. 거기서 우리는 얼마든지 암탉이 될 수 있다. 핵심은 '어디서' 알을 품느냐가 아니라 '어떻게' 알을 품느냐이기 때문이다.

씨앗이 한 톨 떨어진다. "이웃을 내 몸과 같이 사랑하라."는 예수의 말씀이다. 그 씨앗이 나의 밭에 떨어진다. 그다음에는 어떻게 해야 할까. 씨앗을 품어야 한다. 그래야 싹이 틀 테니. 씨앗에서 싹이 트는 데는 온기가 필요하다. 암탉이 달걀을 품을 때도 적정한 온도가 되어야 한다. 가슴에 알을 품고서 암탉처럼 웅크리고 앉아 있으면 따뜻한 온기가 생겨난다. 그 온기로 알을 품어 깨운다. 예수의 말씀을 품을 때도 마찬가지다. 온기가 필요하다. 적정한 온도를 유지해야 씨앗에서 싹이 튼다. 그 온기가 뭘까. 예수의 말씀에서 싹이 트게 하는 따뜻한 기운이 대체 뭘까.

그것은 다름 아닌 '물음'이다. 내 안으로 깊이 던지는 물음이다. 가령 이런 식이다. "예수님은 왜 이웃을 사랑하라고 했을까?" 그렇게 물음을 던지고 나면 내 안에서 답이 올라온다.

"이웃을 사랑하면 '평화'가 생길 테니까."

그 답을 품고서 다시 물음을 던진다.

"그런 평화가 왜 나에게 필요하지?"

답이 떠오른다.

"그 평화로 인해 내 삶이 평화로워질 테니까."

다시 물음을 던진다.

"그럼 그 이웃이 누구일까? 누가 나의 이웃이지?"

다시 답이 올라온다.

"나의 하루에서 내가 만나는 사람들이겠지."

이렇게 답을 물고서 다시 물음을 던지면 된다.

"그럼 예수님은 왜 그 사람들을 '내 몸과 같이' 사랑하라고 하셨을까? 나의 몸은 나의 몸이고, 그들의 몸은 그들의 몸인데. 왜 굳이 '내 몸과 같이'라고 강조하셨을까?"

이렇게 물음과 답을 던지는 가운데 온기가 생겨난다. 그 온기로 인해 물음이 깊어지고, 답은 더욱더 깊어진다.

어떤 물음은 바로 답이 올라온다. 어떤 물음은 그렇지 않다. 금방 답이 올라오지 않는다. 그럴 때는 더 깊이, 더 오래 물음을 던져야 한다. 더 절박하게 물어야 한다. 때로는 하루 만에, 때로는 일주일 만에, 때로는 한 달 만에 답이 올라온다. 그럴 때 자기 안의 우물, 즉 신의 속성을 향해 던진 두레박이 더 깊이 떨어진다. 그렇게 끊임없이 묻고 답하다 자신도 모르게 "아하!" 하고 깨닫는 순간이 온다. 예수의 씨앗이 싹트는 순간이다. "아하, 그렇구나! 나와 이웃이 둘이 아니구나. 신의 속성이라는 예수의 눈으로 보면 그게 하나의 몸이구나. 그래서 예수님은 '이웃을 내 몸과 같이 사랑하라'고 하셨구나. 예수님 눈에는 그렇게 보이니까. 신의 속성에서는 둘이 아니니까. 결국 이웃을 내 몸과 같이 사랑하는 일 자체가 신의 속성을 회복하는 길이구나!" 그렇게 자물쇠가 풀린다. 굳게 잠겨 있던 하느님 나라의 신비가 내 안에서 깨어난다.

그러므로 밭은 처음부터 정해져 있지 않다. 나의 밭은 돌밭, 너의 밭은 가시덤불, 그의 밭은 좋은 밭. 그렇게 선을 그을 필요도 없다. 우리 모두의 밭에는 신의 속성이 깔려 있기 때문이다. 그렇다면 어떤 밭이

좋은 밭일까. 씨앗을 품고서 내 안으로 깊이 물음을 던지는 밭이다. 그렇게 끊임없이 묻고 답하는 밭이다. 이를 통해 부화의 온기가 올라오는 밭이다. 그것이 바로 좋은 밭이다. 예수의 씨앗은 그런 밭에서 싹이 튼다. 그렇게 해서 어떤 것은 30배, 어떤 것은 60배, 어떤 것은 100배의 열매를 맺는다.

예수는 성경에서 이렇게 말했다. "하느님의 나라는 이와 같다. 어떤 사람이 땅에 씨를 뿌려놓으면, 밤에 자고 낮에 일어나고 하는 사이에 씨는 싹이 터서 자라는데, 그 사람은 어떻게 그리되는지 모른다. 땅이 저절로 열매를 맺게 하는데, 처음에는 줄기가, 다음에는 이삭이 나오고 그다음에는 이삭에 낟알이 영근다. 곡식이 익으면 그 사람은 곧 낫을

댄다. 수확 때가 되었기 때문이다."(마르코 복음서 4장 26~29절)

사람들은 이 대목을 '천국의 농사법'으로 해석하기도 한다. "하느님 나라에서는 땀 흘려 농사를 지을 필요가 없다. 씨만 뿌려두면 저절로 자란다. 싹이 트고, 줄기가 자라고, 이삭이 나오고, 낟알이 영근다. 우리가 할 일은 수확뿐이다. 그러니 천국의 삶은 얼마나 편하고 풍요로울까." 이렇게 풀이한다. 여기에는 '천국의 삶=편한 삶, 풍요로운 삶'이라는 욕망의 등식이 깔려 있다. 그것은 이 땅에서 우리가 꿈꾸는 욕망의 연장선이다. 천국의 삶이란 그렇게 단순할까. '천국의 농사법'이 단지 그런 의미일까. 거기에는 하느님 나라의 더 깊은 신비가 담겨 있다.

우리는 저마다 밭을 가지고 있다. 그 밭이 돌밭이 되면 예수의 씨앗을 깊이 심을 수가 없다. 흙이 얕으면 뿌리도 얕게 마련이다. 바람이 조금만 불어도 뿌리째 뽑히고 만다. 그래서 씨앗을 깊이 심어야 한다. 그러면 어떻게 해야 씨앗을 깊이 심을 수 있을까. 씨앗을 품고서 내 안으

로 깊이 물음을 던져야 한다. 그럴 때 씨앗이 깊이 심긴다. 천국의 농사
법은 여기서부터 작동한다.

깊이 파고드는 물음일수록 어렵고 난해한 물음이다. 답이 금방 올라
오지 않는다. 그런데 참 놀랍다. 어떤 물음은 잠자리에 들기 전까지 아
무리 생각해도 답이 보이지 않는다. 그런 물음을 내 안에 깊이 심어두
고서 잠이 든다. 그런데 이튿날 아침에 일어나 샤워를 하다 문득 답이
떠오른다. "아하! 그거였구나!" 그렇게 싹이 튼다. 사람들은 대부분
우연이라 생각하지만 우연이 아니다. 어젯밤에 내가 심은 물음의 씨앗
이 밤새 자란 것이다. 그 싹이 샤워할 때 '툭!' 하고 땅을 뚫고 나온 것
이다.

절집에서는 그런 순간을 '깨달음의 순간'이라 부른다. 붓다는 새벽
별을 보다 깨달았고, 어떤 선사는 해우소(화장실)에서 볼일을 보다 깨

달았고, 또 어떤 선사는 방문을 열려고 문고리를 잡다가 깨달았다. '와
장창!' 하고 그릇이 깨지는 소리를 듣고서 깨달은 이도 있다. 그래서
사람들은 새벽별을 중시하고, 해우소와 문고리와 그릇 깨지는 소리를
중시한다. 거기에 깨달음의 단초가 있다고 생각한다. 하지만 그게 아니
다. 그런 순간들이 특별한 것이 아니다. 오래전에 심어둔 물음의 씨앗
이 자라고 자라 그 순간에 '툭!' 하고 싹을 틔운 것뿐이다.

예수가 설하는 '하느님 나라의 농사법'은 참으로 오묘하다. 씨앗은
왜 저절로 자랄까. 왜 싹은 저절로 트고, 이삭은 저절로 나오고, 낟알은
저절로 영그는 것일까. 왜 밤에 잠을 자는 동안에도 계속 자랄까. 여기
에 하느님 나라의 신비가 숨어 있다. 신은 인간을 빚을 때 신의 속성을
불어넣었다. 그러므로 우리 안에는 신의 속성이 있다. 다만 선악과의
후유증으로 인해 잠들어 있을 뿐이다. 예수는 그것을 깨우려고 씨앗을
뿌렸다.

나의 밭이 좋은 밭이 되려면 어찌해야 할까. 예수의 씨앗을 깊이 심
어야 한다. 예수의 말씀을 깊이 묵상해야 한다. 그럴 때 씨앗이 내 안에

깊이 떨어진다. 잠들어 있는 신의 속성 속으로 떨어진다. 우리가 예수의 말씀을 품고서 끊임없이 묻고 답할 때 씨앗은 더 깊이 내려간다. 그러는 와중에 온기가 생겨나고 씨앗에서 뿌리가 자란다. 깊이 심은 씨앗은 어디서 양분을 취할까. 다름 아닌 신의 속성이다. 그래서 저절로 자란다. 저절로 싹이 트고, 저절로 줄기가 올라오고, 저절로 이삭과 낟알이 영근다. 그것이 하느님 나라의 농사법이다. 그런 신비가 씨 뿌리는 사람 일화에 녹아 있다.

예수는 하느님 나라를 겨자씨에 빗댔다. "하느님의 나라는 겨자씨와 같다. 땅에 뿌릴 때에는 세상의 어떤 씨앗보다도 작다. 그러나 땅에 뿌려지면 자라나서 어떤 풀보다도 커지고 큰 가지들을 뻗어, 하늘의 새들이 그 그늘에 깃들일 수 있게 된다."(마르코 복음서 4장 31~32절)

그런 땅이 어디에 있을까. 우리 안에 있다. 우리 모두의 내면에 그런 땅이 있다. 신의 속성이 잠들어 있는 무궁무진한 땅이다.

그 땅에 겨자씨 한 톨이 떨어진다. 예수의 말씀이 떨어진다. 예수가 우리에게 묻는다.

"너의 밭은 돌밭인가? 아니면 좋은 밭인가?"

예수는 왜 로마의 앞잡이를
제자로 삼았을까

건강한 이들에게는 의사가 필요하지 않으나
병든 이들에게는 필요하다.
나는 의인이 아니라 죄인을 부르러 왔다.
마르코 복음서 2장 17절

* * *

갈릴래아 호수 서편에는 티베리아스가 있다. 갈릴래아에서 가장 큰 번화가다. 호텔과 리조트 건물이 들어서 있고, 레스토랑과 이런저런 부대시설도 많았다. 순례객들이 숙소를 잡는 곳도 주로 티베리아스 지역이다. 나는 호숫가를 산책하다 흥미로운 장소를 만났다. 높다란 호텔 뒤에 있는 조그만 공원이었다. 공원 한구석에 오래된 유적이 하나 있었다. 묘지였다. 가까이 가보니 바닥에 돌로 만든 관(棺)이 보였다. 주위에는 먹다 버린 맥주 캔 등이 널려 있었다. 밤에 이스라엘 청년들이 와서 맥주를 마시기도 하는, 약간 으슥하기도 한 장소였다.

안내 팻말이 눈길을 끌었다. 기원전 2세기경 갈릴래아의 유대인들이 사용했던 무덤이었다. 당시 유대인들은 동굴을 무덤으로 썼다. 이스라엘 지역은 덥고 기온이 높아서 시신도 빨리 부패한다. 우리나라처럼 삼일장을 치를 수도 없었다. 사망자가 발생하면 곧장 장례를 치르고 동굴 무덤의 입구는 돌로 막았다. 시신이 부패하면서 발생하는 악취가 동굴 밖으로 나오는 것을 막기 위해서였다. 예수가 십자가 죽음

기원전 2세기에 유대인들이 사용했던 묘지.
갈릴래아 호수의 서편인 티베리아스에 있다.

을 맞을 때도 그랬다. 골고타(골고다) 언덕의 동굴을 무덤으로 사용했다. 성경에는 예수의 주검이 "바위를 깎아 만든 무덤"에 안치됐고, "무덤 입구에 돌을 굴려 막아놓았다."(마르코 복음서 15장 46절)라고 기록되어 있다.

갈릴래아의 무덤도 마찬가지였다. 무덤 입구를 막는 돌은 두 종류였다. 하나는 나무 문처럼 만든 돌문이었다. 돌을 가공해야 하므로 형편이 넉넉한 사람들이 사용하지 않았을까. 또 하나는 굴릴 수 있는 둥그런 바위였다. 예수의 무덤은 사람들이 바위를 굴려서 입구를 막았다.

묘지 주위의 공원을 거닐었다. 무덤은 우리에게 시간을 일깨운다. 이미 흘러간 저들의 시간처럼 우리의 시간도 얼마 남지 않았음을 침묵으로 일깨운다. 바닥에는 옛날에 썼던 관이 놓여 있었다. 사막 기후라 나무가 귀해서였을까. 이스라엘에서는 돌로 만든 석관을 사용했다.

숙소로 돌아와 유대인 출신의 기독교 신학자 알프레드 에더스하임이 쓴 『유대인 스케치』(복 있는 사람, 2016)를 읽다가 뜻밖의 대목을 발견했다. 티베리아스 도시는 헤롯 왕이 건설했다. 로마의 티베리아스 황제의 이름을 따 도시 이름을 지었다. 도시를 세울 때 티베리아스 주민들에게는 집과 땅과 세금 혜택 등을 주었다. 그런데 정작 유대인들은 신도시 티베리아스를 탐탁지 않게 여겼다. 그 일대가 예부터 묘지였기 때문이다. 그제야 알았다. 내가 산책길에 묘지를 마주친 것은 우연이 아니었다. 무덤을 파낸 곳에 도시가 세워지기 전에는 그 일대가 온통 묘지였다. 유대인들에게 묘지는 부정한 장소다. 묘지 터에 집을 짓는 것은 상상조차 할 수 없었다. 게다가 율법을 어기는 행위였다. 유대인들에게 티베리아스는 한마디로 '불경스러운 도시'였다.

2000년 전 유대인들은 갈릴래아 출신을 무시했다. 플라비우스 요세푸스의 역사서에는 심지어 '이방의 갈릴래아'라는 말까지 등장한다. 갈릴래아 북동부에 페니키아인과 시리아인, 아랍인, 그리스인 등 이방인들이 모여 살았기 때문이다. 신의 구원을 약속받은 유일한 민족인 유대인들에게 이방인은 늘 경계 대상이었다. 그들과 섞이는 것도, 그들의 문화와 섞이는 것도 싫어했다. 그러므로 묘지 위에 세운 도시 티베리아스는 유대인의 갈릴래아에 대한 반감을 더욱 키웠을 것이다.

예수의 고향 나자렛(나사렛)은 갈릴래아에서 그리 멀지 않다. 갈릴래아 권역이다. 예루살렘의 유대인들은 예수를 '갈릴래아 출신'으로 여겼다. 거기에는 곱지 않은 시선이 깔려 있었다. 하지만 예수는 달랐다. 당시 유대인들이 목숨처럼 여겼던 갖가지 잣대를 수시로 허물었다.

가령 세리였던 마태오를 제자로 삼은 것도 유대인들에게는 상식 밖이었다. 예수는 길을 가다 세관에 앉아 있는 마태오(마태)를 보았다. 예수는 그를 향해 "나를 따라라."(마태오 복음서 9장 9절)라고 말했다. 성경에는 "그러자 마태오는 일어나 그분을 따랐다."고 기록되어 있다. 어찌 보면 극적인 장면이다. 두 사람은 서로 알지 못했다. 그런데도 "나를 따라라."라는 말에 마태오는 선뜻 일어섰다. 무엇이 마태오로 하여금 주저 없이 일어서게 했을까. 혹자는 예수의, 말로 설명할 수 없는 초월적 힘이라고 말한다. 그런데 그런 식으로만 풀이하면 그리스도교는 '물음이 없는 종교'가 되고 만다. 물음이 없는 종교에는 길도 없다. 물음을 던질 때 비로소 길이 생겨나기 때문이다.

나와 예수, 그 사이에는 늘 아득한 낭떠러지가 있다. 예수의 말씀은 물음표투성이다. 매일같이 성경을 펼쳐도 온통 수수께끼다. 오죽하면 예수 생전의 제자들도 그 말을 알아듣지 못했을까. 고개를 갸우뚱할 때마다 낭떠러지가 생겨난다. 낭떠러지 이쪽에 선 우리는 건너편을 향해 예수의 이름만 부를 뿐이다. "주님! 주님!" 그렇게 목 놓아 외칠 뿐이다.

그런데 예수는 달리 말했다. "내가 너희 안에 거하듯, 너희가 내 안에 거하라." 거하려면 어찌해야 할까. 다가가야 한다. 예수 안으로 뚜벅뚜벅 들어가야 한다. 그러려면 낭떠러지를 건너야 한다. 그런데 다리도 없고 길도 없다. 어떻게 해야 할까. 무슨 수로 저 아찔한 허공에 길을, 다리를 놓을 수 있을까? 그 열쇠가 바로 '물음'이다.

회사에서 일을 할 때도 똑같다. 공부를 할 때나 연구를 할 때도 마찬가지다. 우리는 때때로 막다른 벽에 부딪힌다. 절벽을 맞닥뜨린다. 어떤 해법도 돌파구도 보이지 않을 때가 있다. 그럴 때마다 사람들은 당황한다. 이리저리 허둥댄다. 그러다 낙담하고 결국 포기한다. 왜 그럴까. '물음'을 믿지 않았기 때문이다.

물음은 답에서 나온다. 물음의 고향은 답이다. 그러니 답이 보이지 않을 때는 물음을 잡으면 된다. '1+1=2'다. 그런데 '2'라는 답이 보이지 않으면 '1+1'이라는 물음을 잡아야 한다. 그 물음은 결국 '2'로 돌아간다. 그러니 내 안을 향해 깊이, 더 깊이 물음을 던지면 된다. 그렇게 던진 물음은 결국 고향으로, 답으로 돌아간다. 내 안으로 돌아간다. 왜 그럴까. 내 안에 이미 답이 있기 때문이다. 신의 속성이 있기 때문이다.

　나와 예수, 그 사이의 낭떠러지를 건널 때도 그렇다. 짙은 안개 속에서 예수의 메시지를 풀 때도 그렇다. 우리는 물음을 던져야 한다. 자신의 눈과 자신의 관점을 허물며 물음을 던져야 한다. 자기 안을 향해 깊이 물어야 한다. 그래야 물음이 길을 낸다. 그렇게 묻고 또 묻다가 "아하!" 하는 탄성과 함께 길이 보인다. 그 길을 통해 우리는 낭떠러지를 건넌다. 예수를 향해 걸어간다.

　세관에 앉아 있던 마태오도 그렇지 않았을까. 그의 내면에는 오랫동안 똬리를 틀고 도사리고 있던 물음이 있지 않았을까. 인간에 대한, 삶에 대한, 신과 구원에 대한 물음 말이다. 그런 해묵은 목마름이 있지 않았을까. 예수가 그 목마름을 적셔주었을 것이다. 마태오가 일어선 이

오른편에 선 예수가 왼편에 앉은 마태오를 부르고 있다.
얀 산데르스 반 헤메센의 〈세리 마태오를 부르는 예수〉.

유는 성경에 나와 있지 않다. 그렇지만 마태오에게는 분명 이유가 있
었으리라.

티베리아스의 호숫가에서 나는 눈을 감았다. 우리도 누군가를 스승
으로 삼고 좇을 때가 있다. 그게 언제일까. 스승이 내 안의 목마름을 적
셔줄 때다. 그럴 때 우리는 자리에서 벌떡 일어나 스승을 따른다.

세관에 앉아 있다 벌떡 일어나 예수를 따라나선 마태오도 대단하다.
그런데 마태오를 제자로 택한 예수는 더 대단하다. 당시 마태오는 '세
리(稅吏)'라고 불리던 세금 징수원으로 유대인들에게는 혐오의 대상이
었다. 식민지 시절, 로마 제국의 하수인 노릇을 하며 유대인의 피땀을
짜내던 이들이 세리였다. 세금 액수는 징수원이 마음대로 집행했다. 로
마에 바치는 세금 외에도 자신의 주머니를 불리기 위해 더 많이 징수
하기도 했다.

경제적 수탈뿐만이 아니었다. 유대인들은 하느님에게만 헌물을 바
쳤다. 십계명에서는 우상숭배를 전적으로 금지한다. 하느님 외에는 누
구에게도 헌물을 바쳐서는 안 된다. 그런데 로마 제국은 황제에게 헌
물을 바치라고 강요했다. 유대인들에게는 극심한 종교적 모독이었다.

바리사이들은 예수에게 "황제에게 세금을 내는 것이 합당합니까, 합당하지 않습니까?"라고 물었다. 올가미를 씌우기 위한 함정이었다. 세금을 내지 말라고 하면 '반(反) 로마'로 몰고, 세금을 내라고 하면 신성모독으로 '반(反) 유대'로 몰려는 의도였다.

그 의도를 꿰뚫고 예수가 말했다. "어찌하여 나를 시험하느냐? 세금으로 내는 돈을 나에게 보여라."(마태오 복음서 22장 18~19절) 그들은 데나리온 한 닢을 꺼냈다. 거기에는 황제의 얼굴이 새겨져 있었다. 예수가 "이 초상과 글자가 누구의 것이냐?"라고 묻자 그들은 "황제의 것입니다."라고 답했다. 그러자 예수는 이렇게 말했다. "황제(가이사)의 것은 황제(가이사)에게 돌려주고, 하느님의 것은 하느님께 돌려드려라."(마태오 복음서 22장 21절) 그야말로 '우문현답(愚問賢答)'이다.

예수가 활동하던 당시는 로마가 재정 위기를 겪을 때였다. 세금 징수는 강압적으로 이루어졌다. 유대인들은 로마에 많은 세금을 내야 했다. 인두세(재산세와 소득세)와 토지세는 물론이고 곡식 생산량의 10분의 1, 과일과 포도는 생산량의 5분의 1을 바쳐야 했다. 세리들은 잔혹하고 포악하게 세금을 징수했다. 유대인들은 그런 세리를 벌레처럼 여겼다. 유대계 신학자 알프레드 에더스하임은 "팔레스타인에서 세리들은 매춘부와 이방인, 노상강도, 살인자 등과 동일한 수준으로 여겨졌다. 심지어는 파문당한 자로 여겼다."고 말했다.

그런데도 예수는 세리를 제자로 맞았다. 유대인이라면 누구나 손가락질할 만한 일이었다. 가령 일제 식민지 시대에 일본의 앞잡이 노릇을 하던 조선 사람을 제자로 삼으면 어땠을까. 사람들은 그 스승에게도 손

빛과 어둠의 대비가 인상적이다.

카라바조의 〈성 마태오의 소명〉.

가락질을 하지 않았을까. 예수는 그런 상황에서 마태오를 제자로 삼았다. 성경에는 이에 대한 유대인들의 반응이 구체적으로 기록되어 있다.

예수는 마태오의 집에서 식사를 했다. 성경에는 "많은 세리와 죄인도 예수님과 그분의 제자들과 자리를 함께하였다."(마르코 복음서 2장 15절)라고 되어 있다. 그 광경을 본 바리사이 율법학자들은 발끈했다. 그들은 예수의 제자에게 물었다. "저 사람은 어째서 세리와 죄인들과 함께 음식을 먹는 것이오?"(마르코 복음서 2장 16절) 이 말을 들은 예수

알렉산더 비다의 〈예수께서 세리와 죄인들과 함께 식사를 하시다〉.

는 이렇게 답했다. "건강한 이들에게는 의사가 필요하지 않으나 병든 이들에게는 필요하다. 나는 의인이 아니라 죄인을 부르러 왔다."(마르코 복음서 2장 17절)

나는 이 대목에서 '예수의 눈'을 읽는다. 바리사이들은 사람의 겉모습을 봤다. 그 사람은 어디 출신이고, 직업은 무엇이고, 신분은 어떠하며, 어떤 신앙을 가지고 있는가, 그런 것을 따졌다. 그래서 세리와는 식탁에 함께 앉지도 않았다. 예수는 달랐다. 그런 것들은 모두 무시했다. 율법주의 사회였던 2000년 전의 이스라엘에서 예수의 행동은 상당히

도발적이고 혁명적이었다. 예수는 어떻게 그렇게 할 수 있었을까.

"건강한 이들에게는 의사가 필요하지 않으나 병든 이들에게는 필요하다. 나는 의인이 아니라 죄인을 부르러 왔다."라고 한 예수의 말 속에 답이 있다. 예수는 사람의 겉모습을 보지 않았다. 유대인들이 말조차 섞지 않던 사마리아인들의 우물가에서도 여인에게 먼저 말을 걸었다. 오히려 사마리아 여인이 깜짝 놀랄 정도였다. 예수의 파격은 어디서 나왔을까. 누구나 손가락질하는 세리를 어떻게 제자로 맞아들였을까. 여기서 예수의 눈을 본다.

그 눈은 각별하다. 겉모습만 훑는 눈이 아니라 내면을 관통하는 눈이다. 예수는 세금 징수원 마태오를 볼 때도 '마태오'를 보지 않았다. 사마리아 여인을 볼 때도 '여인'을 보지 않았다. 그럼 무엇을 보았을까. 그들 안에 깃들어 있는 신의 속성을 보았다. 그래서 예수에게는 아무런 차이가 없었다. 바리사이든, 세리든, 사마리아 사람이든 아무런 차이가 없었다. 예수는 그들 속에 잠들어 있는 신의 속성을 일깨우고자 했을 뿐이다. 신이 인간을 창조할 때 불어넣었던 '하느님의 모상(image of God)' 말이다. 그랬기에 세리와 함께, 죄인들과 함께 식탁에 앉아 저녁을 먹는 것이 예수에게는 가능했다.

예수는 "나는 의인이 아니라 죄인을 부르러 왔다(I did not come to call the just, but sinners)."라고 말했다. '의인'은 영어로 'the just'이다. 'just'에는 '딱 맞아떨어지다'라는 의미가 담겨 있다. 무엇과 맞아떨어지는 걸까. 그렇다. 신의 속성이다. '죄인'은 그리스어로 'hamartolos'

이다. '어긋나다, 빗나가다(misser)'라는 뜻이 담겨 있다. 무엇과 어긋나는 걸까. 마찬가지다. 신의 속성과 어긋나는 것이다. 그래서 예수는 '의인'이 아니라 '죄인'을 찾는다. 예수는 어긋난 것을 바로잡기 위해 이 땅에 왔다.

예수의 눈은 깊다. 현상 속의 본질을 본다. 우리의 눈은 그 반대다. 본질이 아니라 현상만 본다. 그래서 예수는 말한다. "네 마음의 눈을 돌려라." 이것이 주로 '회개'라고 번역하는 '회심(回心)'이다. 예수가 설한 '메타노이아(metanoia)'다. '메타'는 '옮김, 변화'를 뜻하고, '노이아'는 '생각하다, 이해하다, 알다'라는 뜻이다. 그러니 회심은 생각을 돌리고, 이해를 바꾸고, 앎을 변화시키는 일이다. 다시 말해 '나의 눈'을 바꾸는 일이다. 예수가 마태오를 향해 손을 내미는 성경 속 장면을 나는 종종 묵상한다. 거기에는 예수의 눈이 있다. 그 눈이 우리에게 말한다.

"나를 따라라."

예수는 보이는데
예수 안의 신은 왜 안 보이나

너는 어찌하여

형제의 눈 속에 있는 티는 보면서,

네 눈 속에 있는 들보는 깨닫지 못하느냐?

마태오 복음서 7장 3절

* * *

예수 당시에도 그랬다. 사람들은 안보다 밖을 보기를 즐겼다. 나보다 남을 논하기를 더 좋아했다. 그런 일들이 얼마나 비일비재했을까. 급기야 예수는 이렇게 말했다.

"너는 어찌하여 형제의 눈 속에 있는 티는 보면서, 네 눈 속에 있는 들보는 깨닫지 못하느냐?"(마태오 복음서 7장 3절)

티는 아주 작은 '티끌(mote)'이다. 들보는 기다란 목제 '기둥(beam)' 이다. 내 눈 속에 그런 기둥이 박혀 있다고 생각해보자. 얼마나 아프고 불편할까. 그뿐만이 아니다. 들보로 인해 나의 시각이 왜곡된다. 문제는 그다음이다. 시간이 지나면서 왜곡된 시각이 나의 눈이 된다. 가족을 대하고, 이웃을 대하고, 세상을 대하는 잣대가 된다. 그런 잣대에서 조금이라도 어긋나면 우리는 불같이 화를 낸다. 남의 눈에 낀 티끌 하나에도 분노한다.

그래서 예수는 말했다. "너는 어찌하여 형제의 눈 속에 있는 티는 보면서, 네 눈 속에 있는 들보는 깨닫지 못하느냐? 네 눈 속에 있는 들보

예수의 눈이 참 맑다.
렘브란트의 《그리스도의 초상》.

는 보지 못하면서, 어떻게 형제에게 '아우야! 가만, 네 눈 속에 있는 티를 빼내주겠다.' 하고 말할 수 있느냐? 위선자야, 먼저 네 눈에서 들보를 빼내어라. 그래야 네가 형제의 눈에 있는 티를 뚜렷이 보고 빼낼 수 있을 것이다."(루카 복음서 6장 41~42절)

성경을 펼칠 때마다 가슴이 멎는다. 예수는 정확하다. 참 놀랍다. 더 하는 일도 없고 빼는 일도 없다. 예수 당시에도 '메시아'를 자처하는 이들이 더러 있었다. 그들은 모두 나름의 방식으로 남의 눈에서 티를 빼려 했다. "움직이지 말고 가만히 있어. 내가 네 눈 속의 티를 빼주겠노라." 이런 장면이 예수의 눈에는 얼마나 희극적이었을까. 큼직한 들보가 박힌 눈으로 남의 눈을 훑으며 티끌을 찾으니 말이다. 비단 '가짜 메시아'들만이 아니다. 예수의 지적은 들보가 박힌 눈으로 살아가는 우리 모두에게 해당된다.

예루살렘의 햇볕은 따가웠다. 나는 구시가의 시장통으로 갔다. 그곳은 팔레스타인 구역으로, 가게를 하는 이들은 모두 팔레스타인 사람들이다. 시장통 곳곳에는 이스라엘 군인들이 방탄조끼를 입고 완전무장을 한 채 순찰을 돌고 있었다. 이 시장의 골목은 각별하다. 예수가 십자가를 짊어지고 사형장을 향해 걸어간 곳이다.

석류 주스를 파는 가게가 곳곳에 보였다. 어른 주먹만 한 석류를 수동식 기계로 누르면 주르륵 하고 주스 한 잔이 나왔다. 나는 그늘진 테이블에 앉아 주스를 마셨다. 시원하고 상큼했다. 그렇게 더위를 식히며 생각에 잠겼다.

'그럼 이 들보를 어떻게 해야 뽑을 수 있을까? 예수는 분명 그 해법을 설했을 것이다. 그 해법이 성경 속에 녹아 있을 것이다. 그게 뭘까?'

들보의 뿌리는 깊다. 인류의 역사를 거슬러 올라간다. 아담과 이브 시절까지 올라간다. 인류의 눈에 처음 들보가 박힌 순간은 언제일까. 세상을 삐뚤게 보기 시작한 순간은 언제일까. 그렇다. 아담과 이브가 선악과를 따 먹은 순간이다. 그때 그들의 눈에 들보가 박혔고, 그 들보를 중심으로 선과 악을 쪼개기 시작했다. 그렇다면 어떻게 해야 들보를 다시 뽑을 수 있을까. 예수의 해법은 무엇일까.

예수는 분명하게 말했다. "제 십자가를 지고 나를 따르지 않는 사람도 나에게 합당하지 않다."(마태오 복음서 10장 38절) "누구든지 제 십자가를 짊어지고 내 뒤를 따라오지 않는 사람은 내 제자가 될 수 없다."(루카 복음서 14장 27절) 이와 같이 누차 강조했다. '자기 십자가'를

예루살렘 구시가의 시장통.

팔레스타인 사람들의 가게가 골목 양옆에 이어져 있다.

무장한 이스라엘 군인들이 순찰을 돌고 있다.
구시가의 시장통은 예수가 십자가를 짊어지고 걸었던 곳이다.

짊어지라고 말이다. 그것을 외면하면 "나의 제자가 아니다."라고 단호하게 말했다.

예수를 믿는 이들은 다들 예수의 제자를 자처한다. 아니면 예수의 제자가 되기를 갈망한다. 주일을 지키고, 교회에 출석하고, 십일조 헌금을 내고, 식사 때마다 기도를 한다. 사람들은 대부분 이것이 예수의 제자가 되는 길이라고 생각한다. 그런데 예수는 달리 말했다. "자기 십자가를 짊어지고 나를 따라오지 않는 사람은 나의 제자가 아니다."라고 분명하게 못 박았다. 그러니 이유가 있다. 주일을 지키는 데는 이유가 있다. 교회에 출석하는 데도 이유가 있다. 십일조를 내는 데도, 식사 때마다 기도를 하는 데도 이유가 있다. 그것이 무엇일까. 자기 십자가다. 자기 십자가를 어깨에 진 채 예수를 따르기 위해서다.

목회자들조차 설교할 때 '자기 십자가'를 말하면 성도들이 부담스러워 한다고 말한다. 그런데 예수는 왜 굳이 십자가라는 부담을 주려 했을까. 거기에는 깊은 이유가 있다. 우리가 '자기 십자가'를 통과할 때 들보가 부서지기 때문이다.

예수가 십자가를 짊어지고 몸소 걸어갔다는 시장통의 계단 위에 걸터앉았다. 그리고 눈을 감았다. 사람들은 모두 '자기 십자가'를 꺼린다. '십자가=고통'이라고 생각한다. 안에서 물음이 올라왔다. '자기 십자가는 정말 고통일까?'

아름다운 시구로 가득한 불교 경전 『법구경(法句經)』에 이런 대목이 있다.

티치아노의 〈십자가를 지고 가는 그리스도〉.

"어리석은 사람은 평생 동안/어진 사람을 가까이 모셔도/진리를 알지 못한다/숟가락이 국 맛을 모르듯이//지혜로운 사람은 잠깐 동안/어진 이를 가까이 모셔도/재빨리 진리를 이해한다/혀가 국 맛을 알듯이."

그럼 들보가 눈에 박힌 사람은 숟가락일까 아니면 혀일까. 그렇다. 숟가락이다. 국 맛을 모르는 딱딱한 숟가락이다. 숟가락은 아무리 찍어 먹어도 맛을 모른다. '예수의 맛'을 모른다. 성경의 맛, 영성의 맛을 모른다. 눈에 박힌 들보로 인해 영성의 미각이 마비됐기 때문이다. 그래서 예수는 '자기 십자가'를 지라고 했다. 딱딱한 숟가락이 자신을 무너뜨리게끔 말이다. 그래서 유연하고 피가 도는 혀가 되라고 말이다. 국 맛을 아는 혀, 예수의 맛을 아는 혀 말이다.

온갖 표정의 군상 속에서 십자가와 함께 예수만이 고요하다.

히에로니무스 보스의 〈십자가를 지고 가는 예수〉.

나는 다시 묻고 싶다. "그렇다면 '자기 십자가'는 고통일까, 아닐까?" 아니다. 그럼 무엇일까. 그것은 딱딱한 우리를 말랑말랑하게 만드는 문(門)이다. 국 맛을 모르는 숟가락에게 국 맛을 아는 혀가 되게 하는 문이다. 그러니 '자기 십자가=고통'이라는 등식은 틀렸다. 그것은 십자가의 정체를 모르는 이들이 꾸려낸 착각의 등식이다.

성경에 '숟가락과 혀'에 대한 일화가 있다. 예수의 제자 필립보가 졸랐다. "주님, 저희가 아버지(하느님)를 뵙게 해주십시오." 필립보는 왜 졸랐을까. 그의 눈에는 보이지 않았기 때문이다. 아무리 주위를 둘러봐도 하느님이 보이지 않았기 때문이다. 그래서 자꾸 예수를 졸랐다. 한 번만 보게 해달라고 말이다. 그런 제자를 향해 예수는 이렇게 말했다.

"나를 본 사람은 곧 아버지를 뵌 것이다. (…) 내가 아버지 안에 있고 아버지께서 내 안에 계시다는 것을 너는 믿지 않느냐?"(요한 복음서 14장 9~10절)

필립보의 눈에는 보이지 않았다. 눈앞에 서 있는 예수를 보고 또 봐도 예수만 보일 뿐이었다. 그 안에 깃든 하느님은 보이지 않았다. 왜 그랬을까. 그의 눈에 들보가 박혀 있었기 때문이다. 예수의 눈은 다르다.

'내가 아버지 안에 있고 아버지께서 내 안에 계심'을 훤히 본다. 어떻게 그것이 가능했을까. 예수의 눈에는 들보가 없었기 때문이다. 그래서 뚜렷이 볼 수 있었다.

나는 예수의 지적을 다시 곱씹어보았다. "위선자야, 먼저 네 눈에서 들보를 빼내어라. 그래야 네가 형제의 눈에 있는 티를 뚜렷이 보고 빼낼 수 있을 것이다." 이 구절을 묵상했다. 그러다 '뚜렷이'라는 단어에 주목했다. 그리스어 성경에는 'diablepseis'라고 표기되어 있다. '뚫어서 보다(thru+look)'라는 뜻이다. '관통해서 보다'라는 의미다. 무엇을 관통해서 무엇을 보는 것일까. 그렇다. 예수를 관통해서 그의 안에 깃든 신의 속성을 보는 것이다. 그것이 '뚜렷이'의 깊은 뜻이다.

그러면 이제 '자기 십자가'의 정체가 드러난다. 그것은 고통이 아니다. 세상을 뚫어 신의 속성을 보게 하는 눈이다. 그 눈으로 진입하는 통로의 이름이 '자기 십자가'다. 예수는 그것을 우리에게 건넸다. "누구든지 제 십자가를 짊어지고 내 뒤를 따라오지 않는 사람은 내 제자가 될 수 없다."라고 말한 이유가 명쾌해진다. 예수의 눈을 좇는 이가 예수의 제자다. 들보를 뽑아내지 않고서는 예수의 눈에 다가설 수가 없다. 그래서 예수는 몇 번이니 강조했다. "자기 십자가를 짊어지지 않는 사람은 내 제자가 아니다."라고 말이다.

이슬람 신비주의 영성가 루미가 쓴 「나는 작은데」라는 시가 있다. 넉 줄짜리 짧막한 시다. 이 시는 '들보가 빠진 눈'을 노래하고 있다. 그 눈이 얼마나 큰 눈인지 말이다.

나는 사람들 눈에 띄지도 않을 만큼 작은데
이 큰 사랑이 어떻게 내 몸 안에 있을까?

네 눈을 보아라, 얼마나 작으냐?
그래도 저 큰 하늘을 본다.

—루미, 「나는 작은데」(『루미 시초』, 늘봄출판사, 2014) 중에서

2000년 전 이스라엘에 살았던 예수는 '작은 인물'이었다. 유대인들은 그를 갈릴래아 촌놈으로 여겼다. 예수는 그저 나자렛 시골에서 자란 목수의 아들이었다. 그를 따르는 제자들도 볼품없었다. 고기 잡는

어부와 천대받는 세리 등이 고작이었다. 예수는 수천 년간 내려오는 유대의 율법을 마음대로 어기고, 유대인들이 오랑캐쯤으로 여기던 사마리아 사람들과 어울리고, 매춘부나 간음하는 여인 따위를 감싸고 돌았다. 유대인의 눈에는 그렇게 보였다. 들보가 박힌 눈으로 보면 그랬다.

들보를 빼면 달리 보인다. 예수의 작은 몸 안에는 큰 사랑이 들어 있다. 우주를 품는 무한의 사랑이다. 거기서 그치지 않는다. 그런 무한의 우주, 무한의 하늘을 우리의 작은 눈으로 볼 수 있다고 역설한다. 그래서 예수는 강조했다. 눈에 박힌 들보를 뽑아내라고. 그러기 위해 자기 십자가를 짊어지라고 말이다.

루미의 시와 예수의 메시지를 곱씹으며 예루살렘의 시장 골목을 걸었다.

"네 눈을 보아라, 얼마나 작으냐? 그래도 저 큰 하늘을 본다."

이런 눈을 가질 때 비로소 보인다.

"내가 아버지 안에 있고, 아버지께서 내 안에 계시다."

예수의 눈은 깊다. 현상 속의 본질을 본다.
우리의 눈은 그 반대다. 본질이 아니라 현상만 본다.

그래서 예수는 말한다.
"네 마음의 눈을 돌려라."

그것이 주로 '회개'라고 번역하는 '회심(回心)'이다.

예수는 왜 평화가 아니라
칼을 주었나

내가 세상에 평화를 주러 왔다고 생각하지 마라.

평화가 아니라 칼을 주러 왔다.

나는 아들이 아버지와

딸이 어머니와

며느리가 시어머니와

갈라서게 하려고 왔다.

집안 식구가 바로 원수가 된다.

마태오 복음서 10장 34∼36절

+ + +

성경을 읽다 보면 막다른 골목을 만난다. 주위를 둘러봐도 우회로가 없다. 그래서 한 발짝도 나아갈 수가 없다. 성경을 아무리 들여다봐도 뜻이 보이지 않는다. 이런저런 책에서 성경을 해석하기도 하고, 이런저런 사람이 나름대로 뜻을 들려주기도 한다. 그런데 "아하!" 하는 탄성이 내 안에서 터지질 않는다. 그저 대충 그런 뜻이겠지 하고 어물쩍 넘어간다. 그렇게 시간이 지난 뒤 우연찮게 그 구절과 다시 마주할 때가 있다. 그러면 어김없이 막다른 골목이 또 나타난다.

마태오 복음서에도 그런 막다른 골목이 있다. 예수는 이렇게 말했다.

"내가 세상에 평화를 주러 왔다고 생각하지 마라. 평화가 아니라 칼을 주러 왔다. 나는 아들이 아버지와 딸이 어머니와 며느리가 시어머니와 갈라서게 하려고 왔다. 집안 식구가 바로 원수가 된다."(마태오 복음서 10장 34~36절)

사람들은 고개를 갸우뚱한다. 예수의 메시지가 상식에 반하기 때문이다. "부모를 존경하고, 형제와 우애를 나누고, 이웃을 사랑하는 일.

나자렛의 수태고지 교회(The Church of the Annunciation).

인간의 육신을 갖고 태어난 예수는 나자렛에서 마리아와 요셉의 아들로 자랐다.

수태고지 교회에서 예수의 유년기를 묘사한 조각과 그림들을 만날 수 있다.

이는 세계 어디서나 통하는 인류의 상식이다. 그런데 예수는 오히려 '아들이 아버지와 원수가 되게 한다'고 했다. 그러기 위해 이 땅에 왔다고 했다. 부자지간을, 모녀지간을 갈라서게 만들려고 왔다는 것이다. 그 말대로라면 예수는 싸움의 화신이나 전쟁의 화신쯤 되어야 한다. 그래야 앞뒤가 맞지 않는가." 이런 의문이 끝도 없이 올라온다.

그래서 묻는다. 교회와 성당에 가서 누군가를 잡고 묻는다. "이 구절이 무슨 뜻이죠? 이해가 가게끔 논리적으로 설명을 해주세요." 종종 이런 답이 돌아온다. "그냥 믿어야 돼. 예수님 말씀은 그냥 믿는 거야. 거기에 의문을 던지고 자꾸만 물음표를 달지 마. 그건 네 믿음이 약해서 그런 거야. 예수님은 인간적이고 논리적이고 이성적인 물음을 초월해 계신 분이야. 그러니 인간의 눈으로 자꾸만 그분을 해석하려고 하지 마. 어차피 우리는 그분을 풀 수가 없으니까."

그런 말을 들은 사람은 위축된다. "종교는 논리가 아니다.", "종교는 과학이 아니다."라는 말 앞에 쪼그라들고 만다. 내 안에서 올라온 물음의 싹은 고개를 숙인 채 다시 땅속으로 쑥 들어가버린다. 그뿐 아니라 자신이 그런 물음을 던진 것에 대해 묘한 죄의식마저 든다. 그래서 다시는 그에 대해 묻지 않는다. 어차피 똑같은 답이 돌아올 것이므로. 결국 우리의 종교는 '묻지 마, 종교'가 되고 만다.

가령 말로만 듣던 '인절미'라는 떡이 있다고 하자. 내 안에서 '인절미는 맛있을까?'라는 물음이 올라온다. 그럼 이 물음은 언제 풀릴까? '인절미는 맛있다'는 굳건한 믿음을 통해 풀릴까. 아니다. 직접 인절미를 먹어봐야 풀린다. 그래서 "인절미가 정말로 쫀득하고 맛있구나!"

하고 온몸으로 알아야 한다. 그렇게 물음이 풀린다. 물음이 풀리면 믿음이 생긴다. 그것이 깊은 믿음이다. 그런 믿음은 흔들리지 않는다. 나 자신이 직접 보고 알게 되었으므로.

예수의 메시지도 그렇다. 물음이 풀려야 메시지도 풀린다. 그럴 때 성경은 길이 되고, 예수를 만나는 통로가 된다. 그러므로 물음을 멈추어서는 안 된다. 자기 안에서 올라오는 물음을 끝없이 좇아야 한다. 그래야 예수의 메시지를 뚫을 수 있다. 성경 속 예수의 메시지가 뚫릴 때 나 자신도 뚫린다. 그렇게 '내'가 뚫릴 때 비로소 우리는 예수를 만난다.

문제와 답은 둘이 아니다. 그런데 문제를 외면하면 어떻게 될까. 이는 자동차로 서울에서 부산으로 가는데, 경부고속도로를 외면한 채 가려는 것과 마찬가지다. 내 안에서 올라오는 물음은 일종의 고속도로다. 정확하고 빠른 길이다. 그 길을 궁리하며 따라가야 한다. 그래야 부산에 닿게 된다. 답을 만나게 된다.

마태오 복음서의 난수표 같은 이 구절도 마찬가지다. 풀려면 먼저 물음을 던져야 한다. "예수는 분명 '나는 길이요, 진리요, 생명이다'라고 했다. 그런데 왜 마태오 복음서 10장 34절에서는 '내가 세상에 평화를 주러 왔다고 생각하지 마라. 평화가 아니라 칼을 주러 왔다.'고 했을까. 예수가 말한 평화는 무엇이고, 예수가 말한 칼은 대체 뭘까." 이렇게 물음을 던져야 한다. 그리스도교의 수도원에서 수도자들이 하는 가장 핵심적인 일이 뭘까. 자기 안에서 올라오는 물음을 파고드는 일이다. 우리는 그것을 '수도(修道)'라고 부른다. 이는 수도원 수사들만의 전유물이 아니다. 예수를 만나고자 하는 모든 이들이 가야 할 길이다.

밤에 일하는 요셉을 위해 예수가 촛불을 들고 있다.
헤리트 반 혼토르스트의 〈그리스도의 어린 시절〉.

예수는 분명하게 말했다. "내가 세상에 평화를 주러 왔다고 생각하지 마라. 평화가 아니라 칼을 주러 왔다." 첫 구절부터 당혹스럽다. '예수=평화'라고 생각했는데, 정작 예수 자신은 '예수≠평화'라고 말한다. 오히려 '예수=칼'이라고 강조한다. 그렇다면 첫 물음이 올라온다. '예수가 말한 평화란 대체 뭘까?' 그것은 우리가 흔히 생각하는 평화와는 다르다. '나의 눈'에는 지켜야 할 평화로 보이지만 '예수의 눈'에는 부수어야 할 평화로 보이는 것. 그것이 대체 뭘까. 이런 물음을 따라가야 한다.

　그런데 물음을 따라간다고 해서 바로 답이 나오지는 않는다. 내 안
으로 던진 물음을 '궁리(窮理)'해야 한다. 닭이 알을 품듯이 말이다. '대
체 이게 무슨 뜻일까?' 하고 곰곰이 사유해야 한다. 사유를 통해 물음
의 두레박은 더욱더 깊이 내려간다. 예수는 이어서 말했다. "나는 아
들이 아버지와 딸이 어머니와 며느리가 시어머니와 갈라서게 하려고
왔다."

　이제 좀 더 명확해진다. 예수가 칼을 내려치는 곳은 나와 아버지 사
이다. 딸과 어머니 사이다. 며느리와 시어머니 사이다. 그 사이로 예수
는 칼을 내려친다. 왜일까. '예수의 눈'은 둘이 따로따로 떨어져야 한다
고 보기 때문이다. 그러면 물음이 좀 더 깊어진다. '나와 아버지 사이는
떼려야 뗄 수 없는 사이다. 아버지는 나의 뿌리니까. 나는 아버지에게

서 나왔고, 아버지로 인해 내가 이 세상에 존재한다. 딸과 어머니 사이도 마찬가지다. 이미 가족이 된 며느리와 시어머니 사이도 그렇다. 부모는 내가 태어난 고향이자 근원이다. 이것이 우리의 상식이다. 예수는 그런 상식을 향해 칼을 내려쳤다. 왜 그랬을까. 예수는 왜 이 관계들이 떨어져야 한다고 봤을까?'

그리스어 성경에서 '칼'은 '마카이라(machaira)'이다. '칼(sword)' 혹은 '싸움(fight)'을 뜻한다. 예수는 그것을 주려고 했다. 그것이 자신이 이 땅에 온 이유라고 했다. 나의 눈과 예수의 눈. 둘이 보는 세상은 다르다. 우리에게 부모는 자기 자신의 근원이다. 부모로 인해 내가 태어났다. 부모는 내게 육신을 주고 생명을 주었다. 그래서 부자지간(父子之間), 모녀지간(母女之間)은 끈끈하다. 둘 사이를 칼로 자를 수가 없다. 이 같은 불가침의 영역을 향해 예수는 칼을 내려쳤다.

그것은 우리의 평화가 진짜 평화가 아니기 때문이다. 우리가 믿는 뿌리가 진짜 뿌리가 아니기 때문이다. 예를 들어 나무가 한 그루 있다. 그 나무에는 잎사귀가 달려 있다. 그 잎사귀는 어디서 나왔을까. 우리는 답한다. "나뭇가지에서 나왔다." 그러니 잎사귀의 아버지는 나뭇가지다. 가지가 없으면 잎사귀가 나올 수 없으므로. 우리는 그렇게 본다.

그것이 우리의 눈이다.

예수의 눈은 다르다. 잎사귀의 근원은 나뭇가지가 아니다. 더 깊은 바닥이 있다. 그래서 예수는 칼을 내려친다. '잎사귀의 착각'을 향해 칼을 내려친다. 그것을 깨닫게 하기 위해 서로 싸우게 한다. 자신의 진짜 근원을 찾게 하기 위해서다. 그래서 예수는 말했다.

"나는 아들이 아버지와 딸이 어머니와 며느리가 시어머니와 갈라서게 하려고 왔다. 집안 식구가 바로 원수가 된다."

잎사귀가 나뭇가지만 알면 시야가 막힌다. 나뭇가지도 마찬가지다. 잎사귀만 알면 시야가 좁아진다. 결국 둘은 뿌리를 보지 못한다. 자신의 진짜 근원을 모른다. 그것이 잎사귀의 평화, 가지의 평화다. 예수의 눈으로 보면 '가짜 평화'다. 착각의 눈으로 바라본 '착각의 평화'다. 시간이 지나면 사라지는 '순간의 평화'다. 그래서 예수는 말했다. "내가 세상에 평화를 주러 왔다고 생각하지 마라. 평화가 아니라 칼을 주러 왔다." 그렇게 예수는 가짜 평화를 부수고자 했다.

당나라 때 임제(臨濟)라는 선사가 있었다. '임제의 할(喝)'로 유명한 그는 선불교 임제종의 시조다. 그의 가르침을 담은 『임제록(臨濟錄)』에 그 유명한 '殺佛殺祖(살불살조)'의 메시지가 담겨 있다.

"수행자들이여! 법의 이치를 얻고자 한다면 사람에게 미혹되지 말아야 한다. 안을 향하든 밖을 향하든 만나는 대로 바로 죽여라. 부처(佛)를 만나면 부처를 죽이고, 조사(祖)를 만나면 조사를 죽이고, 아라한(羅漢)을 만나면 아라한을 죽이고, 부모를 만나면 부모를 죽이고, 친척

프란시스코 데 수르바란의 〈나자렛 집에 있는 성모자〉.

권속을 만나면 친척권속을 죽여라. 그래야 비로소 해탈하게 된다. 이렇게 되면 사물에 구속되지 않고 자유자재하게 될 것이다."

불경스럽기 짝이 없다. 그리스도교식으로 풀면 "사도를 만나면 사도를 죽이고, 예수를 만나면 예수를 죽이고, 하느님을 만나면 하느님을 죽여라."라는 말과 같다. 깨달음을 얻었다는 선사가 어떻게 이런 발언을 했을까. 그런데 선불교에서는 "부처를 만나면 부처를 죽이고(逢佛殺佛), 조사를 만나면 조사를 죽여라(逢祖殺祖)."라는 메시지를 깨달음의 문을 여는 열쇠로 본다. 왜 그럴까.

임제 선사는 진짜 부처를 죽이고, 진짜 조사를 죽이고, 진짜 부모를 죽이라고 한 것이 아니다. 자신의 마음이 틀어쥐고 있는 '집착'을 죽이라고 했다. 그 집착이 만들어낸 관념의 상(相)을 죽이라고 했다. 부처에 대한 집착, 조사에 대한 집착, 부모에 대한 집착을 죽이라고 했다. 집착으로 인해 진짜 부처, 진짜 조사, 진짜 부모를 보지 못하기 때문이다. 세상을 '있는 그대로' 보지 못하는 까닭이다. 그래서 임제 선사는 모조리 죽이라고 했다. 자기 안에 있는 집착이든, 자기 밖에 있는 집착이든 말이다. 대상을 가리지 말고 모두 죽이라고 했다. 예수도 그랬다. 칼을 내려치라고 했다. 아버지와 아들, 어머니와 딸, 시어머니와 며느리가 갈라서라고 했다. 원수가 되라고 했다.

마태오 복음서에서 곧장 이어지는 문장은 칼을 내려치는 이유를 명확하게 보여준다. 예수는 말한다.

"아버지나 어머니를 나보다 더 사랑하는 사람은 나에게 합당하지 않다. 아들이나 딸을 나보다 더 사랑하는 사람도 나에게 합당하지 않다."(마태오 복음서 10장 37절)

어째서 합당하지 않을까. 우리가 진리보다 무언가를 더 사랑할 때,

거기에 집착이 있다. 아버지와 아들, 어머니와 딸 사이도 마찬가지다.

사람들은 반박한다. 어떻게 집착 없이 사랑할 수 있느냐고 말이다. 그런데 큰 사랑에는 집착이 없다. 작은 사랑에는 집착이 있다. 예수는 아버지와 어머니, 아들과 딸을 사랑하지 말라고 한 것이 아니다. 오히려 더 큰 사랑으로 그들을 대하라고 했다. 그래서 칼을 내려치라고 했다. 집착하는 사랑은 작은 사랑이다. 집착하는 평화는 작은 평화다. 결국 사라지고 만다. 그러니 합당할 수가 없다. 예수의 평화는 큰 평화, 영원한 평화이기 때문이다.

그런 예수의 평화는 어디에서 나올까. 신의 속성에서 나온다. 그러므로 우리가 신의 속성으로 녹아들 때 예수와 맞아떨어진다. 이것이 '합당(合當)'이다. 그리스어 성경에는 '악시오스(axios)'로 표현되어 있다. '만나다(meet)'라는 뜻이다. 무엇과 무엇이 만나는 걸까. 나의 속성과 신의 속성이 만나는 것이다. 그것을 위해 예수는 칼을 내려치라고 했다. 자기 안의 집착을 떼어내라고 했다. 아버지와 아들 사이에 묻어 있는 가장 끈적끈적한 접착제를 자르라고 했다. 예수의 속성, 신의 속성에는 집착이 없으므로. 그래야 둘이 만난다. 그것이 '합당'이다.

노자의 『도덕경』도 이에 대해 말한다. 집착을 내려친 뒤에 생겨나는 더 큰 평화를 노자는 빈 공간에 비유했다.

"서른 개의 수레바퀴 살이/하나의 바퀴통에 모이니/바퀴통이 비어 있기에/수레로 쓰인다.// 진흙을 빚어 그릇을 만드니/그릇이 비어 있기에/그릇으로 쓸 수 있다.// 문과 창을 만들어 방을 들이니/방이 비어

나자렛 성 요셉 교회의 제단 위에 걸린 십자가와 성가족 그림.

있기에/방으로 쓰인다."

노자는 비어 있기에 더 크다고 말한다. 예수의 평화도 마찬가지다. 아들과 아버지, 딸과 어머니 사이의 집착을 끊을 때 더 큰 평화가 드러난다. 그래서 예수는 칼을 건넸다. 그 칼은 싸움을 위한 칼이 아니라 더 큰 평화를 위한 칼이다. 더 큰 사랑을 위한 칼이다. 우주를 다 채우는 무한한 사랑. 그 사랑으로 녹아드는 칼이다.

내 안의 예수를 보다

나의 아버지께서는
모든 것을 나에게 넘겨주셨다.
루카 복음서 10장 22절

＋＋＋

갈릴래아 호수의 북쪽에는 산촌 마을이 있다. 카파르나움에서 산길 도로를 타고 20분쯤 가면 코라진(고라신)이 있다. 예수는 카파르나움에 거처를 두고, 주위 산촌 마을의 회당을 돌아다니며 설교를 했다. 코라진도 그중 하나였다. 마태오 복음서에는 예수가 코라진을 거세게 꾸짖는 장면이 나온다. 기적을 많이 베풀었는데도 코라진 마을의 주민들이 회개하지 않았기 때문이다.

"불행하여라, 너 코라진아! 불행하여라, 너 벳사이다(벳새다)야! 너희에게 일어난 기적들이 티로(두로)와 시돈에서 일어났더라면, 그들은 벌써 자루 옷을 입고 재를 뒤집어쓰고 회개하였을 것이다. 그러니 내가 너희에게 말한다. 심판 날에는 티로와 시돈이 너희보다 견디기 쉬울 것이다."(마태오 복음서 11장 21~22절)

'자루 옷'은 그리스어로 '삭코스(sakkos)'다. 히브리어로는 '삭(saq)'이다. 요즘 학생들이 짊어지고 다니는 '배낭(sack)'의 어원이다. 구약에서 자루 옷은 죽음을 애도할 때 입었다. 부모나 자식이 죽었을 때도

입고, 남편이 죽었을 때도 아내는 자루 옷을 입었다. 그리고 자신의 죄를 회개할 때도 입었다. 시편에는 가까운 사람이 아플 때도 그 아픔에 동참한다는 의미에서 자루 옷을 입었다고 한다. 전쟁에서 패했을 때는 패배를 인정하고 고개를 숙인다는 걸 보여주기 위해 자루 옷을 입기도 했다.

유대인들은 자루 옷을 입는 것에서 끝나지 않았다. 자루 옷을 입은 이들은 자신의 아픈 마음을 행동으로 드러냈다. 입고 있는 옷을 찢어

코라진은 폐허가 된 유적지다.
발굴단에 의해 예수 당시에 있던 건축물의 일부가 복원되어 있다.

서 벗기도 하고, 머리에 재나 흙먼지를 뿌리기도 했다. 아예 잿더미 속에 들어가 뒹굴기도 했다. 그리고 금식하며 통곡했다. 예수는 당시 유대의 풍습을 빗대며 코라진을 꾸짖었다.

나는 그 마을을 보고 싶었다. 갈릴래아 호숫가에서 차를 몰고 코라진 마을로 갔다. 굽이굽이 산길이었다. 올라갈수록 갈릴래아 호수가 눈아래로 펼쳐졌고 산촌의 푸른 초지가 능선을 그리며 나타났다. 코라진 마을은 폐허에서 발굴한 유적지였다. 주차장은 텅 비어 있었다. 순례객도 없고 관광버스도 보이지 않았다. 코라진의 관리인은 "이곳은 단체 여행객이 좀체 오지 않는다. 주로 개인적으로 찾아오는 순례객이 대부분이다."라고 설명했다. 단체객을 대상으로 한 성지순례 프로그램에는 이곳이 빠져 있다. 예수와 직접 연관되는 무언가가 없기 때문일까, 아니면 예수로부터 호된 꾸지람을 받고 결국 몰락한 마을이어서일까. 그도 아니면 여행 일정상 시간이 너무 빠듯하기 때문일까. 이스라엘 순례는 세 번째이지만 나 역시 코라진 방문은 처음이었다.

입장권을 끊고 안으로 들어가니 제주도의 현무암 같은 돌로 쌓은 담이 있었다. 돌담을 만져보았다. '예수는 두 발로 걸어 다녔다. 호숫가의 카파르나움에서 이곳까지 제자들과 함께 산길을 타고 올라왔겠지. 적

코라진 마을의 건물은 주로 현무암을 사용해 지어졌다.
현무암은 단단한 돌이어서 깎기가 무척 힘들다.

잖이 가파른 길이다. 봄여름에는 꽤 더웠을 것이다. 땀을 흘린 예수는 그늘에 앉아 목도 축였으리라. 그리고 제자들에게 하늘의 소리를 간간이 들려주었겠지. 그러면 제자들은 얼마나 행복했을까. 그들은 이런저런 문답을 주고받았을 것이다. 제자들은 때때로 가슴이 뻥 뚫리기도 했으리라.' 그런 생각을 하며 나도 돌담길을 걸었다.

복음서에는 예수가 이 마을에서 많은 기적을 일으켰다고 기록되어 있다. 그리스어 성경을 찾아봤다. 이 구절에서 '기적'에 해당하는 단어는 'dunamis(두나미스)'였다. '힘(power)' 또는 '능력(ability)'이라는 뜻이다. 예수는 이 마을에서 자신의 커다란 능력을 보여주었다. 병자를 치유한 능력일 수도 있고, 마음을 치유한 능력일 수도 있다. 기적의 구체적인 내용은 성경에 기록되어 있지 않다. 그런데도 사람들은 회개하지 않았다. 어찌 보면 뜻밖이다. 내 눈으로 살아 있는 예수를 직접 보고, 내 귀로 예수의 설교를 직접 들으면 지이잉 하고 마음이 자동으로 열릴 것만 같다. 하지만 그렇지 않았다.

왜 그랬을까. 마음의 문고리는 안쪽에 달려 있기 때문이다. 예수가 밖에서 문을 두드릴 수는 있다. '쿵! 쿵!' 하고 세게 칠 수도 있다. 그러나 밖에는 문고리가 없다. 마음의 문은 안에서만 열린다. 그러므로

회개는 전적으로 자신의 몫이다. 내 마음의 문고리는 나만이 열 수 있기 때문이다.

코라진 유적은 이스라엘의 국립공원이다. 안내 팻말도 세워놓았다. "코라진(Korazim/chorazin)은 기원전 3~5세기 탈무드 시대에 생겨난 마을이다. 이곳에 사람들이 계속 살다가 8세기경 황폐화했다."고 적혀 있었다. 예수는 코라신, 벳사이다, 카파르나움 등 회개하지 않는 마을을 향해 "심판 날에는 소돔 땅이 너보다 견디기 쉬울 것이다."라고 경고한 바 있다.

무너진 바위 위에 앉아 가만히 눈을 감았다. 심판이란 무엇일까. 사람들은 심판을 거론할 때 주로 '종말' 혹은 '사후 심판'을 떠올린다. 그래서 천국에 가느냐, 지옥에 가느냐를 따진다. 그런데 그게 전부일까.

코라진 마을에 있는 회당의 유적지.
그리스 신전처럼 생긴 회당 기둥의 일부가 남아 있다.

심판은 우리가 신의 속성에서 벗어났을 때 감당해야 하는 결과물이다. 그것이 심판이다. 그러므로 심판의 순간은 우리가 살아가는 매 순간에 있지 않을까. 신의 속성을 등지고 에고의 속성을 따름으로 인해 삶에서 감당해야 하는 온갖 파도들 말이다. 그런 파도들이야말로 심판의 흔적이 아닐까. 그런 파도들은 끊임없이 우리에게 말한다. 돌아가라고, 신의 속성으로 돌아가라고 말이다.

코라진 마을의 회당(시나고그) 유적지로 갔다. 현무암으로 깎은 기둥이 서 있었다. 그리스 신전과 비슷한 지붕은 부서져 땅바닥에 떨어져 있었다. 예수도 코라진 마을에 왔을 때 회당으로 들어갔다. 갈릴래아 호수 주위의 산촌 마을을 돌 때도 예수는 늘 회당에서 설교를 했다. 그러니 눈앞에 펼쳐진 저 유적의 폐허 속에, 2000년 전에는 예수가 서 있었으리라. 그는 바로 이곳에서 사람들에게 '메타노이아(metanoia)'를 역설했다. '회개' 혹은 '회심'이다. '회개'는 잘못을 뉘우치고 반성하는 일이다. 그런데 반성하는 데서 끝나면 곤란하다. 반성만 하고 '눈'을 바꾸지 않으면 똑같은 잘못을 다시 저지르게 된다. 결국 끝없는 잘못과 끝없는 회개가 반복될 뿐이다.

그래서 회심이 필요하다. 회심이란 무엇일까. 우리의 '눈'을 바꾸는 일이다. '에고의 눈'을 '예수의 눈'으로 돌리는 일이다. 사람들은 반박한다. "'예수의 눈'이 어디에 있는지 알아야 돌릴 게 아닌가. 말이 쉽지, 그게 쉬운 일인가." '예수의 눈'은 멀리 있지 않다. 신은 인간을 지을 때 신의 속성을 불어넣었다. 우리 안에는 신의 속성이 있다. 다만 우리가 모를 뿐이다. 그래서 예수는 코라진 사람들을 강하게 꾸짖었다.

그들 속에 있는 신의 속성을 보라고, 거기에 눈뜨라고 말이다. 그것을 위해 "회개하라."고 했다. 그렇게 '나의 눈'을 무너뜨리라고 했다.

코라진의 회당은 현무암으로 지어졌다. 이스라엘은 사막 기후로 큰 돌이 귀하다. 그래서인지 갈릴래아 일대에서는 건축물을 지을 때 현무암을 썼다. 코라진에서도 마찬가지였다. 현무암은 굉장히 단단한 돌이어서 수백 번 깎아야만 조각을 할 수 있다. 코라진 사람들이 만약 현무암을 깎듯이 자신을 깎았다면 어땠을까. 수백 번씩 자신을 뚫고 부수며 '눈'을 돌렸다면 어땠을까. 그랬다면 예수가 그토록 절절하게 회개를 지적하지는 않았을 것이다.

나는 코라진 마을을 떠났다. 차를 몰고 갈릴래아 호수로 내려갔다. 예수 당시로부터 지금까지 2000년의 세월이 훌쩍 흘렀다. 앞으로 2000년도 그렇게 훌쩍 흐를 것이다. 우리는 모두 그 속에서 잠시 머물다 간다. 긴 시간의 눈으로 보면 개인의 삶이란 참으로 순간이다. 그래서 더욱 간절한 것일까. 영원에 대한 갈망, 신의 속성에 대한 염원 말이다.

갈릴래아 호수 근처로 내려왔다. 차를 주차장에 세우고 호숫가를 걸었다. 갈릴래아 근처의 어느 동네였을까. 예수는 그런 '영원'이 누구에

게 나타나는지 설한 적이 있다. 예수는 성령(Holy Spirit) 안에 잠겨 있다가 이렇게 말했다.

"아버지, 하늘과 땅의 주님, 지혜롭다는 자들과 슬기롭다는 자들에게는 이것을 감추시고 철부지들에게는 드러내 보이시니, 아버지께 감사를 드립니다. 그렇습니다. 아버지! 아버지의 선하신 뜻이 이렇게 이루어졌습니다."(루카 복음서 10장 21절)

'나의 눈'과 '예수의 눈'은 다르다. 우리는 지혜와 슬기가 무기라고 생각한다. 지혜와 슬기를 통해 영원을 성취한다고 믿는다. 예수는 달리 말한다. "지혜롭다는 자들(the wise)과 슬기롭다는 자들(the intelligent)에게는 이것을 감추신다."고 했다. 지혜와 슬기를 통해서는 성령 속에 잠길 수가 없다고, 신의 속성으로 돌아갈 수 없다고 단정한다. 왜 그럴까.

프리츠 폰 우데의 〈아이들을 내게 오게 하라〉.

답은 간단하다. 지혜롭다는 자들은 '나의 지혜'를 말하고, 슬기롭다
는 자들도 '나의 슬기'를 말한다. '나의 지혜'가 뭘까. 에고의 지혜다.
'나의 슬기'가 뭘까. 에고의 슬기다. 제아무리 많은 정보와 지식이 있
고, 그러한 정보와 지식을 활용하고 있다 해도 에고의 울타리 안에서
맴돈다. 그래서 그들에게는 드러나지 않는다.

우리는 종종 착각한다. '갈망=집착'이라 생각한다. 하지만 찬찬히 보
면 그렇지 않다. 집착을 갖고 갈망할 수도 있고, 집착을 내려놓고 갈망
할 수도 있다. 육조 혜능 대사는 "머무는 바 없이 마음을 내라."고 했
다. 집착 없이 갈망하라는 뜻이다. 혜능 대사는 초조 달마로부터 내려

오는 깨달음의 법맥을 온전히 이어받은 인물이다. 그는 세상을 '깨달음의 눈'으로 본다. 그 눈에는 빤히 보인다. 우리가 무언가를 갈망할 때 어떤 식으로 갈망해야 하는지. 어떻게 갈망해야 그 갈망이 이루어지는지 말이다.

갈망은 나를 떠나가야 한다. 그래서 저 우주로 녹아들어야 한다. 그래야 갈망과 우주가 하나가 되어 작동한다. 그런데 갈망에 집착이 달라붙어 있으면 어찌 될까. 나를 떠나가지 못한다. 자신이 브레이크를 걸고 있기 때문이다. 강하게 집착할수록 강하게 브레이크를 거는 셈이다. 그래서 강력한 갈망보다 집착 없는 갈망이 더 잘 작동하는 법이다.

하늘에 닿으려면 어찌해야 할까. 사람들은 무언가를 쌓는다. 돌을 놓고, 그 위에 또 돌을 놓고, 그 위에 또 돌을 놓는다. 그렇게 층층이 쌓아 올리며 하늘로 손을 뻗는다. '나의 지혜'와 '나의 슬기'도 마찬가지다. 지혜와 슬기를 쌓고 쌓아 신이 속성에 닿으려 한다. 성경에도 그렇게 쌓아서 올라가는 탑이 등장한다. 그 탑이 바벨탑이다. 그런 탑은 하늘에 닿을 수가 없다. 아무리 높이 올라간다 해도 결국 땅에 머물기 때문이다.

예수는 신의 속성이 바벨탑이 아니라 철부지에게서 드러난다고 했다. 그리스어 성경에서 '철부지'는 'nepios(네피오스)'이다. '어린이'라는 뜻도 있고, '마음이 담백한 사람, 마음이 단출한 사람(a simple-minded)'이라는 뜻도 있다. 그러면 우리의 마음은 언제 담백한 마음이 될까. 탑에서 내려올 때다. 쌓고 쌓아 올리던 돌들을 하나씩 빼면서 내려올 때다. 그렇게 낮아지고 낮아지다 맨 아래 주춧돌까지 빼버릴 때

헨드릭 반 클레브의 〈바벨탑〉.

무엇이 드러날까. 그렇다. 비로소 하늘이 드러난다. '나의 지혜'와 '나의 슬기'로 가리지 않는 하늘이 드러난다.

하늘과 하나가 된 예수는 이렇게 말했다.

"나의 아버지께서는 모든 것을 나에게 넘겨주셨다. 그래서 아버지 외에는 아들이 누구인지 아무도 알지 못한다. 또 아들 외에는, 그리고 그가 아버지를 드러내 보여주려는 사람 외에는 아버지께서 누구이신지 아무도 알지 못한다."(루카 복음서 10장 22절)

예수는 왜 "나의 아버지께서는 모든 것을 나에게 넘겨주셨다."라고 했을까. 예수의 속성과 신의 속성이 같아서다. 그래서 통하고, 통하니까 안다. 아들은 아버지를 알고, 아버지는 아들을 안다. 예수 당시에는 신의 속성을 알아보는 이가 없었다. 세례자 요한조차 "오실 분이 선생님이십니까? 아니면 저희가 다른 분을 기다려야 합니까?"(마태오 복음서 11장 3절)라며 헷갈려했다. 눈 밝은 세례자 요한이 그랬으니 다른 사람들은 오죽했을까. 예수의 제자들도 그랬다. '예수의 속성'을 몰라봤다. 그러니 바리사이 등 유대 율법주의자들은 상상도 못했을 터이다. 예수의 속성과 신의 속성이 같다는 사실을 말이다.

틱낫한 스님의 「서로 안에 있음」이라는 시가 있다. 영어 제목은 'Interbeing'이다. 예수가 아버지를 알고, 아버지가 예수를 아는 까닭도 'interbeing'이다. 그것을 예수는 "아버지가 내 안에 있고, 내가 아버지 안에 있다.", "나를 보는 것이 곧 아버지를 보는 것이다."라고 표현했다. 틱낫한의 시는 이렇게 시작한다.

해가 내 안으로 들어온다
구름과 강과 더불어 내 안으로 들어온다
나 또한 강으로 들어간다
구름과 강과 더불어 해로 들어간다
우리가 서로 안에 들어가지 않는
그런 순간은 없다

그렇지만 내 안으로 들어오기 전,

해는 이미 내 안에

구름과 강과 더불어 내 안에 있었다

강으로 들어가기 전,

나는 이미 그 안에 있었다

우리가 서로 안에 들어가 있지 않는

그런 순간은 없었다

그러니, 알아다오

네가 숨을 멎는 그 순간까지

내가 네 안에 들어 있음을

—틱낫한, 「서로 안에 있음」(『영혼을 깨우는 시읽기』, 교양인, 2014) 중에서

　예수도 우리에게 말한다. 들어오라고. 내 안으로 들어오라고. 그것을 "내가 너희 안에 거하듯 너희가 내 안에 거하라."고 표현했다. 신이 인간을 창조할 때 불어넣었던 신의 속성은 이미 우리 안에 있다. 단 한 순간도 우리와 떨어진 적이 없다. 품고 있으면서도 우리가 보지 못할 뿐이다. '나의 지혜'로 인해, '나의 슬기'로 인해 말이다. 그래서 예수는 "철부지가 되어라."라고 했다. 갈릴래아 호수까지 내려왔을 때 나는 틱낫한 시의 마지막 구절을 몇 번이나 소리 내어 읊었다.

그러니, 알아다오
네가 숨을 멎는 그 순간까지
내가 네 안에 들어 있음을

지금 이 순간, 예수도 우리에게 말한다.
"네가 숨을 멎는 그 순간까지 나는 네 안에 들어 있다."

3부

예수의 부활과 나의 부활

바리사이들도 감탄한 예수의 현답

황제의 것은 황제에게 돌려주고,
하느님의 것은 하느님께 돌려드려라.
마태오 복음서 22장 21절

* * *

올리브산 위로 올라갔다. 예루살렘 성이 한눈에 들어왔다. 둥근 황금빛 지붕. 지금은 이슬람 성전이다. 모스크 특유의 문양으로 치장된, 이슬람의 3대 성지다. 예수 당시에는 그곳에 유대교 성전이 있었다. 이집트를 탈출한 유대인들이 광야를 떠돌 때는 천막으로 성막을 치고 그 안에 십계명을 새긴 돌판을 모셨다. 그것이 신을 만나는 성전이었다. 유대인은 가나안 땅에 나라를 세운 뒤에야 성을 쌓고 거대한 성전을 건축했다. 예수 당시에는 예루살렘 성의 한가운데 유대 성전이 있었다. 종교 국가였던 유대 사회의 심장에 해당하는 장소였다.

예수는 그곳을 향했다. 유대 광야와 사마리아, 갈릴래아 일대를 돌면서 하늘의 뜻을 전하던 예수는 이제 예루살렘으로 들어가려는 참이었다. 예수와 제자들 일행은 예루살렘 동편의 올리브산 근처까지 이르렀다. 예수는 제자들이 끌고 온 나귀의 등에 올라탔다. 나귀는 어렸다. 성경에는 "아직 아무도 탄 적이 없는 어린 나귀"라고 적혀 있다. 마태오복음서의 예루살렘 입성 대목에는 "그분은 겸손하시어 암나귀를, 짐바

올리브산에서 예루살렘 성으로 가는 내리막길은 가파르다.
예수도 나귀를 타고 이 길을 지나갔다.

리 짐승의 새끼, 어린 나귀를 타고 오신다."고 기록되어 있다. 어린 나귀는 겸손을 상징한다. 예수는 건장한 큰 말을 타고서 위엄을 내세우지 않았다. 오히려 보잘것없는 나귀를 타고 초라한 모습으로 예루살렘에 들어갔다. 그것이 예수의 마음이었다. 유대 사회의 심장으로 자청해 들어가는 예수의 심정은 '낮춤'이었다. 그 낮춤은 단순한 겸손이 아니다. 신의 속성을 향해 무한히 낮아지는 낮춤이다. 그것이 나중에 겟세마니의 기도로 이어지고, 다시 십자가의 길로 이어졌다. 예수는 그렇게 도성으로 들어섰다.

성경에 따르면 숱한 사람들이 예수의 예루살렘 입성을 환영했다고 한다. 제자들이 자신의 겉옷을 바닥에 깔자 그 위로 예수가 탄 나귀가 지나갔다. 그러자 수많은 군중이 자신의 겉옷을 길에 깔았다. 또 어떤 이들은 나뭇가지를 꺾어 길에 깔기도 했다. 아시아의 남방 국가에서 귀한 손님을 맞을 때 꽃잎을 흩뿌리는 풍습과 통한다. 이런 술렁임 속에서 예수는 성으로 들어갔다. 예수를 아는 이도 있었고 모르는 이도 있었다. 예수를 모르는 사람들이 물었다. "저분이 누구냐?" 그러자 군중이 답했다. "저분은 갈릴래아 나자렛 출신 예언자 예수님이시오."(마태오 복음서 21장 11절) 그리스어 성경에는 이 대목이 그리스어로도 'prophetes'라고 기록되어 있다. '예언자'라는 뜻이다. 이 단어만 봐도 당시 유대인들이 예수를 어떻게 봤는지 알 수 있다. 그들은 예수를 세례자 요한처럼 예언자로 여기고 있었다.

올리브산의 전망대에 섰다. 예수는 이 고개를 넘어갔다. 그리 높지 않은 고개였다. 예수에게는 생사(生死)의 고개였다. 이 고개를 넘어 예

올리브산 아래에서 팔레스타인 소년이
어린 나귀를 탄 채 염소 떼를 몰고 있었다.
예수 당시의 풍경도 이와 크게 다르지 않았을 것이다.

루살렘으로 들어갔기에 예수는 결국 십자가 죽음을 맞았다. 성전 경비
병들에게 체포되어 끌려가던 날 밤에도 예수는 이 고개에 있었다. 이
산의 중턱 겟세마니에서 기도를 하고 있었다. "내 뜻대로 마시고 아
버지 뜻대로 하소서."라고 기도하며 다시 한 번 죽음의 고개를 넘어야
했다.

천천히 올리브산을 내려갔다. 내리막길이 다소 가팔랐다. 산 중턱에
유대인의 공동묘지가 있었다. 예부터 내려오는 오래된 묘지였다. 검은
옷을 입은 정통파 유대인 유족들이 모여 고인을 애도하고 있었다. 삶
과 죽음은 인류의 영원한 숙제다. 예수 당시에도 그랬고 지금도 그렇
다. 예수는 이 '답이 없는 물음'에 답을 내놓았다. 절벽처럼 아득하기
만 한 삶과 죽음의 낭떠러지. 그 사이에 다리를 놓았다. 그 '다리'를 전
하기 위해 예수는 예루살렘으로 들어갔다.

예수가 찾아간 곳은 유대의 심장이었다. 예루살렘 성전 앞은 사람들
로 북적였다. 돈을 바꾸어주는 환전상들과 제물로 바칠 비둘기를 파는
장수들이 늘어서 있었다. 하늘에 제물을 올리는 본래 취지는 좀 달랐

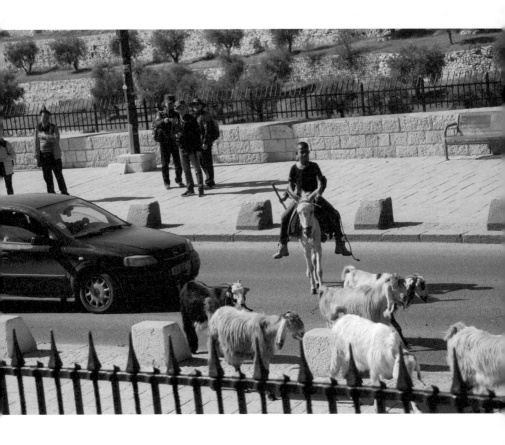

다. 구약 시대에 유대인들은 자신의 집에서 태어난 가축 중 첫째 새끼를 바쳤다. 유목민이었던 유대인들에게 가축은 재산목록 1호였다. 그 중에서도 처음 태어난 송아지나 염소는 다시 새끼를 치기 위해서도 귀하디귀한 존재였다. 자신의 피와 살이나 마찬가지였다. 유대인들은 그 귀한 것을 바쳤다. 자신에게 가장 소중한 대상을 떼어내 하늘에 바쳤다. 제물이 피 흘리고 불에 타는 모습을 보며 그들은 무엇을 경험했을

조토 디 본도네의 〈성전에서 환전상을 쫓아내는 그리스도〉.

까. 제물 대신 자신이 불타는 느낌을 체험하지 않았을까. 제물의 죽음을 통해 자신의 죽음을 경험하지 않았을까. 그 와중에 눈물을 흘리고 회개하며 자신을 씻어 내리지 않았을까.

나를 씻어 내릴 때 통로가 생긴다. 우리는 그 통로를 통해 신의 속성으로 들어간다. 예루살렘 성전은 그런 곳이었다. 그런 식으로 제물을 바치며 신을 만나는 장소였다. 예수가 목격한 성전 앞 광경은 달랐다. 오히려 물건을 사고파는 시장에 가까웠다. 하늘에 제물을 바치는 행위는 일종의 '거래'가 되어 있었다. 그들이 올리는 기도도 마찬가지였다. 자신이 제물을 바친 대가로 신에게 보답을 요구하는 일종의 상거래로 변질된 것이다.

예수는 분노했다. 환전상들의 탁자와 비둘기 장수들의 의자를 들어 엎어버렸다. 왜 그랬을까. 그들의 행위가 신을 가리고 있었기 때문이다. 나와 하늘, 그 사이에 장벽을 쌓고 있었다. 예수는 그들에게 이렇게 말했다.

"'나의 집은 기도의 집이라 불릴 것이다.'라고 기록되어 있다. 그런데 너희는 이곳을 '강도들의 소굴'로 만드는구나."(마태오 복음서 21장 13절)

예수는 구약을 꿰고 있었다. 그는 예언서인 이사야서를 인용했다. "그들의 번제물과 희생 제물들은 나의 제단 위에서 기꺼이 받아들여지리니 나의 집은 모든 민족들을 위한 기도의 집이라 불리리라."(이사야서 56장 7절)

예수가 인용한 이사야서에서는 '기꺼이 받아들여지는' 제물을 노래하고 있다. 그럴 때 성전은 '기도의 집'이 된다. 그러면 어떤 제물이 '기꺼이 받아들여지는' 제물이 될까. 하늘에 바치며 나를 씻어 내리는 제물이다. 내가 더 커지는 것이 아니라 내가 더 작아지게 하는 제물이다. 예루살렘 성전은 달랐다. 더 이상 '기도의 집'이 아니었다. 오히려 하느님을 팔아 돈을 버는 강도들의 소굴이 되어 있었다. 그래서 예수는 좌판을 엎어버렸다. 그곳은 기도의 공간이 아니라 이미 시장이 되어버렸기 때문이다. 인간의 욕망을 담보로 신을 팔아서 제사장들과 장사꾼들의 배를 불리는 시장. 뜻밖에도 그 시장의 이름이 '종교'였다.

나는 통곡의 벽 광장에 있는 구름다리를 건너 예루살렘 성전이 있던 곳으로 갔다. 지금은 그곳에 이슬람 사원이 있었다. 예수가 분노하며 시장의 좌판을 엎어버린 곳이 여기쯤이었을까. 사원 앞 광장에서 눈을 감았다.

'그렇다면 2000년 세월이 흐른 지금은 어떨까. 예수가 다시 이 땅에 온다면 어떨까. 성전 대신 곳곳에 세워진 교회를 둘러본다면 어떨까. 예수는 과연 모든 집을 '기도의 집'이라 부를까. 아니면 그중 많은 집들을 향해 '강도들의 소굴'이라 꾸짖을까.'

나는 여전히 궁금했다. 어쩌면 우리는 지금도 '교회의 이름으로', '예수의 이름으로' 환전을 하고 비둘기를 팔고 있는 것은 아닌지 말이다.

베이직교회의 조정민 목사는 이와 같이 지적했다. "종교는 '죄 산업'이다. 모든 종교는 죄를 사해주거나 탕감해주는 조건으로 마일리지(포인트)를 쌓을 것을 요구한다. 예수님은 '노 마일리지'를 주장하신 분이다. 예수님 이후로 죄의식을 빌미로 하는 '죄 산업'은 끝이 나야 한다." 그는 "2000년 전에 예수님이 이 땅에 오셔서 보여주신 건 종교가 아니었다. 하나님의 본질이었다. 예수님은 종교가 아니다. 종교성과 영성은 다르다."라고 덧붙였다.

그렇다. 종교성과 영성은 다르다. 예수 당시 유대인들은 뼛속까지 종교성에 절어 있었다. 유대인들은 종교성을 통해 신을 만나고자 했다. 조정민 목사는 "예수님은 달랐다. 종교성이 극대화된 유대교 안에서 '하나님의 본질'을 드러내 보이셨다. 그리스도교가 종종 본질로부터 벗어나는 이유도 '종교성' 때문이다. 종교성은 진정한 영성이 될 수 없다."고 말했다.

결국 우리를 예수 안에 거하게 하는 통로는 종교성이 아니다. 영성이다. 종교성을 통해서는 더욱더 강한 율법주의자만 양성될 뿐이다. 사람들은 종종 착각한다. 종교성이 강할수록 믿음이 강하다고, 종교성이 강할수록 신앙이 강하다고 여긴다. 그런데 그게 아니다. 종교성이 강할수록 자신의 고집이 강한 것이다. 종교성이 강할수록 종교에 대한 에고의 틀, 다시 말해 에고의 틀어쥠이 강한 것일 뿐이다. 그것은 장벽이다. 나와 예수를 가로막는 거대한 장애물이다. 그로 인해 나와 예수를 잇는 통로가 막힌다. 사람들은 그걸 모른다. 바로 그 종교성 때문에 '기도의 집'이 '강도들의 소굴'로 바뀔 수 있음을 모른다.

유대인들은 토론을 즐긴다. 유대인 도서관에서 깜짝 놀란 적이 있다. 도서관이 시장통처럼 시끄러웠다. 사람들이 둘씩 짝지어 종교에 관해 열띤 토론을 벌이고 있었다. 정해진 시간이 되면 다시 짝을 바꾸었다. 그날 처음 만난 낯선 사람과 토론을 하고 논쟁을 이어갔다. 유대인의 오랜 전통이다. 예수 당시에도 마찬가지였다. 예루살렘 성전이나 회당에서는 종종 강연이 열렸고 토론이 벌어졌다. 예수도 성전에서 사람들을 가르쳤다. 그때 수석 사제들과 원로들이 예수에게 다가와 따졌다. "당신은 무슨 권한으로 이런 일을 하는 것이오? 누가 당신에게 이런 권한을 주었소?" 이는 '예수의 정체'를 묻는 말이었다. 예수는 이렇게 되물었다. "나도 너희에게 한 가지 묻겠다. 너희가 나에게 대답하면, 나도 무슨 권한으로 이런 일을 하는지 너희에게 말해주겠다. 요한의 세례가 어디에서 온 것이냐? 하늘에서냐, 아니면 사람에게서냐?"(마태오 복음서 21장 24~25절)

예수의 물음에 그들은 진퇴양난에 빠졌다. 하늘에서 왔다고 하면 예수가 "어찌하여 그를 믿지 않았소?"라고 할 것이고, 사람에게서 왔다고 하면 세례자 요한을 예언자로 여기는 주위 군중의 분노를 감당할 길이 없었기 때문이다. 궁리 끝에 그들은 나름대로 묘안을 찾아냈다. 그들은 이렇게 답했다. "모르겠소." 그 말을 들은 예수는 기다렸다는 듯이 대답했다. "나도 무슨 권한으로 이런 일을 하는지 너희에게 말하지 않겠다."(마태오 복음서 21장 27절)

이 대목을 읽으며 나는 속으로 박수를 쳤다. 예수의 순발력이 놀라웠다. 사람들은 말한다. "예수님은 정말 머리가 좋으셨나 봐. 함정에 빠뜨리려는 공격적인 질문을 한마디로 물리쳤으니 말이지. 정말로 재치가 넘치게 말이야." 맞는 말이다. 예수의 답은 재치와 위트가 넘치고, 발빠른 대응도 놀라울 정도다. 그런데 우리가 놓쳐서는 안 되는 대목이 하나 있다. 예수의 답이 나온 뿌리다. 그것은 재치도 아니고, 위트도 아니고, 순발력도 아니다. 그 뿌리는 '안목'이다. 이치를 뚫은 자의 안목이다. 다시 말해 '눈'이다. 신의 속성을 품은 이의 눈이다. 그 눈이 때로는 재치로, 때로는 위트로, 때로는 순발력으로 뿜어 나올 따름이다.

이 사건으로 인해 예루살렘 성전의 사제들과 율법 학자들의 반감이 더욱 커졌다. 예수는 서서히 그들의 표적이 되고 있었다. 예수는 종교성에만 매달리는 유대의 율법주의를 향해 공격을 퍼부었다. 바리사이들은 발끈했다. "어떻게 하면 말로 예수님께 올가미를 씌울까."(마태오 복음서 22장 15절) 하고 머리를 짜냈다. 결국 자신의 제자들을 예수에게 보내 이렇게 묻게 했다.

"황제에게 세금을 내는 것이 합당합니까, 합당하지 않습니까?"(마태오 복음서 22장 17절)

"예!"라고 답해도 올가미에 묶이고 "아니오!"라고 답해도 올가미에 묶인다. 세금을 내라고 하면 '유대의 반역자'가 되고, 세금을 내지 말라고 하면 '로마의 적'이 된다. 바리사이들은 그 점을 노렸다. 예수는 이

예수 당시에 사용된 로마의 은화.
아우구스투스 황제의 얼굴이 새겨진 데나리온 은화다.

물음에 숨겨진 올가미를 꿰뚫어 봤다. 그리고 세금으로 내는 동전을
가져오라고 했다. 당시 데나리온 동전의 앞면에는 로마 황제의 얼굴이
새겨져 있었다. 예수는 이렇게 되물었다. "이 초상과 글자가 누구의 것
이냐?" 그들은 "황제의 것입니다."라고 답했다. 그러자 예수가 답했
다. "황제의 것은 황제에게 돌려주고, 하느님의 것은 하느님께 돌려드
려라."(마태오 복음서 22장 21절) 그 유명한 "가이사의 것은 가이사에게
(Caesar the things which are Caesar's)"라는 구절이다.

　당시 로마는 여러 신을 섬기는 다신교 사회였다. 로마 황제는 그 많
은 신들 중 하나로 여겨졌다. 로마인에게는 어차피 신이 여럿이므로
별 문제가 되지 않았다. 하지만 유일신을 믿는 유대인에게는 달랐다.
식민지 백성으로서 로마에 세금을 바치느냐 마느냐 하는 차원이 아니
었다. 우상을 섬기느냐 마느냐의 문제였다. 유대인들은 오직 하느님에
게만 제물을 바쳤다. 그런데 로마의 식민지가 되면서 농작물과 세금

예수는 어린 나귀를 타고 예루살렘으로 들어갔다.
이는 죽음이라는 '어둠'을 향한 입성이자,
동시에 십자가라는 '빛'을 향한 입성이기도 했다.

등을 로마 황제에게 바쳐야 했다. 거기에는 '로마의 신'인 황제에게 바친다는 의미가 녹아 있었다. 그러니 로마에 세금을 내는 일 자체가 유대인에게는 씻을 수 없는 치욕이었다. 바리사이들은 정확하게 그 지점에 올가미를 놓았다. 그러나 예수는 걸려들지 않았다. 예수는 명쾌한 답을 내놓았고, 바리사이들조차 그 말에 감탄하며 돌아설 정도였다.

플라비우스 요세푸스가 쓴 역사서 『유대 고대사』에는 이와 관련된 일화가 기록되어 있다. 로마가 파견한 유대의 총독 빌라도가 로마 황제가 그려진 군기를 한밤중에 예루살렘으로 들여오려 했다. 그러자 유대인들이 목숨까지 내놓으며 농성을 벌였다고 한다. 이유는 하나였다. 자신들의 종교적 신념을 지키기 위해서였다. 십계명에 기록된 '우상 숭배' 금지 항목 때문이었다. 구약에는 "너는 위로 하늘에 있는 것이든, 아래로 땅에 있는 것이든, 땅 아래로 물속에 있는 것이든 그 모습을 본 뜬 어떤 신상도 만들어서는 안 된다."라고 명시되어 있다. 유대인들은 집 안의 창살이나 창틀에도 문양을 새기지 않았다. 헤롯 안디바의 궁전은 동물 형상으로 장식되었다는 이유로 유대인들이 불을 지르기도 했다. 황제의 얼굴이 새겨진 군기는 우상과 마찬가지였다. 그러니 황제에게 세금을 내야 하나 말아야 하나라는 질문은 치명적인 독을 품은 올가미였다.

충돌은 여기서 멈추지 않았다. 율법주의자들은 예수를 잡기 위해 계속 올가미를 놓았다. 급기야 예수는 제자들에게 이렇게 경고했다. "율법 학자들을 조심하여라. 그들은 긴 겉옷을 입고 나다니며 장터에서 인사받기를 즐기고, 회당에서는 높은 자리를, 잔치 때에는 윗자리를 즐긴다. 그들은 과부들의 가산을 등쳐먹으면서 남에게 보이려고 기도는 길게 한다. 이러한 자들은 더 엄중히 단죄를 받을 것이다."(마르코 복음서 12장 38~40절)

예루살렘 도성에서도 예수는 파격적인 가르침을 멈추지 않았다. 성전의 사제들과 바리사이들은 예수를 표적으로 삼기 시작했다. 죽음의 그림자가 점점 예수에게 드리우고 있었다.

유다는 왜 예수를 배신했을까

너는 이 웅장한 건물들을 보고 있느냐?
여기 돌 하나도 다른 돌 위에 남아 있지 않고
다 허물어지고 말 것이다.

마르코 복음서 13장 2절

* * *

　며칠 뒤면 유월절이었다. 그런 들뜬 분위기 속에서 예수는 예루살렘 도성으로 들어갔다. 인간은 죽음을 피할 수 없다. 죽음을 어떻게 넘어설 수 있을까. 유월절에는 그런 물음이 담겨 있다. '예수의 마지막 일주일'은 이 물음에 대한 답이다. 누구도 피할 수 없는 인간의 존재론적 물음에 대한 예수의 실천적 해답이다. 그 일주일이 시작되고 있었다.

　모세 시대에 유대인들은 이집트에서 노예 생활을 했다. 양을 치다가 시나이산에 올라간 모세에게 신의 음성이 들렸다. "나는 네 조상의 하느님이다. 나는 아브라함의 하느님, 이사악의 하느님, 야곱의 하느님이다." 모세는 두려운 마음에 자신의 얼굴을 가렸다. 음성은 이어졌다. "나는 내 백성이 고통당해 울부짖는 소리를 들었고, 그들의 괴로움을 알고 있다. 이제 나는 내 백성을 구해 젖과 꿀이 흐르는 비옥한 땅 가나안으로 인도할 것이다." 모세는 이집트 파라오를 찾아가 이 사실을 전했다.

　나는 궁금했다. 왜 '아브라함의 하느님'이 '이사악의 하느님'이고, 그 하느님이 또 '야곱의 하느님'일까. 왜 그럴까. 아브라함, 이사악, 그리고 야곱은 시간의 흐름을 뜻한다. 그것이 오늘의 아브라함, 내일의 이사악, 모레의 야곱이 될 수 있다. 과거와 현재, 그리고 미래로 흘러가는 시간의 강물이다. 그 바탕에 신의 속성이 깔려 있다. 다시 말해 신의 속성 안에서 과거와 현재, 미래가 흘러간다. 지금도 마찬가지다. 우리는 그것을 '초월'이라 부르고, '영원'이라고 표현한다. 그래서 하나의 하느님이다.

가나안은 아브라함과 이사악과 야곱이 살았던 땅이다. 젖과 꿀이 흐르는, 한마디로 낙원의 땅이다. 예루살렘 도성을 거닐며 생각했다. 모세 당시의 유대인들이 꿈꾸던 가나안 땅이 어디일까. 답은 멀리 있지 않았다. 지금 내가 걷고 있는 바로 이 땅이 가나안이다. '그럼 여기가 낙원일까. 지금 이곳에 젖과 꿀이 흐르고 있는 것일까.' 아무리 둘러봐도 그렇지 않았다. 이스라엘과 팔레스타인은 지금도 '잠자는 폭탄'이고, 예루살렘 성 안에도 중무장한 경찰과 군인들이 수시로 돌아다니고 있었다. 게다가 통곡의 벽 앞에 서있는 유대인들은 지금도 '약속의 땅'을 찾고 있었다. 이미 가나안 땅에 들어와 있음에도 말이다.

그렇다면 진정한 가나안은 무엇이고 또 어디일까. 오랜 세월 광야를 떠돌아야 했던 유대인들에게는 '나의 땅, 나의 조국'이 가나안이었으리라. 식민지 시절, 대한제국 백성에게 해방된 조국이 하나의 '가나안'이었듯이 말이다. 그런데 막상 해방된 대한민국에 살고 있는 우리는 어떤가. 젖과 꿀이 흐르는 땅에 살고 있는 것일까. 그렇지 않다. 사람들은

지금도 '가나안'을 찾고 있다. 약속의 땅, 낙원의 땅을 갈구하고 있다.

그렇게 목이 마른 우리에게 예수는 '하느님 나라'를 제시했다. 또 하나의 가나안을 내놓은 셈이었다. 그것은 유대인들이 광야를 떠돌아다니며 찾던 가나안과는 성격이 달랐다. 예수의 가나안은 찾고 나서도 여전히 목이 마른 가나안이 아니었다. 예수는 우물가에서 만난 사마리아 여인에게 이렇게 말했다. "내가 주는 물을 마시는 사람은 영원히 목마르지 않을 것이다."(요한 복음서 4장 14절) 그 이유도 설명했다. 예수

가 주는 물은 우리 안에서 샘이 된다고 했다. 물이 솟는 샘이 되어 영원한 생명을 누릴 것이라고 했다.

이스라엘 사람들은 예루살렘 성이 있는 지역을 '올드 시티(old city)'라고 부른다. 성 안으로 들어서면 타임머신을 타고 수천 년 전으로 돌아간 느낌이 든다. 묵직한 돌들로 쌓아 올린 성벽이 있고, 성경 속에나 나올 법한 복장을 한 사람들이 다닌다. 유대인들도 그렇고 팔레스타인 사람들도 그렇다.

나는 조용한 성벽 아래 벤치에 가서 앉았다. 그리고 예수가 말한 '영원히 목마르지 않는 물'을 묵상했다.

예수가 주는 '물'이 뭘까. 메시지다. 그 메시지는 왜 특별할까. 그 속에 신의 속성이 담겨 있기 때문이다. 그 메시지 앞에서 내가 부서지고 나의 내면에 구멍이 뚫릴 때 비로소 샘이 생긴다. 그 샘에서 물이 솟는다. 신의 속성이 솟아난다. 예수는 그것을 "영원한 생명"이라고 불렀다. 그러니 예수가 제시한 가나안은 땅 위의 가나안이 아니다. 시간이 지나면 소멸하는 가나안이 아니다. 그것을 넘어서 있다. 나는 이를 '마음의 가나안', '영성의 가나안'이라 부르고 싶다. 땅 위에서 온갖 가나안들이 생겨나고 무너지고, 다시 생겨나고 무너질 때도 흔들림이 없는 곳이기 때문이다.

갈릴래아의 호숫가, 사마리아의 우물가, 광야와 요르단 강가, 올리브산의 동굴, 카파르나움의 뒷산에서도 예수는 그런 가나안을 설했다. 사람들은 예수의 말에 귀 기울였다. 가난한 사람이든 부유한 사람이든, 몸이 아픈 사람이든 마음이 아픈 사람이든 다들 들었다. 왜 그랬을까. 인간은 누구나 소멸하는 존재이기 때문이다. 죽음으로부터 자유로운 사람은 없다. 누구나 죽게 마련이다. 자연사든 사고사든 누구나 죽는다. 그래서 두렵고 겁이 난다. 죽음을 피할 길이 달리 없기 때문이다.

모세 당시 유대인들에게도 그런 죽음이 닥쳤다. 이집트의 파라오가 노예 생활을 하던 유대 백성을 풀어주지 않겠다고 하자 신의 음성을 들은 모세는 이렇게 경고했다. "이집트 땅에서 처음 태어난 것은 모두 죽을 것이다. 왕의 처음 태어난 아들부터 노예의 처음 태어난 아들까지, 그리고 가축의 처음 태어난 새끼까지 다 죽을 것이다. 그때에 이집트 온 땅에서 크게 울부짖는 소리가 날 것이다." 그래도 파라오는 모세의 경고를 무시했다.

유대인들은 모세의 말을 듣고 문틀에 어린 양의 피를 발랐다. 죽음은 유대인의 집을 비켜갔다. 그 외에는 모두 죽음을 피하지 못했다. 파라오의 첫째 아들도 죽음을 맞았다. 이날이 1월 14일이다. 유대인들은 '파스카(Pascha)'라 부른다. 넘을 '유(逾)', 건널 '월(越)' 자를 써서 '유월절(逾越節)', 유대인에게는 아주 큰 절기다. 이 사건은 이집트에서 유대인이 해방되는 결정적인 계기가 됐다.

예루살렘의 시장으로 갔다. 좁다란 골목 양옆으로 온갖 가게들이 늘어서 있었다. 팔레스타인 사람들이 옷이며 음식이며 각종 기념품 등을 팔고 있었다. 손으로 직접 기계를 눌러서 짜는 석류 주스와 오렌지 주스가 먹음직스러웠다. 방탄복을 입고 자동소총을 든 이스라엘 군인들이 그 사이를 누비고 다녔다. 예수가 예루살렘으로 들어섰을 때도 유월절을 앞둔 시기였다. 양력으로 따지면 4월 즈음이다.

이날 유대인들은 양을 잡는다. 예수가 예루살렘 도성에 있을 때도 그런 분위기였다. 집집마다 1월 10일까지 한 살 된, 흠이 없는 어린 수컷 양을 준비해야 한다. 양을 잡는 것이 경제적으로 부담이 되는 집도 있지 않았을까. 그런 집은 염소로 대신할 수 있었다. 유대인들은 14일

예루살렘 성은 위용이 넘친다.

수천 년 전에 지은 건축물이기에 더욱 놀랍다.

(유월절) 해 질 무렵에 양을 잡았다. 그런 뒤 양의 피를 우슬초라는 풀에 적셔 집 문틀에 발랐다. 양의 고기는 삶지 않고 반드시 구워서 먹었다. 유대인의 유월절 풍습에는 죽음을 피하고자 하는 인간의 오랜 갈망이 담겨 있었다.

예수가 예루살렘 성전에서 걸어서 나올 때였다. 제자들이 웅장한 성전 건축물을 가리키며 말했다. "스승님, 보십시오. 얼마나 대단한 돌들이고 얼마나 장엄한 건물들입니까?"(마르코 복음서 13장 1절) 그러자 예수는 이렇게 답했다. "너는 이 웅장한 건물들을 보고 있느냐? 여기 돌 하나도 다른 돌 위에 남아 있지 않고 다 허물어지고 말 것이다."(마르코 복음서 13장 2절)

예수의 말은 파격적이다. 유대교의 눈으로 보면 신성모독이다. 예루살렘 성전은 유대인들에게 신을 만나는 장소였다. 단순히 상징적 의미

의 수사가 아니라 실제로 그랬다. 유대인들은 성전에서 기도를 해야
신에게 전달된다고 믿었다. 지금도 유대인들은 통곡의 벽을 찾는다. 예
전에 그 자리에 성전이 있었기 때문이다. 지금도 그들은 이곳을 신을
만나는 장소라고 여긴다. 그런 신성한 성전을 향해 예수는 "다 허물어
지고 말 것이다."라고 말했다.

사람들은 이 말을 예수의 예언으로 본다. 예수 사후에 이스라엘에서
로마에 대한 반란이 일어났기 때문이다. 결국 로마의 공격을 받고 예
루살렘 성이 함락됐다. 처참한 살육이 자행되고 성전도 파괴되었다. 예
수는 그 일을 예견한 것일까. 예수의 어록을 다시 읽어보았다. "여기
돌 하나도 다른 돌 위에 남아 있지 않고 다 허물어지고 말 것이다." 만
약 이스라엘이 로마에 반기를 들지 않았다면 어땠을까. 그랬으면 예루
살렘 성전이 영원히 사라지지 않고 존재했을까.

성전은 돌로 쌓았다. 돌은 물질이다. 불교에서는 물질과 감정을 모두
합쳐 '색(色)'이라고 부른다. 모든 색은 소멸된다. 소멸되지 않는 색은
없다. 예루살렘 성전도 마찬가지로 색일 뿐이다. 아무리 아름다운 건물
이라 해도 결국 돌들의 결합체다. 시간이 지나면 허물어지게 마련이다.
굳이 시간에 기대지 않아도 그렇다. 현대 과학은 '색의 정체'를 밝히고

있다. 양자역학에서는 물질은 입자이면서 동시에 파동이라고 말한다. 그러니 돌은 돌이 아니라 파동이다. 성전은 건물이 아니라 파동이다. 그들의 실체는 손에 잡히지 않는다. 불교는 이를 '색즉시공(色卽是空)'이라고 표현한다. '색'의 정체가 '공(空)'이라는 말이다.

예수의 지적은 이런 이치를 관통한다. 그러면 우리 안에서 물음이 하나 피어난다. "그렇다면 신을 만나는 장소는 어디인가?" 어쩌면 예수는 이것을 되물은 것이 아닐까. 성전은 돌들을 쌓은 것에 지나지 않고 결국은 허물어진다. '그럼 네가 진정으로 신을 만날 수 있는 곳은 어디인가.' 예수는 그런 물음을 우리에게 다시 던진 게 아닐까. 그것이 '나의 밖'인지, 아니면 '나의 안'인지 말이다.

예루살렘으로 들어간 예수는 표적이 됐다. 성전을 모독하고, 율법을 무시하고, 바리사이들과 율법 학자들을 향해 "위선자!"라고 쏘아붙였다. "(너희가) 바다와 뭍을 돌아다니다가 한 사람이 생기면, 너희보다 갑절이나 못된 지옥의 자식으로 만들어버리기 때문이다."(마태오 복음서 23장 15절)라면서 예수는 노골적으로 비판했다. 심지어 "너희가 겉은 아름답게 보이지만 속은 죽은 이들의 뼈와 온갖 더러운 것으로 가득 차 있는 회칠한 무덤 같기 때문이다."(마태오 복음서 23장 27절)라고 말했다.

죽음 이후의 부활을 부정하는 사두가이파 사제들이 찾아와 예수와 부활에 대한 논쟁을 벌였다가 말문이 막힌 적이 있었다. 예수의 대답이 너무도 명쾌했기 때문이다. 그 소문을 듣고서 바리사이들이 한곳에

모였다. 그리고 예수를 시험해보려고 찾아왔다. 바리사이 율법 학자가 물었다. "선생님, 율법에서 가장 큰 계명은 무엇입니까?" 예수가 답했다. "네 마음을 다하고 네 목숨을 다하고 네 정신을 다하여 주 너의 하느님을 사랑해야 한다. 이것이 가장 크고 첫째가는 계명이다. 둘째도 이와 같다. '네 이웃을 너 자신처럼 사랑해야 한다'는 것이다. 온 율법과 예언서의 정신이 이 두 계명에 달려 있다."

예수는 왜 그렇게 대답했을까. 유대의 그 숱한 율법과 계명 중에 왜 이 둘을 꼽았을까. 눈을 감았다. 물음이 올라왔다. '내 마음을 다하고, 내 목숨을 다하고, 내 정신을 다한 자리. 거기에 내가 있을까.' 그렇지

않다. 그 자리에는 '나'가 없다. 왜 그럴까. '나'가 다했기 때문이다. 그럼 무엇이 있을까. 하느님만 남는다. 그래서 예수는 가장 큰 계명이라 했다. 이웃도 마찬가지다. 예수는 "이웃을 사랑하라."라고 하지 않고 "이웃을 '너 자신처럼' 사랑하라."라고 했다. 거기서도 '나'가 다한다. 그래서 둘은 하나가 된다. 그렇게 우리도 하느님과 하나가 된다. 그러니 가장 큰 계명이다. 단순히 받들고 지키라는 계명이 아니라 하느님과 하나 되는 길이 그 속에 녹아 있기 때문이다.

이제 예수에게는 시간이 그리 많이 남아 있지 않았다. 유월절을 이틀 앞둔 날이었다. 유대력으로는 1월 12일이었다. 예루살렘 성 안의 어디쯤이었을까. 예수는 제자들에게 말했다. "너희도 알다시피 이틀이

지나면 파스카인데, 그러면 사람의 아들은 사람들에게 넘겨져 십자가
에 못 박힐 것이다." 성경에는 바로 그 시점에 유대교 제사장 카야파의
집에서 예수를 없앨 모의가 이루어졌다고 기록되어 있다. 예수는 그렇
게 자신의 십자가 죽음을 내다보았다.

제사장 무리는 섣불리 예수를 공격하지는 못했다. 유대 군중이 예수
를 지지했기 때문이었다. 그들은 백성 가운데서 소동이 일어날지 모르
니 축제 기간에는 안 된다면서 유월절이 지나가기를 기다렸다. 덕분에
예수에게는 시간이 조금 생겼다. 유월절 저녁에는 제자들과 함께 식사
를 할 수 있었다. 그날의 식사가 바로 '최후의 만찬'이다.

최후의 만찬에서 빵을 떼어주며 "이 빵은 나의 살이요.", 포도주를
나누며 "이 잔은 나의 피다."라고 했던 예수는 그 심정이 어땠을까. 예
수는 시시각각 엄습해오는 죽음의 그림자를 이미 내다보고 있었다. 촉
박한 시간. 예수는 제자들에게 무엇을 전하고 싶었을까. 또 무엇을 남
기고 싶었을까. 그것은 제자들로 하여금 하느님과 하나가 되게 하는
가장 핵심적인 가르침이 아니었을까.

그러니 "받아먹어라. 이 빵은 나의 몸이다. 모두 이 잔을 마셔라. 이

는 죄를 용서해주려고 많은 사람을 위하여 흘리는 내 계약의 피다."라고 했던 예수의 말에는 길이 있다. 나의 살을 바꾸고, 나의 피를 바꾸고, 나의 속성을 바꾸는 길이다. 예수의 살이 내 살이 되고, 예수의 피가 내 피가 되고, 예수의 속성이 나의 속성이 되는 길 말이다. 그런 길을 걷고 또 걷다가 사도 바울로(바울)는 이렇게 고백했다. "이제는 내가 사는 것이 아니라 그리스도께서 내 안에 사시는 것입니다."(갈라티아서 2장 20절) 그것이 최후의 만찬장에서 예수가 이 말을 던진 본질적인 이유가 아니었을까.

예수의 제자라고 해서 다들 이런 고백을 쏟아내지는 않았다. 특히 유다 이스가리옷은 달랐다. 복음서에는 그가 수석 사제들에게 가서 은돈 서른 닢을 받고 예수를 넘길 기회를 노리고 있었다고 기록되어 있다. 당시만 해도 유다는 12사도 중 한 사람이었다. 그는 자신의 삶을 걸고 예수를 좇지 않았을까. 그런데 유다는 왜 예수를 팔았을까. 열심당원으로 추정되는 유다의 꿈은 달랐을까. 그가 기다리던 하느님 나라는 로마의 식민지에서 벗어난 '해방 이스라엘'이었을까. 무장 투쟁이 더 낫다고 봤을까. 그래서 예수가 설파하는 '마음이 가난한 나라, 하느님 나라'를 받아들일 수 없었던 것일까. 아니면 요한 복음서의 서술처럼 그는 단지 도둑에 불과했던 것일까. 제자 무리에서 회계를 맡아보며 종종 돈을 빼돌렸다는 게 사실일까.

어쨌든 유다는 예수를 팔았다. 그것은 돛단배가 강물을 파는 일과 같았다. '나'라는 존재의 바탕을 파는 일이었다. 유다는 그걸 몰랐다. 강물 없이는 돛단배가 떠 있을 수 없음을 몰랐다. 왜 그럴까. 바깥만 바라보는 이들은 알 수 없다. 자신의 내면을 향해 눈을 돌려본 이라야 알 수 있다. 아마도 유다는 바깥 세상에 강하게 집착하는 성향이 아니었을까. 그래서 예수의 정체를 전혀 눈치채지 못한 게 아니었을까.

급기야 예수는 유다의 배신을 예고했다. 제자들과 최후의 만찬을 하던 중에 "너희 가운데 한 사람이 나를 팔아넘길 것"이라고 선언했다. 제자들은 모두 손을 내저으며 예수를 쳐다봤다. 예수는 "내가 빵을 적셔서 주는 자가 바로 그 사람"이라며 적신 빵을 유다에게 건넸다. 빵을 받은 유다는 밖으로 나가버렸다. 그때가 밤이었다. 해가 떨어지고, 빛이 떨어지고, 하늘이 떨어지고 있었다. 죽음의 그림자도 예수에게 가까워지고 있었다.

진정한 가나안은 무엇이고 또 어디일까.
오랜 세월 광야를 떠돌아야 했던 유대인들에게는
'나의 땅, 나의 조국'이 가나안이었으리라.
식민지 시절, 대한제국 백성에게 해방된 조국이
하나의 '가나안'이었듯이 말이다.

그런데 막상 해방된 대한민국에 살고 있는 우리는 어떤가.

젖과 꿀이 흐르는 땅에 살고 있는 것일까.

그렇지 않다. 사람들은 지금도 '가나안'을 찾고 있다.

약속의 땅, 낙원의 땅을 갈구하고 있다.

예수가 몸소 보여준 싸움의 기술

오늘 밤에 너희는
모두 나에게서 떨어져나갈 것이다.
마태오 복음서 26장 31절

* * *

밤이 되자 예수와 제자들은 '최후의 만찬'을 나눈 집에서 빠져나왔다. 그들은 예루살렘 성에서 벗어나 동쪽의 올리브산으로 갔다. 거리는 멀지 않았다. 걸어서 불과 20여 분 거리다. 공기는 차갑고 사방은 어두웠으리라. 유다는 예수의 죽음을 재촉하기 위해 만찬 도중에 나가버렸다. 올리브산의 어귀쯤이었을까. 예수 일행은 산의 아래쪽에 도착했다.

예수는 제자들을 향해 이렇게 말했다. "오늘 밤에 너희는 모두 나에게서 떨어져나갈 것이다."(마태오 복음서 26장 31절) 구약 성경의 "내가 목자를 치리니 양 떼가 흩어지리라."라는 대목을 인용하며 예수는 제자들이 돌아서리라는 것을 내다봤다. 베드로는 발끈했다. 그는 "모두 스승님에게서 떨어져나갈지라도, 저는 결코 떨어져나가지 않을 것입니다."라며 '오직 예수'를 피력했다. '세상 모두가 변해도 나만은 변하지 않으리라.' 베드로의 심정은 그러했다. 예수 앞에서 그렇게 맹세했다.

하지만 예수는 담담하게 말했다. "오늘 밤 닭이 울기 전에 너는 세 번이나 나를 모른다고 할 것이다."(마태오 복음서 26장 34절) 그 말을 들고 베드로는 펄쩍 뛰었다. "스승님과 함께 죽는 한이 있더라도, 저는 스승님을 모른다고 하지 않겠습니다." 이 말을 듣고 있던 주위의 다른 제자들도 모두 그렇게 말했다.

예루살렘 성을 나와 올리브산으로 갔다. 예수와 제자들이 밤을 틈타 밟았을 땅. 그 땅을 나도 밟았다. 당시 예수 일행은 쫓기고 있었을 것이다. 시시각각 다가오는 죽음의 그림자를 예수는 알고 있었으리라. 올리브산을 올라가다 멈춰 서서 골목의 담벼락에 기대섰다. 그다지 높지 않은 산, 예수가 '베드로의 부인과 세 번의 닭 울음'을 예언했을 때는 겟세마니에 도착하기 전이었다. 그러니 이 담벼락에서 멀지 않은 장소였을 것이다. 나는 서서 예수의 어록을 묵상했다.

"오늘 밤에 너희는 모두 나에게서 떨어져나갈 것이다."

예수는 나무다. 올리브산 곳곳에 서 있는 올리브 나무다. 그러면 제자들은 뭘까. 또 우리는 뭘까. 그 나무에 붙어 있는 잎이다. 그런데 나무가 말했다. "너희는 모두 나에게서 떨어져나갈 것이다." 청천벽력 같은 말이다. 나무가 없으면 잎은 죽고 만다. 잎은 나무에서 떨어져 살 수 없다. 그런데도 예수는 말했다. 닭이 울기 전에 너희는 세 번이나 나무를 부인할 것이라고. 그것도 자진해서 말이다.

예수와 제자 일행은 산을 더 올라가 이윽고 겟세마니에 도착했다. 올리브유를 짜는 방앗간이다. 주위에는 공동묘지가 있었다. 지금도 마찬가지다. 오랜 세월 내려오는 유대인의 묘지가 곳곳에 있다. 겟세마니에 도착한 예수는 갈림길에 있었다. 삶이냐, 아니면 죽음이냐. 그 갈림길에서 예수는 고뇌했다. 도망치고자 마음을 먹었다면 겟세마니에서 걸음을 멈출 이유가 없었다. 곧장 올리브산을 넘어 광야가 있는 사해 쪽을 향해 멀리 길을 떠나야 했다. 그런데 예수는 여기서 멈추었다. 삶과 죽음의 갈림길에서 그는 걸음을 멈추었다.

걸음을 멈추고 예수는 무엇을 했을까. 그 갈림길에서 예수는 어떤 일을 했을까. 예수가 택한 답은 무척 뜻밖이다. 그는 '기도'를 택했다. 하늘의 뜻을 묻기로 했다. 밤이 꽤 깊지 않았을까. 예수가 기도하는 동안 제자들은 모두 잠에 취해 곯아떨어졌다. 예수가 몇 차례나 "깨어 있어라."라고 당부했지만, 그들은 다시 잠 속으로 빠져들었다. 제자들은 '예수의 갈림길'을 공유하고 있지 않았다. '삶이냐, 죽음이냐' 하는 예수의 고뇌를 모르고 있었다.

예수는 몸부림쳤다. 실제로 마태오 복음서에는 "내 마음이 너무 괴로워 죽을 지경이다."(마태오 복음서 26장 38절)라고 기록되어 있다. 예수의 적나라한 심정이었다. 루카 복음서에는 "땀이 핏방울처럼 되어 땅에 떨어졌다."(22장 44절)라고 적혀 있다. 왜 땀이 핏방울처럼 떨어졌을까. 간절했기 때문이다. 혼신을 다했기 때문이다. 그토록 절박했던 예수는 얼굴을 땅에 대고 이렇게 기도했다.

"아버지, 하실 수만 있으시면 이 잔이 저를 비켜 가게 해주십시오. 그러나 제가 원하는 대로 하지 마시고 아버지께서 원하시는 대로 하십시오."(마태오 복음서 26장 39절)

제자들은 잠들어 있었고, 예수는 "돌을 던지면 닿을 만한 곳에 혼자 가시어"(루카 복음서 22장 41절) 기도를 했다. 대략 15미터쯤 됐을까. 기도를 하다 돌아와보면 제자들은 자고 있었다. "깨어 있어라."라고 당부를 한 뒤 다시 기도를 하다 돌아와봐도 제자들은 자고 있었다. 예수는 그렇게 세 번이나 기도했다. 삶과 죽음의 갈림길에서 '하늘의 뜻'을 세 번이나 물었다. 하늘의 답은 분명했다. 제자들에게 돌아온 예수는 이렇게 말했다. "아직도 자고 있느냐? 이제 때가 가까웠다. 사람의 아들은 죄인들의 손에 넘어간다. 일어나 가자. 보라, 나를 팔아넘길 자가 가까이 왔다." 하늘의 답은 '예수의 죽음'이었다.

겟세마니 동산을 걸었다. 굵직굵직한 올리브 나무들이 곳곳에 서 있었다. 우리는 갈망한다. '하늘의 뜻'이 언제나 '나의 뜻'을 따라주기를 바란다. 그렇게 따라줄 때 우리는 또 말한다. "나의 기도가 통했다!" 그래서 우리의 기도와 예수의 기도는 다르다. 우리의 기도는 나를 키우고, 예수의 기도는 하늘을 키운다. 우리는 이렇게 기도한다. "하실 수만 있다면 이 잔이 저를 비켜 가게 해주십시오. 아버지께서 원하시는 대로 하지 마시고, 제가 원하는 대로 해주십시오." 이것이 우리의 기도다.

만약 '아버지의 뜻'이 '나의 뜻'과 다를 때는 어떨까. 우리는 그것을 '아버지의 뜻'이라고 받아들일까. 그렇지 않다. '나의 뜻'대로 이루

어지는 것이 '아버지의 뜻'이라고 믿기 때문이다. 그래서 묻지 않는다. '아버지의 뜻'이 어디에 있는지, '아버지의 뜻'이 무엇인지 우리는 묻지 않는다. 그 대신 '나의 뜻'만 따진다. '나의 뜻'을 따라 하늘이 움직이는지만 따진다.

그런 우리에게 예수는 몸소 보여주었다. 기도가 무엇인지, 또 기도를 어떻게 하는 것인지 말이다. 예수에게 기도는 '하늘의 뜻'을 묻는 일이다. 그 뜻이 '나의 뜻'과 다를 때는 어김없이 광야가 펼쳐진다. 예수가 40일간 단식하며 만났던 싸움의 광야. 그 광야가 나의 내면에 펼쳐진다. '나의 뜻'을 따를 것인가, '하늘의 뜻'을 따를 것인가. 그것을 결정하는 싸움이다. 예수는 광야에서도, 겟세마니에서도 우리에게 '싸움의

올리브 동산의 돌판에 새겨진 예수의 기도문.

방향과 싸움의 기술'을 보여주었다. 어떻게 싸울 때 '하늘의 뜻'이 드러나는지 말이다. 그것이 예수가 몸소 보여준 기도의 진정한 의미였다.

겟세마니에는 거대한 올리브 나무도 있었다. 어른들 여럿이 손에 손을 잡고 둘러서야만 껴안을 수 있을 만큼 컸다. 그 근처에 돌판이 하나 있었다. 거기에 이런 글귀가 새겨져 있었다.

"MY FATHER, IF IT BE POSSIBLE, LET THIS CUP PASS FROM ME; NEVERTHELESS NOT AS I WILL, BUT AS THOU WILT.(Matthew 26:39)"

올리브 나무들 곁에는 장미가 피어 있었다. 풀들도 자라고 있었다.

그 사이를 거닐며 잠시 묵상에 잠겼다. 2000년 전 이곳에 엎드려 기도했던 예수. 그가 섰던 삶과 죽음의 갈림길. 어쩌면 예수에게는 그 길이 갈림길이 아닐 수도 있었을까. 예수의 눈에는 '아버지의 뜻'을 따라가는 외길일 수도 있었을까. 그럼에도 예수가 겟세마니에서 털어놓은 "너무 괴로워 죽을 것 같은" 심정과 피처럼 흘린 땀방울은 우리의 어깨를 토닥인다. 예수 역시 우리처럼 번민하고, 그 번민을 뚫고 갔다는 사실이 소나기 같은 위로와 용기로 우리를 적신다.

바로 그때였다. 예수가 말을 마치기도 전에 사람들이 들이닥쳤다. 성전의 사제들과 경비병들이었다. 그들이 어둠을 뚫고 예수 일행이 있는 곳으로 몰려왔다. 손에 횃불과 칼과 몽둥이를 들고 있었다. 그들은 어떻게 예수를 찾았을까. 어두운 밤, 예수와 제자들만이 은밀히 움직였을 텐데 말이다. 성전 경비병들 앞에 유다가 있었다. 길을 안내하는 가이드처럼 말이다. 유다는 예수에게 다가와 "스승님, 안녕하십니까?"라고 인사하며 입을 맞추었다. 텔레비전도 신문도 없던 시절이었다. 게다가 캄캄한 밤이었다. 성전에서 온 이들은 예수의 얼굴을 제대로 몰랐을 것이다. 한밤중이라 얼굴을 식별하기는 더욱 어려웠다.

유다가 그 문제를 해결했다. 예수에게 건넨 '배신의 입맞춤'으로 말이다. 그들은 유다가 입 맞추는 사람이 예수라는 신호를 미리 주고받았다. 입맞춤과 함께 성전의 경비병들이 예수에게 달려들었다. 그때 욱하는 성격의 베드로가 칼을 뽑았다. 당시 유대인들은 여러 용도로 허리춤에 칼을 차고 다니기도 했다. 베드로는 예수를 붙잡는 대사제의 종을 향해 칼을 내리쳤다. 상대방의 귀가 잘려 피가 흘렀다.

프라 안젤리코의 〈그리스도의 체포〉.

이 광경을 지켜보던 예수가 입을 뗐다. 그의 말은 뜻밖이었다.

"칼을 칼집에 도로 꽂아라. 칼을 잡는 자는 모두 칼로 망한다."(마태
오 복음서 26장 52절)

"아버지께서 나에게 주신 이 잔을 내가 마셔야 하지 않겠느냐?"(요
한 복음서 18장 11절)

죽음의 그림자 앞에서도 예수의 가르침은 달라지지 않았다. 예수는
"칼을 칼집에 도로 꽂아라."라고 했다. 칼이 뭔가. 분노다. 예수는 "네
가 꺼낸 분노를 다시 근원으로 되돌려라."라고 말한 셈이다. 우리는
수시로 가슴에서 칼을 꺼낸다. 분노의 칼, 증오의 칼, 두려움의 칼, 원

한의 칼을 자꾸만 칼집에서 꺼낸다. 그런 우리를 향해 예수는 말한다. "도로 칼집에 꽂아라!" 무슨 뜻일까. 포맷을 시키라는 말이다. '0'으로 되돌리고, '공(空)'으로 되돌리고, 고요로 되돌리라는 뜻이다.

예수의 눈에는 빤히 보인다. 칼을 꺼낸 자는 칼로 망하고, 분노를 꺼낸 자는 분노로 망하고, 원한을 꺼낸 자는 원한으로 인해 고통을 겪는다. 그 칼이 상대를 찌르기 전에 자신을 먼저 찌르기 때문이다. 그래서 다시 칼집에 꽂으라고 했다. 칼이 다시 들어간 자리, 분노가 들어간 자리, 원한이 들어간 자리에서 비로소 우리는 '없이 계신 하느님'을 만나기 때문이다. 그러니 칼을 도로 칼집에 꽂는 일이야말로 '나의 십자가'다. 증오를 다시 칼집에 꽂는 일이야말로 우리의 십자가다. 성전 경비병들에게 체포되는 급박한 순간에도 예수의 눈, 예수의 말씀은 이치를 관통하고 있었다.

"아버지께서 나에게 주신 이 잔을 내가 마셔야 하지 않겠느냐?" 예수는 그렇게 말했다. 똑같은 상황에서 우리는 달리 말한다. "이 잔은 내 잔이 아니오. 저 잔을 주시오. 저게 내가 원하는 잔이오." 예수는 달랐다. 유다의 배신, 베드로의 칼부림 속에서도 예수는 입을 벌렸다. 그리고 기꺼이 잔을 마셨다. 그 잔의 이름은 '십자가'였다.

각국에서 온 순례객들이 예수가 엎드려 기도했던 바위 앞에 엎드려 두 손 모아 기도를 한다. 그 위로 고요가 흐른다. 저들은 무엇을 찾고 있을까. 저들은 무엇을 구하고자 기도를 할까.

'나의 뜻'일까, 아니면 '아버지의 뜻'일까.

닭 울음 소리에
베드로가 통곡한 진짜 이유

오늘 밤 닭이 울기 전에
너는 세 번이나 나를 모른다고 할 것이다.
마태오 복음서 26장 34절

＊＊＊

예수는 올리브산의 겟세마니에서 체포됐다. 성전 경비병들은 밧줄로 예수를 묶었을 터이다. 손을 묶었을까, 몸을 묶었을까. 성경에는 언급이 없다. 예수는 꽁꽁 묶인 채 올리브산의 내리막길을 내려갔다. 그리고 언덕길의 예루살렘 성문을 통과해 카야파 대사제의 관저로 끌려갔다. 나도 그 길을 따라 걸었다. 예수는 외로웠을 것이다. 제자들은 보이지 않았다. 예수가 겟세마니의 바위에 엎드려 기도할 때 제자들은 잠에 곯아떨어졌다. 그리고 예수가 체포되자 사방팔방으로 흩어졌다. 심지어 "가장 나이가 어린 제자는 몸에 두르고 있던 천까지 내던지고 알몸으로 도망쳤다."고 성경에 기록되어 있다. 한패로 연루되는 것이 두려웠기 때문이다. 오직 베드로만이 멀찍이 떨어져 끌려가는 예수의 뒤를 따랐다.

예수는 혼자였다. 주위에 아무도 없었다. 칼과 몽둥이, 그리고 횃불을 든 적들만 있었다. 그러니 외롭지 않았을까. 갈릴래아와 사마리아, 유다 광야와 예루살렘을 누비며 "스승님"이라 부르고 따르던 제자들

이 모두 도망쳤다. 제사장 카야파의 관저에서는 최고 의회가 소집되었다. 수석 사제들과 원로들, 율법 학자들까지 모였다. 예수에 대한 심문이 시작됐다. 베드로는 이 광경을 보려고 안뜰로 몰래 들어가 시종들 사이에 앉았다. 그리고 불을 쬐었다.

성전의 사제들은 예수를 사형에 처하려 했다. 사형을 선고하기 위해 증거를 찾고 있었다. 그들은 '신성모독'에 대한 증언을 찾아야 했다. 종교 국가인 유대에서 그보다 큰 죄는 없었기 때문이다. 예수에게 불리한 증언들이 이어졌다. 대부분 거짓 증언이었다. 증언들은 서로 앞뒤가 맞지 않았다. "사람 손으로 지은 이 성전을 허물고, 손으로 짓지 않는 다른 성전을 사흘 만에 다시 세우겠다."고 한 예수의 발언도 문제 삼았다. 그들은 예수의 말에 담긴 깊은 뜻을 깨닫지 못했다. 그저 겉으로 나타난 문자적 표현만으로 시비를 걸었다. 예수는 아무런 대꾸도 하지 않았다.

베드로가 불을 쬐었다고 기록된 것으로 보아 그날 밤은 추웠을 것이다. 이스라엘의 사막 기후는 낮에는 햇볕이 따갑지만 밤이 되면 순식간에 쌀쌀해진다. 더구나 유월절 이튿날 새벽이었다. 차갑고 냉랭한 공기 속에서 예수는 재판을 받았다. 생각만큼 진척되지 않자 대사제 카야파가 직접 나섰다. 그가 예수에게 말했다. "내가 명령하오. 살아 계신 하느님 앞에서 맹세를 하고 당신이 하느님의 아들 메시아인지 밝히시오." 카야파는 단도직입적으로 물었다. 예수가 하느님의 아들인지 아닌지 말이다.

카야파의 질문은 양날의 칼이었다. 메시아는 유대의 왕이자 구원자다. 예수가 "그렇다."라고 답하면 로마에 대한 반역자가 된다. 또 "아니다."라고 답하면 신에 대한 모독죄가 성립된다. 어떤 대답을 해도 올가미에 걸려든다. 카야파는 이해할 수 없었으리라. 당시 유대인들에게 하느님의 아들이라면 뭔가 달라야 했다. 하늘을 난다든지, 번개를 불러낸다든지, 놀라운 힘으로 주위를 한순간에 제압한다든지, 뭔가 특별한 징표가 있어야 했다. 그런 힘으로 자신들을 식민지 백성의 처지에서 해방시켜야 했다. 그런데 이방인이 득실거리는 갈릴래아 출신의 이 초라한 시골 촌뜨기 젊은이가 신의 아들이라는 것이, 더구나 자신들이 숱한 세월 동안 목이 타게 기다리던 메시아라는 사실이 도저히 믿기지 않았던 것이다.

"당신이 하느님의 아들인가?"라는 카야파의 물음에 예수는 이렇게 답했다.

"네가 그렇게 말하였다. 나는 너희에게 말한다. 이제부터 '너희는 사람의 아들이 전능하신 분의 오른쪽에 앉아 있는 것과 하늘의 구름을 타고 오는 것을 볼 것이다.'"(마태오 복음서 26장 64절)

예수의 말에 카야파는 자신의 겉옷을 찢고 이렇게 말했다. "이자가 하느님을 모독하였습니다. 이제 우리에게 무슨 증인이 더 필요합니까? 방금 여러분은 하느님을 모독하는 말을 들었습니다. 여러분의 의견은 어떻습니까?" 그러자 의회 구성원들이 말했다. "그자는 죽을죄를 지었습니다." 당시 유대인들은 크게 모욕을 당할 때도, 수치심을 느낄 때도, 큰 슬픔에 빠질 때도 자신의 겉옷을 찢었다. 특히 신을 모독하는 행위나 발언 앞에서 자신의 옷을 찢음으로써 감정을 표현했다. 그러니 대사제가 군중 앞에서 자신의 옷을 찢는 광경은 상당히 선동적이었다. '우두둑!' 옷이 찢어지는 소리와 함께 카야파는 예수에게 신성모독 죄를 덧씌웠다.

카야파의 관저가 있던 골목을 걸었다. 당시 유대인들은 왜 예수를 몰라봤을까. 예수 스스로 "나는 사람의 아들, 아담의 아들"이라고 하는데도 왜 알아차리지 못했을까. 유대인들은 그들이 상상하는 하느님을 믿었다. 그들이 기대하는 하느님을 믿었다. '하느님은 이러이러할 거야, 어마어마한 능력을 가지고 계실 거야.' 유대인들에게는 구약을 바탕으로 그려낸, 하느님에 대한 나름의 스케치가 있었다. 그 또한 우상임을 그들은 몰랐다.

나는 묻고 싶다. 그러한 하느님은 '만들어진 신'일까, 아니면 '만들어지기 이전의 신'일까. 예루살렘의 골목길에서 요한 복음서 1장 1절을 다시 펼쳤다. "한처음에 말씀이 계셨다. 말씀은 하느님과 함께 계셨는데 말씀은 하느님이셨다." 그렇다. 하느님은 원래부터 그냥 있었다. 과거에도 있었고, 지금도 있고, 미래에도 있다. 시간이 하느님 안에 있는 것이지, 하느님이 시간 안에 종속된 것이 아니다.

문제는 '보이지 않는 신'이다. 사람들은 신을 보지 못한다. 눈으로 볼 수도 없고, 손으로 잡을 수도 없고, 귀로 들을 수도 없다. 그래서 자꾸만 빚어낸다. 손에 잡히는 신, 귀에 들리는 신, 눈에 보이는 신을 만든다. 그래서 '만들어진 신'이 생겨난다. 그러한 신이 바로 우상이다. 리처드 도킨스의 『만들어진 신』 역시 우상에 대한 비판이다. 도킨스는 '만들어진 신'에 대해서만 말할 뿐 '만들어지기 이전의 신', '본래의 신'에 대해서는 말하지 못한다. 왜 그럴까. 도킨스는 신을 모르기 때문이다.

나는 예수가 심문받던 시각의 카야파 관저를 묵상했다. 잡혀간 예수

*한 하녀가 "이 사람이 예수와 함께 있었다."고 하자
베드로가 부인하고 있다.*

주위로 사람들이 빙 둘러서 있다. 그 뜰에 있는 사람들은 신을 믿었다. 예수를 포함해 관저에 있던 모든 사람들이 신을 믿었다. 다만 그 신이 '만들어진 신'인가, '만들어지기 이전의 신'인가 하는 차이가 있었다. 그 뜰에서는 예수만 홀로 '만들어지기 이전의 신'을 믿지 않았을까. 제사장도, 수석 사제들도, 최고 의회의 원로들도, 뜰에 몰려든 구경꾼들도 다들 '만들어진 신'을 믿고 있었다.

　예수는 왜 "사람 손으로 지은 이 성전을 허물고, 손으로 짓지 않는 다른 성전을 사흘 만에 다시 세우겠다."고 했을까. 눈을 감고 생각해보았다. 성전이 뭔가. 신을 만나는 장소다. 유대인들은 손으로 지은 성전에서 '만들어진 신'을 만나지 않았을까. 예수는 그들과 달랐다. 사람의 손으로 짓지 않은 성전에서 '만들어지기 이전의 신'을 만났다. 그러니 예수에게는 사흘조차 긴 시간이다.

　만들어진 신은 우상이다. 그것은 신의 속성이 아니다. 그렇다면 우리는 어디서 신을 만날까. 예루살렘 성벽 위로 높이 솟았던 성전일까? 아니다. 예수가 "사흘 안에 다시 세우겠다."고 말한 바로 그 자리가 신을 만나는 자리다. 거기가 성전이다. 그러니 바로 지금, 여기다. 우리가 예수를 만나고, 하느님을 만나는 시간과 장소 말이다. 다시 물어보자. 어

디가 성전인가? 우리가 밥을 먹고, 버스를 타고, 가족을 만나고, 공부를 하고, 놀고, 일을 하고, 친구를 만나는 모든 시공간이다. 거기서 우리는 예수를 만난다. '만들어진 예수'가 아니라 '본래 있는 예수'를 만난다. 단 한 순간도 우리가 사는 곳을 떠난 적이 없는 신의 속성을 만난다.

아무도 그것을 몰랐다. 예수만 알았다. 그러니 "사흘 안에 성전을 다시 세우겠다."는 예수의 말은 그들에게 신성모독에 불과했다. 물음이 올라왔다. 만약 우리가 예수를 심문하는 그 뜰에 있었다면 어땠을까. 누구의 말에 고개를 끄덕였을까. 어쩌면 우리도 예수의 이름으로 '만들어진 신'을 빚고 있는 것은 아닐까. 그런 신을 만나기 위해 성전을 찾는 것은 아닐까. '내가 만든 신, 내가 만든 예수'를 만나기 위해서 말

이다. 그런 예수에서 벗어나는 이들을 향해 "신성모독!"이라며 정죄의
칼을 휘두르고 있는 것은 아닐까. 대사제 카야파처럼 자신의 겉옷을
찢으면서, 남들이 들으라고 목청을 더 높이면서 말이다.

유대인들은 예수에게 '죽을죄'라는 판결을 내렸다. 그러자 사람들이
예수에게 몰려들었다. 두 손이 묶여 있었을 예수의 얼굴에 침을 뱉었
다. 또 예수의 얼굴을 가린 뒤 주먹으로 때리고서 말했다. 누가 때렸는
지 맞혀보라고. 거기에는 신의 아들이라면 그 정도는 맞혀야 하지 않느
냐는 조롱이 깔려 있었다. 마르코 복음서에는 "시종들도 예수의 뺨을
때렸다."(14장 65절)라고 기록되어 있다. 그렇게 예수는 구타를 당했다.
'만들어진 신'을 믿는 사람들에게 예수는 말 그대로 '죽일 놈'이었다.

베드로는 그 모든 광경을 지켜보지 않았을까. 두 손으로 불을 쬐고
곁눈질하며 예수의 고초를 목격하고 있었으리라. 그때 카야파의 하녀
가 안뜰 아래쪽에 있던 베드로에게 다가왔다. "당신도 저 갈릴래아 사
람 예수와 함께 있었지요?"(마태오 복음서 26장 69절) 베드로는 화들짝
놀랐다. 그는 "당신이 무슨 말을 하는지 모르겠소."라며 황급히 자리
에서 일어났다. 베드로가 대문까지 갔을 때 다른 하녀가 주위 사람들

에게 말했다. "이이는 나자렛 사람 예수와 함께 있었어요." 그 말을 듣고서 베드로는 겁이 났다. 자칫하면 사람들에게 잡혀 예수처럼 심문을 당할 수도 있었다. 베드로는 맹세까지 하면서 "나는 그 사람을 알지 못하오."라고 예수를 부인했다.

갈릴래아 지방은 이스라엘의 북쪽이다. 남쪽인 예루살렘과 달리 갈릴래아 특유의 억양이 있었다. 갈릴래아 어부 출신인 베드로는 사투리를 숨길 수 없었을 것이다. 가령 서울 한복판에서 심한 전라도 사투리나 경상도 사투리를 쓰는 식이었을까. 주위 사람들은 그의 '갈릴래아 악센트'를 단박에 알아차렸다. 베드로 뒤에 선 사람들이 "당신도 그들과 한패임이 틀림없소. 당신의 말씨를 들으니 분명하오."(마태오 복음서 26장 73절)라면서 다가섰다. 베드로는 본능적으로 부인했다. "거짓이면 천벌을 받겠다."고 맹세하며 베드로는 "나는 그 사람을 알지 못하오." 라고 잡아뗐다. 바로 그때 닭이 울었다. '꼬끼오!'

그제야 예수의 말이 떠올랐다. "닭이 울기 전에 너는 세 번이나 나를 모른다고 할 것이다." 그 말이 생각난 베드로는 어땠을까. 복음서에 "베드로는 (…) 밖으로 나가 슬피 울었다."(마태오 복음서 26장 75절)고 기록되어 있다. 예수가 안에서 매질을 당하고 있을 때 베드로는 밖에서 슬픔에 겨워 울었다. 그것이 베드로의 슬픔이다.

나는 그 장면을 묵상했다. 우리 모두 그런 베드로를 공유하고 있지 않을까. 하루에도 수차례, 아니 수십 차례 '내 안의 예수, 신의 속성'을 외면하고 살아가는 우리도 제2의, 제3의 베드로가 아닐까. "나는 그를 모릅니다, 나는 예수를 모릅니다, 나는 신의 속성을 모릅니다." 그렇게 부인하다 결국 닭 울음소리를 듣게 되지 않을까. 그래서 베드로의 슬픔은 나의 슬픔이 되고, 어느덧 우리의 슬픔이 된다.

나는 베드로 통곡 교회(St. Peter in Gallicantu)를 찾아갔다. 예루살렘 성의 남쪽 출입구에서 오르막길을 따라가면 불과 5분 거리였다. 입구에 팻말이 있었다. 팻말 위에 그려진 닭 한 마리가 눈길을 끌었다. 팻말뿐만이 아니었다. 교회 지붕에는 십자가가 있고, 그 십자가 위에 황금빛 조각이 하나 붙어 있었다. 황금빛 닭이었다. 베드로 통곡 교회의 곳곳에 '닭 울음'의 메시지가 울리고 있었다.

교회 안에는 벚꽃이 만발해 있었다. 1월이었지만 예루살렘에 내리쬐는 한낮의 볕은 꽤 강렬했다. 교회 안으로 들어가는 출입문에 조각이 새겨져 있었다. 예수와 베드로, 그리고 제자들이었다. 예수는 왼손의 세 손가락을 펴고 있고, 베드로는 그런 예수를 보고 아니라며 손을 내젓고 있다. 그 뒤에는 붉은 볏을 단 닭 한 마리가 그려져 있었다.

교회 안은 아담했다. 가운데 제단이 있고, 그 위에 십자가, 맨 위에는 유대 최고 의회에서 심문받는 예수의 모습이 그려져 있었다. 밧줄에 두 손이 묶인 예수를 향해 유대인들이 아우성치는 광경이었다. 베드로는 그 모든 광경을 목격했을 것이다. 그는 혹독한 두려움을 견디지 못한 채 "나는 그를 모르오."라며 고개를 저었다. 어쩌면 우리도 베드로와 마찬가지다. 평화의 땅, 안식의 땅, 자유의 땅에서 "이리로 오라."고 손짓하는 예수를 향해 우리는 그저 고개만 가로젓고 있는지 모른다.

예루살렘 구시가의 호텔 숙소에 있을 때도 새벽에 닭이 울었다. 멀지 않은 곳에서 울음소리가 들렸다. 2000년 전 베드로가 들었던 닭 울음도 이런 소리가 아니었을까. 나는 자리에서 일어나 창 쪽으로 걸어갔다. 창밖으로 예루살렘 성곽과 올리브산이 보였다. 푸르스름한 여명을 뚫고 '꼬끼오!' 하는 닭 울음이 연거푸 울려 퍼졌다. 처음에는 다소 의외였다. '이런 도심에서도 새벽에 닭이 울다니…….' 잠시 후에 깨달았다. 그 울음이 우리의 가슴을 콕콕 쪼고 있음을 말이다. 신의 속성을 외면하고 살아가는 우리들의 일상을 콕콕 찌르고 있음을 말이다. 유대인들은 예수를 결박해 빌라도 총독에게 끌고 갔다.

베드로 통곡 교회 지붕의 십자가 위에 닭이 한 마리 앉아 있다.
예수에 대한 베드로의 부인과 회개를 상징한다.

교회 출입문에는 예수와 베드로가 새겨져 있다.
베드로 통곡 교회의 곳곳에 '닭 울음'의 메시지가 녹아 있다.

예수가 짊어진 십자가는
몇 킬로그램이었을까

나는 진리를 증언하려고 태어났으며,
진리를 증언하려고 세상에 왔다.
요한 복음서 18장 37절

＊ ＊ ＊

예수는 제사장 카야파의 관저에서 심문을 받았다. 유대인들은 예수에게 신성모독이라는 죽을죄를 뒤집어씌웠다. 사형선고였다. 그들은 예수를 빌라도 총독의 관저로 끌고 갔다. 당시 유대인들에게는 사형을 선고하고 집행할 법적 권한이 없었다. 이스라엘은 로마의 식민지였기 때문이다.

나는 빌라도 총독의 집이 있었던 곳으로 걸음을 옮겼다. 그곳은 예루살렘 성의 동쪽 문인 황금문에서 그리 멀지 않았다. 좁다란 골목길, 바닥에는 돌들이 박혀 있었다. 2000년 전 로마 시대에 마차가 다녔던 길이었다.

본디오 빌라도(폰티우스 필라투스)는 유대를 다스리는 지사로, 시리아 총독의 지휘를 받고 있었다. 로마의 군인 출신인 빌라도는 서기 26년부터 36년까지 유대의 행정 장관이었다. 그에 대한 역사적 기록은 별로 없다. 로마의 역사가 타키투스가 쓴 연대기에 "티베리우스 황제 시절 예수라는 사람이 폰티우스 필라투스(본디오 빌라도)에게 처형당했

다.”라는 대목이 남아 있다. 빌라도와 예수의 이름이 한 문장에 등장한
다. 로마 시대에는 전쟁에서 공을 세운 군인이 식민지 총독이나 지사
등으로 부임하는 일이 흔했다.

빌라도는 평소에 예루살렘에서 살지는 않았다. 사마리아 북서쪽 지
중해 연안의 항구 도시 카이사레아에 머물렀다. 유대 지사들은 주로
그렇게 했다. 유월절을 맞아 그는 마침 예루살렘의 관저에 내려와 있
었다. 처음 취임할 때만 해도 빌라도는 유대인들의 종교적 정서를 무
시했다. 유일신을 믿는 유대인들은 우상숭배를 금한다. 다신교를 믿는
로마인들은 황제를 종종 신으로 추대했다. 빌라도는 취임 후에 로마
황제의 얼굴을 그려넣은 깃발을 예루살렘 성 안으로 들여오는 문제로
큰 충돌을 빚었다. 유대인들에게는 우상숭배를 금지한다는 계명을 깨

는 일이었다. 하느님을 만나는 신성한 성전이 있는 지역에 우상을 그
린 깃발을 들여오는 것은 용납할 수 없었다. 유대인들은 목숨을 걸고
항거했지만 결국 깃발은 성 안으로 들어왔다. 당시만 해도 빌라도는
기세등등했다.

하지만 예수가 끌려왔을 때는 사정이 좀 달랐다. 로마에 있던, 빌라
도의 정치적 후견인인 세야누스가 실각한 상태였다. 빌라도는 자신이
다스리는 지역에서 잡음이 생기는 것을 바라지 않았다. 직속 상관인
시리아 총독에게 시끄러운 일이 보고되는 것도 곤란했다. 제사장 카야
파는 빌라도의 이런 처지를 정확히 꿰뚫고 있었다.

나는 빌라도의 관저 앞에서 눈을 감았다. 꼭 2000년 전이었다. 유월
절 밤에 제자들과 최후의 만찬을 나눈 예수는 올리브산으로 이동했다
가 체포됐다. 밤에 끌려와 새벽 내내 심문을 당했고, 이윽고 닭이 울며
아침이 밝았다. 한숨도 자지 못한 채 꼬박 밤을 새운 것이다. 더구나 카
야파의 저택에서 극심한 조롱에 주먹질까지 당했다. 예수는 기진맥진
한 상태였을 것이다. 빌라도 총독의 관저는 아침이 되어야 공식 업무
를 시작했다. 그들은 아침까지 기다렸다. 성경에는 "아침이 되자"(마태

오 복음서 27장 1절) 예수를 결박해서 끌고 가 빌라도 총독에게 넘겼다
고 기록되어 있다.

　유월절은 모든 재앙이 지나가는 절기다. 그래서 유대인들은 유월절
에 부정 타는 일을 하지 않는다. 유대교를 믿지 않는 이방인의 집에 들
어가는 일은 대표적으로 부정 타는 일이었다. 로마인 빌라도의 관저도
이방인의 집이었다. 유대인들은 예수만 빌라도 앞으로 들여보내고, 자

골목 오른편이 빌라도 충독의 관저가 있던 곳이다.
골목길 왼편에는 예수가 재판을 받았던 빌라도 법정이 있었다.

신들은 밖에서 빌라도를 응대했을 것이다.

예수가 빌라도 앞에 서자 빌라도가 물었다.

"당신이 유대인들의 임금이오?"

예수는 이렇게 답했다.

"네가 그렇게 말하고 있다."(마태오 복음서 27장 11절)

예수는 왜 그렇게 답했을까. 유대인의 임금이냐는 빌라도의 물음에 예수는 왜 "네가 그렇게 말하고 있다."고 했을까. 그들의 생각과 예수의 생각이 달랐기 때문이다. 그들이 보는 '왕국'과 예수가 보는 '왕국'은 달랐다. 다른 복음서들과 달리 요한 복음서에는 예수의 답변이 더 구체적으로 기록되어 있다.

"당신이 유대인들의 임금이오?"라는 빌라도의 물음에 예수는 이렇게 답했다. "그것은 네 생각으로 하는 말이냐? 아니면 다른 사람들이 나에 관하여 너에게 말해준 것이냐?"(요한 복음서 18장 34절)

이 말을 들은 빌라도의 표정이 어땠을까. 예수를 만만치 않은 인물이라고 여기지 않았을까.

빌라도는 솔직하게 말했다. "나야 유대인이 아니잖소? 당신의 동족과 수석 사제들이 당신을 나에게 넘긴 것이오. 당신은 무슨 일을 저

"내 나라는 여기에 속하지 않는다."라는 예수의 말을
빌라도 총독은 어떻게 해석했을까.
두초 디 부오닌세냐의 〈헤롯 왕 앞에 선 그리스도〉.

질렀소?"이 말을 듣고서 예수는 비로소 자신의 왕국과 빌라도가 묻는 왕국이 다름을 역설했다. "내 나라는 이 세상에 속하지 않는다. 내 나라가 이 세상에 속한다면, 내 신하들이 싸워 내가 유대인들에게 넘어가지 않게 하였을 것이다. 그러나 내 나라는 여기에 속하지 않는다."(요한 복음서 18장 36절)

이 말은 빌라도에게 어떻게 들렸을까. 빌라도는 '예수의 나라'를 보지 못했다. 예수의 내면에 가득 찬 신의 속성을 보지 못했다. 빌라도의 눈에는 그저 초라하고 왜소한 갈릴래아 출신의 한 젊은이가 서 있을 뿐이었다. 빌라도의 눈에는 이 땅의 왕국이 중요했다. 예수의 눈에는 그렇지 않았다. 이 땅의 왕국은 잠시 존재하다 사라질 뿐이다. 제아무리 큰 제국이라 해도 결국 소멸하게 마련이다. 로마도 마찬가지다. 그런 왕국은 예수에게 속하지 않는다. 왜 그럴까. 예수의 나라는 사라지려야 사라질 수 없는 나라이기 때문이다. 그것이 태초 이전부터 있었던 신의 속성이다.

빌라도는 초조해졌을까 아니면 궁금해졌을까. 그는 단도직입적으로 물었다. "아무튼 당신이 임금이라는 말 아니오?" 이 말을 듣고 예수는

자신이 이 땅에 온 이유를 설했다. "내가 임금이라고 네가 말하고 있다. 나는 진리를 증언하려고 태어났으며, 진리를 증언하려고 세상에 왔다. 진리에 속한 사람은 누구나 내 목소리를 듣는다."(요한 복음서 18장 37절)

누구나 삶의 이유가 있다. 예수는 자신이 사는 이유를 간결하게 풀었다. "나는 진리를 증언하려고 세상에 왔다(I come into the world, that I should be testifying to the truth)." 그랬다. 예수가 이 세상 속으로 들어온 이유는 하나였다. 우리가 사는 땅으로 걸어 들어온 이유는 하나였다. 진리를 보여주기 위해서였다. '진리(眞理)'란 무엇일까. 진실한 이치다. 예수는 그것을 증언하고 증명했다.

예수의 증언은 세례자 요한의 증언과 다르다. 세례자 요한은 나침반이었다. 지팡이를 들어 진리가 있는 곳을 가리켰다. 예수는 달랐다. 자신의 가슴에서 진리를 꺼내 사람들에게 보여주었다. 그것이 어떻게 가능했을까. 답은 간단하다. 예수 안에 진리가 있었기 때문이다. 예수의 내면이 신의 속성으로 가득 차 있었기 때문이다. 예수는 그것을 꺼내 보여주었다.

이어서 예수는 말했다. "진리에 속한 사람은 누구나 내 목소리를 듣는다." 진리에 속한 이는 누구이고, 속하지 않은 이는 누구일까.

성경을 읽다 보면 간혹 갑갑할 때가 있다. 무언가 한 발짝 더 들어갈 필요를 느낄 때다. 예수가 정확히 뭐라고 말했는지가 궁금해질 때다. 그럴 때면 나는 종종 묵상을 했다. 그리스어 성경을 펼치기도 했다. 성경은 처음에 그리스어로 기록되었다. 번역 과정을 덜 거친 예수의 말이 거기 어딘가 남아 있다. '진리에 속한 이'는 그리스어로 'pas ho on ek tes aletheias'이다. 영어로는 'every the one-being out of the truth', '진리로부터 나온 모든 존재들'이다.

요한 복음서의 첫 장에서 이렇게 말한다. "모든 것은 그분을 통하여 생겨났고 그분 없이 생겨난 것은 하나도 없다."(요한 복음서 1장 3절) 모든 존재는 진리로부터 나왔다. 진리에서 나오지 않은 존재는 없다. 다시 말해 모든 존재는 신의 속성으로부터 나왔다. 신의 속성에서 나오지 않은 존재는 없다. 그러니 우리 모두가 실은 '진리에 속한 이들'이다. 그럼에도 빌라도는 몰랐다. 예수를 끌고 온 유대인들도 몰랐다. 그들이 진리에 속해 있음을 몰랐다. 그들은 왜 몰랐을까. 이유가 있다. 그들이 영원한 왕국에 속해 있으면서도 사라지는 왕국을 붙들고 있었기 때문이다. 거기에 매몰되어 있었기 때문이다.

빌라도 총독의 관저로 이어지는 도로.
바닥에 큼직한 돌이 보인다.
로마 시대에 만든, 마차가 다니던 주요 도로다.

그러니 보이지 않는다. 예수의 왕국이 보이지 않는다. 그래서 빌라도는 물었다. "진리가 무엇이오?" 일본의 가톨릭 문학가 엔도 슈사쿠는 소설 『예수의 생애』(가톨릭출판사, 2003)에서 빌라도의 이 물음을 조롱이나 비꼼으로 해석했다. 나는 다르게 보았다. 설사 그 말이 조롱일지라도, 그 속에는 빌라도의 절규가 녹아 있다. 그것은 진리가 앞에 있어도 진리를 보지 못하는 이의 절규다. 자기도 모르게 내뱉는 비명이다.

그런 빌라도의 물음은 우리의 가슴에 박힌다. 고양이를 앞에 두고서도 "고양이가 무엇이오?"라고 묻고, 코끼리를 앞에 두고서도 "코끼리가 무엇이오?"라고 묻는 식이다. 우리는 교회에 가고 성당에 가고, 성

경을 펼쳐 예수의 메시지를 만난다. 그러면서도 묻는다. "예수가 무엇
이오?" "지금 어디에 있소?" 빌라도처럼 우리도 그렇게 묻는다. 지금
도 그렇게 묻는다.

유월절은 유대인에게 큰 절기다. 그런 축제 때마다 내려오는 풍습이
있었다. 군중이 원하는 죄수를 한 사람 풀어주는 일이었다. 일종의 특
별 사면이다. 당시 이스라엘에는 바라바라는 죄수가 있었다. 역사학자
들은 바라바를 이스라엘의 독립을 위해 로마에 맞서 싸우다 체포된 정
치범으로 추정한다. 단순 강도가 아니었다. 빌라도는 둘 중 하나를 택
하라고 했다. 예수와 바라바, 둘 중 하나는 살고 나머지 하나는 죽어야
했다. "내가 누구를 풀어주기를 원하오? 바라바요? 아니면 메시아라
고 하는 예수요?" 군중은 소리쳤다. "바라바요!" 빌라도가 예수를 어
떻게 할지 묻자 군중은 "십자가에 못 박으시오!"라고 외쳤다.

나는 빌라도가 예수를 재판한 법정의 정문 앞 계단에 앉아 눈을 감
았다. 2000년 전 아침, 찬 공기를 뚫고 군중의 외침이 바로 이 자리에
서 울렸으리라. "예수를 십자가에 못 박으시오!" 사람들은 손을 높이
쳐들고 그 말을 외쳤다. 유대인들은 그렇게 '눈에 보이는 왕국'을 택했
다. '사라지는 왕국'을 택했다. '영원한 왕국'을 설했던 예수는 죽어야

'비아 돌로로사'는 예수가 사형선고를 받고
십자가를 짊어진 장소에서부터 길이 시작된다.

했다. 서른이 갓 넘었을 나이. 갈릴래아와 유대 광야와 예루살렘을 누
비며 아직도 하느님 나라의 비밀과 신비에 대해 풀어놓을 것이 숱하게
많았을 사람. 참으로 귀한 사람이 그렇게 죽어야 했다.

　빌라도의 법정 맞은편에 총독의 관저가 있었다. 로마 군인들이 예수
를 데리고 총독의 관저로 갔다. 거기서 예수의 옷을 벗기고 진홍색 외
투를 입혔다. 머리에는 가시나무로 엮은 관을 씌웠다. 오른손에는 갈대
를 들게 했다. 왕의 옷과 왕의 관, 왕의 지팡이를 든 유대의 왕. 로마 군
인들은 예수에게 침을 뱉고, 갈대를 빼앗아 예수의 머리를 때렸다. 십

자가를 짊어지기 직전에 예수는 채찍질을 당했다. 채찍의 끝에는 동물의 뼈나 쇳조각이 달려 있었다. 살갗이 찢어지고 피가 터졌을 터이다.

지금도 예루살렘에는 '십자가의 길'이 있다. 이스라엘 사람들은 그곳을 '비아 돌로로사(Via Dolorosa)'라고 부른다. 세계 각국에서 순례객들이 찾아오는 슬픔의 길이다. 예수의 눈앞에 그 길이 놓여 있었다.

순례객들이 찾는 빌라도 총독 관저의 뜰에는 나무로 만든 십자가가 하나 놓여 있다. 무게는 약 70킬로그램이었다. 예수 당시에 사용하던 십자가의 무게이다. 저 십자가를 직접 짊어지면 어떤 느낌일까. 나는 허리를 숙이고 그 십자가를 어깨에 짊어졌다. 무거웠다. 어른 한 사람을 업은 것처럼 등이 눌렸다.

밤새 한숨도 못 자고 신문과 재판을 받고 조롱과 채찍질을 당한 예수였다. 그런 예수에게도 십자가 무게가 단지 70킬로그램이었을까. 아니었으리라. 십자가에는 예수를 향한 유대인의 멸시와 조롱, 하느님 나라를 향한 세상의 외면. 그 외면으로 인한 예수의 고독이 함께 실렸을 것이다. 예수는 그토록 가혹한 무게를 짊어진 채 비틀거리며 총독의 관저를 나섰다. 나도 그 길을 따라 천천히 발을 뗐다.

모든 존재는 진리로부터 나왔다.
진리에서 나오지 않은 존재는 없다.

다시 말해 모든 존재는 신의 속성으로부터 나왔다.
신의 속성에서 나오지 않은 존재는 없다.

그러니 우리 모두가 실은 '진리에 속한 이들'이다.

십자가에 매달린 예수는
완전한 알몸이었나

엘로이 엘로이 레마 사박타니?

(저의 하느님, 저의 하느님, 어찌하여 저를 버리셨습니까?)

마르코 복음서 15장 34절

* * *

십자가를 짊어진 예수는 빌라도 총독의 관저를 나섰다. 좁다란 골목길 양옆에는 예수의 재판을 지켜보던 유대인들이 길을 가득 메웠을 것이다. 그들 중 상당수는 예수를 향해 야유와 멸시를 퍼부었다. 예수는 그 사이를 비틀거리며 걸었다. 십자가의 무게를 감당하기에는 예수의 몸은 이미 상해 있었다. 동물의 뼈와 쇳조각이 달린 채찍이 몸을 휘감을 때마다 살점이 떨어져나갔을 것이다. 그런 피투성이 몸으로 예수는 십자가의 길을 떠났다.

나는 빌라도 총독의 관저 앞 골목길을 따라 내려갔다. 발밑의 돌들. '예수는 이 돌의 어딘가를 디뎠겠지. 한 걸음, 또 한 걸음. 그렇게 비틀대면서 걸었겠지.' 십자가를 짊어진 예수는 총독 관저 앞 골목의 모퉁이를 돌았다. 거기서 뜻하지 않은 사람을 만났다. 그 사람이 누구였을까. 다름 아닌 어머니였다. 예수의 어머니, 마리아. 그녀는 10대 나이에 예수를 잉태했다. 성령의 힘으로 잉태하는 초월적 사건을 온몸으로 뚫고 왔다. 그녀의 눈앞에 자신의 몸으로 낳은 자식이 서 있었다. 아들의

안드레아 다 피렌체의 〈갈보리(골고타)로 십자가를 지고 가는 예수〉.

어깨에는 십자가가 얹혀 있다. 한두 시간 뒤 자식은 그 십자가에 매달 릴 것이었다. 사형장을 향해 걸어가는 아들. 마리아의 눈앞에는 감당하 기 힘든 비극적 풍경이 펼쳐지고 있었다.

나는 눈을 감았다. 마리아는 울었을 것이다. 나는 '마리아의 눈물'을 묵상했다. 동양의 어머니든 서양의 어머니든 똑같지 않을까. 사형장을 향해 발을 떼는 자식을 두 눈으로 바라보는 엄마의 심정은 예나 지금 이나 마찬가지다. 마리아의 어깨는 얼마나 들썩였을까. 마리아의 얼굴 은 눈물로 젖었을 것이다. 그녀의 몸과 마음, 어디 하나 피눈물이 솟구 치지 않는 곳이 있었을까.

당시 유대 여자들은 초경을 하는 나이가 되면 결혼을 했다. 마리아 도 결혼 적령기 때 배 속에 예수를 가졌다. 그러니 열셋에서 열다섯 살 쯤이지 않았을까. 십자가를 짊어진 예수가 30대 초반의 나이였다면 마 리아는 40대 중반쯤이었을 것이다. 요즘으로 치면 '젊은 엄마'다. 그러 니 미켈란젤로가 조각한 〈피에타〉의 젊은 마리아가 비현실적인 모습 이라고 말할 수도 없다. 40대 중반의 엄마가 십자가를 짊어진 30대 초 반의 아들을 바라본다. 나는 골목 어귀에 서서 '그들의 눈'을 생각했다. 예수를 바라보는 마리아의 눈. 그런 마리아를 바라보는 예수의 눈. 두 사람은 서로의 눈에서 무엇을 읽었을까.

예수는 말했다. "내 나라는 이 세상에 속하지 않는다." 마리아는 예 수를 이해하고 있었을까. 예수가 말하는 '세상에 속하지 않는 나라'를 얼마나 알고 있었을까. 그 나라를 깊이 깨닫고 있었을까. 그래서 간장 을 끊어내는 아픔을 겪지 않아도 되었을까. 아니면 마리아도 다른 이

들과 똑같은 엄마였을까. 자식의 죽음을 가슴에 묻어야 하는 엄마였을까. 사실 예수의 제자들도 '이 세상에 속하지 않는 예수의 나라'를 제대로 알지 못했다. 나는 마리아도 거기서 크게 벗어나지는 않았을 것으로 짐작한다. 비록 성령으로 잉태하는 신비를 겪었다 해도 말이다. 만약 마리아가 '이 세상에 속하지 않는 예수의 나라'를 깊이 이해하고 있었다면, 성경에는 그에 대한 마리아의 말이 몇 마디라도 기록되어 있지 않았을까.

그럼에도 불구하고 나는 마리아의 '평범한 아픔'에 더욱 고개가 끄덕여진다. 그런 아픔은 우리 모두가 갖는 아픔이기 때문이다. 우리 모두가 흘리는 눈물이고, 우리 모두가 토하는 비명이다. 그 모두를 우리와 공유하는 마리아가 내게는 더 친근하게 다가온다. 그래서 죽으러

가는 자식 앞에서 눈물을 흘리는 마리아가 내게는 '더 큰 마리아'로 다가온다.

'비아 돌로로사(십자가의 길)'에는 모두 14처가 있다. 예수가 재판을 받았던 빌라도 법정이 제1처, 사형선고를 받고 십자가를 짊어진 곳이 제2처, 예수가 처음 쓰러진 곳이 제3처다. 그런 식으로 십자가를 지고 가던 예수가 일화를 하나씩 남긴 곳마다 '처(處)'가 남아 있다. 지금도 세계 각국에서 순례객들이 '십자가의 길'을 찾는다. 그리고 각 처마다 걸음을 멈추고 기도를 한다.

예수가 마리아를 만난 장소는 제4처. 그 장소에는 지금 아르메니안 교회가 세워져 있다. 교회 지하층에는 모자이크로 된 신발이 있다. 마리아가 그곳에 서서 예수를 기다렸다는 일화가 전해 내려온다. 교회 정문 위에는 예수와 마리아의 조각이 새겨져 있다. 십자가를 짊어진 채 죽으러 가는 예수와 그런 자식의 손을 잡고서 무언가 말을 하려는 마리아. 아무리 봐도 애틋하다. 나는 그 아래 서서 한참 동안 조각을 바라봤다. 예수는 눈을 감고 있고, 마리아는 눈을 뜨고 있다. 예수는 가고 있고, 마리아는 붙들고 있다. 예수는 고요하고, 마리아는 요동친다. 그 장면을 바라보는 우리의 가슴도 요동친다.

십자가를 짊어진 예수가 쓰러진 곳에 조그만 교회가 있다.
제단에는 쓰러진 예수의 모습과
이를 안타깝게 지켜보는 천사들이 그려져 있다.

불과 800미터였다. 예수가 십자가를 짊어진 곳에서 못 박혀 숨진 곳까지 말이다. 직선 거리로 고작 800미터였다. 건장한 젊은이라면 한달음에 달려갈 거리였다. 그러나 그 길은 짧지 않았다. 14처 중 어느 한 곳도 그냥 지나칠 수 있는 곳은 없었다. 가슴을 무너뜨리지 않고서 지나칠 수 있는 곳은 없었다. 800미터. 오히려 아득한 거리였다. 왜 그럴까. 순간에서 영원에 이르는 길이기 때문이다.

예수가 십자가를 짊어지고 걸었던 길은 평지가 아니었다. 골고타 언덕을 향해 약간씩 경사가 높아지는 오르막길이었다. 70킬로그램의 십자가를 짊어졌으니 경사는 더욱더 가파르게 느껴졌을 것이다. 지금은 그 길이 예루살렘 성 안의 시장통을 통과한다. 길 양옆에 온갖 잡화를 파는 팔레스타인 사람들의 가게가 늘어서 있었다. 그런 십자가의 길 중간중간 예수의 흔적이 남아 있었다.

얼마나 무거웠을까. 지칠 대로 지친 예수는 쿵 하고 땅바닥에 쓰러졌다. 그 직후의 장면이 루카 복음서에 이렇게 기록되어 있다. "그들은 예수님을 끌고 가다가, 시골에서 오고 있던 시몬이라는 어떤 키레네 사람을 붙잡아 십자가를 지우고 예수님을 뒤따르게 하였다."(23장 26절)

예수는 기진맥진했다. 로마의 병사가 아무리 채찍을 내려쳐도 다시 일
어나 십자가를 짊어질 기력이 없었을 것이다. 결국 병사들은 시몬이라
는 사람에게 십자가를 대신 짊어지게 했다. 예수는 그 뒤에서 비틀거리
며 걸었으리라. 자신이 못 박힐 나무 십자가를 앞세운 채 말이다. 그때
가 아침이었다.

　예수가 가야 하는 목적지는 골고타 언덕이었다. '골고타'는 '해골터'

예수는 여섯 시간 동안 십자가에 못 박혀 있었다.

루벤스의 〈십자가 위의 예수〉.

라는 뜻으로, 당시 예루살렘의 사형장과 공동묘지가 있던 곳이다. 이
윽고 예수는 골고타에 도착했다. 로마 병사들은 예수에게 쓸개즙을 탄
포도주를 건넸다. 일종의 진통제였다. 예수는 맛만 본 뒤 이를 거절했
다. 병사들은 땅바닥의 십자가 위에 예수를 눕혔다. 그리고 두 손과 두
발에 못을 박았다. 쾅! 쾅! 쾅! 못이 살을 관통할 때마다 예수는 고통

에 겨워 이를 악물었으리라. 유대인 가이드는 "십자가에 못 박힌 예수
는 알몸이었다. 당시 유대인들은 십자가형에 처해지는 죄수의 옷을 모
두 벗겼다. 예수도 예외는 아니었다."라고 말했다. 후대 화가들이 속옷
도 걸치지 않은 예수의 알몸을 차마 그릴 수가 없었던 것이다.

바로 그 장소에 성묘 교회(Basilica of the Holy Sepulchre)가 세워져
있다. 그리스도교 성지 중의 성지다. 이 교회를 차지하려는 명분으로
유럽과 이슬람이 전쟁을 벌였다. 그 전쟁이 십자군 전쟁이다.

나는 골고타 언덕 위에 서 있는 성묘 교회 안으로 들어갔다. 계단을
따라 올라가자 예수의 손과 발에 못을 박은 장소가 나왔다. 바로 옆이
예수가 십자가에 매달렸던 곳이다. 그곳에 십자가 예수상이 있었다. 순
례객들은 줄지어 그 앞에 무릎을 꿇었다. 땅은 모두 유리로 덮여 있었
다. 오직 한 군데, 십자가 예수 앞에만 바닥에 동그란 구멍이 뚫려 있
었다. 나는 무릎을 꿇고 그 구멍으로 깊숙이 손을 넣었다. 마치 내 안의
심연으로 두레박을 던지듯이 말이다. 그러자 땅이 만져졌다. 예수가 매
달렸던 십자가의 땅, 2000년 전의 그 숨결이 손가락 끝에 닿았다.

세계 각국에서 온 순례객들이 십자가상 앞에서 무릎을 꿇었다. 나는
뒤로 물러났다. 가방에 있던 조그만 성경을 꺼내 펼쳤다. 예수가 십자
가에 매달렸던 시각은 오전 아홉 시였다. 마르코 복음서에는 "그들이
예수님을 십자가에 못 박은 때는 아침 아홉 시였다."(15장 25절)라고 정
확한 시각이 기록되어 있다. 예수의 손과 발에 못이 박힌 채 땅바닥에
뉘여 놓았던 십자가를 똑바로 세웠다. 그 순간 체중으로 인해 박힌 못
이 손과 발의 뼈를 짓누른다. 때로는 뼈가 부러지기도 한다. 십자가형

을 받는 이의 고통은 수십 배, 수백 배로 증폭된다.

그런 고통을 겪으며 일주일씩 십자가에 매달려 있기도 한다. 그렇다고 쉬이 죽지도 못한다. 십자가형에는 그 모든 고통이 포함되어 있기 때문이다. 예수가 십자가형을 받은 날은 안식일 하루 전날이었다. 유대인들은 안식일을 거룩하게 보낸다. 안식일 당일에 십자가에 시신이 매달려 있는 것은 부정 타는 일이었다. 그래서 십자가에 못 박힌 죄수가 일찍 숨을 거두도록 다리를 부러뜨리기도 했다. 예수가 십자가에 매달린 지 무려 여섯 시간이 흘렀다.

오후 세 시쯤이었다. 예수는 큰 소리로 부르짖었다. "엘로이 엘로이 레마 사박타니!" 예수가 아람어로 외쳤다. 성경에는 이 대목이 아람어로 기록되어 있다. "저의 하느님, 저의 하느님, 어찌하여 저를 버리셨습니까?"라는 뜻이다. 이는 구약의 시편 22편에 등장하는 어구이기도 하다. 당시 유대인들이 그랬듯이 예수는 시편을 줄줄 외우고 있었을 것이다. 그런데 왜 하필 그 대목을 읊었을까. 어째서 절규하듯이 큰 소리로 외쳤을까. 혹자는 거기서 원망을 읽는다. 하늘을 향해 예수가 원망을 토해낸 것이라 말한다. 과연 그럴까. 나는 오히려 거기서 '신을 품

은 인간'을 본다. 그러한 '인간 예수'를 본다. 그런 절규는 비단 예수의 것만이 아니다. 우리도 하루에 수십 번씩 내뱉는 외침이다. "나의 하느님, 나의 하느님, 어찌하여 저를 버리십니까!"

마더 테레사 수녀도 그랬다. 그녀가 생전에 썼던 편지에는 "주여, 당신이 버리신 저는 누구입니까?", "당신의 사랑이었던 저는 지금 증오의 대상이 되었습니다.", "저의 신앙은 어디에 있습니까?", "하느님의 부름에 맹종한 저는 진정 실수를 한 것일까요."라는 구절이 담겨 있다. 어떤 사람들은 테레사 수녀가 신을 부정했다고 공격하기도 했다. 하지만 그게 아니다. "주여, 당신이 버리신 저는 누구입니까?"라는 물음은

자메 티소트의 〈예수의 죽음〉.

신의 속성과 하나 됨을 체험한 이들이 내뱉는 고백이다. 그런 하나 됨이 지속되지 않을 때 토해내는 아쉬움이다. 뒤집어 말하면, 마더 테레사가 그만큼 신의 속성에 가까이 다가가 있었다는 반증이다. 하나 됨에서 버림받음, 다시 버림받음에서 하나 됨을 되풀이하는 이들이 쏟아내는 일종의 절규이자 찬사다. 그렇다면 인간은 그런 절규에서 영원히 벗어날 수 없는 존재일까. 아니다. 굳이 하나 됨을 붙들지 않아도 항상 하나임을 깨닫는다면 그런 절규조차 사라진다. 내가 눈을 감는 순간에도, 내가 눈을 뜨는 순간에도 신의 속성이 언제나 내 안에 거함을 깨닫는다면 말이다.

예수의 외침을 듣고서 유대인들은 말했다. "저것 봐! 엘리야를 부르네."(마르코 복음서 15장 35절) 주위에 있던 병사들이 해면에 신 포도주를 적셔 예수에게 마시게 했다. 옆에 있던 사람은 그 순간에도 예수를 시험했다. "가만, 엘리야가 와서 그를 구해주나 봅시다."(마태오 복음서 27장 49절) 신 포도주를 마신 예수는 마지막으로 한마디 던졌다. 지상에서 육신을 가진 예수가 던진 마지막 한마디였다. "다 이루어졌다."(요한 복음서 19장 30절) 이 말끝에 예수의 고개는 아래로 떨어졌다. 그리고 숨을 거두었다.

마지막 한마디였다. 어찌 보면 예수의 유언이다. "다 이루어졌다." 그리스어 성경에서는 'teleo(텔레오)'라는 단어를 썼다. '마치다(finish)', '이룩하다(accomplish)'라는 뜻도 있고, '정착하다, 자리를 잡다(settle)'라는 뜻도 있다. 흔히 이 구절을 예수가 이 땅에 와서 주어진 사명을 완수했다는 의미로 풀이한다. 나는 거기서 한 걸음 더 나아가고 싶다. 그래서 'settle(정착하다)'이라는 뜻에도 각별히 주목한다. 예수가 "텔레오."라는 마지막 한마디를 던지며 정착한 곳은 어디일까. 그렇게 자리를 잡고 뿌리 내린 곳은 어디일까. 나는 거기서 예수가 신을 품는 광경, 또한 신이 예수를 품는 광경을 본다. 신의 속성. 그 영원한 평화, 창조의 근원으로 자리 잡는 예수를 본다.

골고타 언덕에 있는 성묘 교회. 예수는 그 안에서 십자가에 못 박혀 숨을 거두었다고 한다.

끝없이 뻗는 가로와 끝없이 뻗는 세로. 영원히 만날 것 같지 않은 둘이 만난다. 딱 한 번 만난다. 거기가 바로 십자가다. 신과 인간도 그렇게 만난다. 예수가 못 박힌 곳. 바로 그 십자가 위에서 신과 인간이 만난다. 인간과 신이 만난다. 둘이 하나가 된다. 사람들은 묻는다. "그럼 우리도 그렇게 사형을 당해야 하나? 그래야만 우리도 신을 만날 수 있나?" 그렇지 않다. 예수는 우리에게 "각자의 십자가를 짊어지고 나를 따르라."고 했다. 그리하지 않는 이는 자신의 제자가 아니라고 했다. 십자가가 뭘까. 그것이 과연 이스라엘의 골고타 언덕 위에만 있는 것일까. 아니다. 소소하고 번잡한 우리의 일상 속에 그런 십자가가 숨어 있다. 내가 꺾지 못하는 나의 고집, 나의 잣대가 바로 내가 짊어질 십자가다.

고집이 뭔가. 꺾고 싶지 않은 나의 욕망이다. 잣대가 뭔가. 꺾고 싶지 않은 나의 틀이다. 누구도 원치 않는다. 그것이 무너지길 바라지 않는다. 고집이 무너지고 잣대가 무너지면 마치 내가 죽을 것만 같다. 그래서 싫다. 죽도록 싫다. 그것이 바로 십자가다. 내가 짊어질 십자가다. 자기 십자가를 짊어지는 일은 그래서 쉽지 않다. 그렇다면 묻고 싶다. 예수는 왜 십자가를 짊어졌을까. 그것은 보여주기 위함이 아니었을까. 신과 하나가 되기 위해 무엇을 통과해야 하는지 길을 보여주기 위함이 아니었을까. 그 길을 통해 사람들은 비로소 자신의 고집을 녹이고, 잣대를 녹이고, 욕망을 녹인다. 이것이 바로 '죄 사함'이다.

사람들은 말한다. "예수의 십자가 죽음으로 인해 우리의 죄가 사해

진다." 거기에는 대전제가 있다. 예수의 십자가 죽음을 내가 받아들여야 한다. 다시 말하면 예수처럼 못 박히는 '나의 십자가 죽음'을 내가 받아들인다는 의미다. 그래야 예수와 내가 하나가 된다. 나와 예수가 하나가 된다. 요즘에는 이 과정이 종종 생략된다. 예수만 죽고 나는

산다. 예수가 죽었으니 나는 굳이 죽을 필요가 없다고 말한다. 예수에게만 십자가가 필요하고 내게는 십자가가 필요 없다고 말한다. 예수의 죽음으로 모든 문제가 이미 해결됐다고 말한다. 예수는 달리 말했다. 그런 이들을 향해 이렇게 말했다. "자신의 십자가를 짊어지지 않는 이들은 나의 제자가 아니다."

십자가 위에서 여섯 시간을 버티던 예수는 마침내 숨을 거두었다.

그러자 하늘과 땅이 흔들렸다. 성경에는 "성전 휘장이 위에서 아래까지 두 갈래로 찢어졌다.", "땅이 흔들리고 바위들이 갈라졌다.", "무덤이 열리고 잠자던 성도들의 몸이 되살아났다."라고 기록되어 있다. 로마 병사들은 십자가에 못 박힌 죄수의 죽음을 확인했다. 예수 양옆에 매달린 죄수들의 다리를 부러뜨렸다. 예수가 이미 숨진 것을 확인한 병사는 다리를 부러뜨리지 않았다. 대신 창으로 예수의 옆구리를 찔렀다. 그러자 피와 물이 흘러나왔다.

성묘 교회의 바닥에는 붉은 돌판이 하나 놓여 있었다. 순례객들이 무릎을 꿇고 그 돌에 손을 얹은 채 기도를 하고 있었다. 십자가에서 내린 예수의 주검을 눕혔던 돌이었다. 2000년 전 바로 이 돌 위에 싸늘하게 식어가는 예수의 주검이 놓였다고 한다. 나는 순례객들 틈에 끼어서 무릎을 꿇었다. 그 돌에 두 손을 얹었다. 차가웠다. 숨이 끊긴 예수의 육신도 이처럼 차가웠을까. 그렇게 차가워진 예수의 얼굴을 쓰다듬으며 마리아는 또 한 번 눈물을 흘렸을까.

예수 당시 유대인의 장례 풍습에는 일종의 상여가 있었다. 시신을 들것 위에 노출된 채로 놓거나 관에 넣어 뚜껑을 연 채로 운반했다. 여인들이 상여 행렬의 맨 앞에 섰다. 유대인들은 선악과를 먹은 이브가 이 세상에 죽음을 처음으로 끌어들였다고 여겼다. 그래서 장례 행렬의 선두에도 여자들이 서야 한다고 생각했다. 당시 유대인들은 상여 메는 일을 큰 덕을 쌓는 것으로 여겼다. 되도록 많은 사람이 상여를 멜 수 있도록 자주 교체했다.

하지만 예수의 죽음에는 그런 상여도 없었다. 신을 모독한 죄수의 죽음이기에 더욱 그랬다. 예수의 제자 중에 아리마태이 사람 요셉이 있었다. 그는 부유했다. 그가 빌라도 총독에게 예수의 시신을 내달라고 청한 뒤 허락을 받았다. 제자들은 시신을 아마포로 감싼 뒤 바위 동굴 무덤으로 옮기고 무덤 입구를 큰 바위로 막았다. 성전 경비병들이 그 앞을 지켰다. 생전에 "내가 죽은 후 사흘 만에 죽은 이들 가운데서 되살아나겠다."고 장담했던 예수의 말 때문이었다. 유대의 수석 사제들과 바리사이들은 "제자들이 시체를 훔쳐내고서 되살아났다고 기만할 수 있다."면서 무덤을 지키게 했다.

나는 그 무덤을 찾아갔다. 성묘 교회 안에 그 무덤이 있었다. 무덤 앞에는 순례객들이 길게 줄 서 있었다. 무덤 안은 대체 어떤 곳일까. 예수의 죽음과 부활. 그 어마어마한 사건이 발생한 물리적 공간. 그 안은 대체 어떻게 생겼을까. 예수 부활에 담긴 진정한 메시지는 무엇일까. 앞에 늘어선 줄이 줄어들 때마다 내 가슴도 덩달아 두근거렸다.

예수의 부활은 육신의 부활인가

그분은 죽은 이들의 하느님이 아니라
산 이들의 하느님이시다.
사실 하느님께는 모든 사람이 살아 있는 것이다.
루카복음서 20장 38절

＊＊＊

예수는 십자가에 못 박혀 숨을 거두었다. 그리고 바위 동굴에 묻혔다가 사흘 만에 부활했다고 한다. 그리스도교인에게 골고타는 그야말로 성지 중의 성지다.

예수 당시에는 달랐다. '골고타'는 히브리어다. 라틴어로는 '칼바리(Calvary, 갈보리)', '해골'이라는 뜻이다. 골고타 언덕은 예루살렘 사람들이 가장 기피하는 장소였다. 공개 처형장과 공동묘지가 있었기 때문이다. 이런저런 죄목으로 사형을 당한 죄수들이 묻히는 곳도 골고타였다. 그런 곳에서 예수는 최후를 맞았다. 처형장이나 화장터는 동서양을 막론하고 사람들이 꺼리는 공간이다.

인도에서도 그랬다. 샤카무니 붓다는 출가 전에 인도 카필라 왕국의 왕자였다. 어릴 적에 그는 서쪽 성문 밖으로 나갔다가 사람의 시신을 처음으로 봤다. 왜 성의 서쪽이었을까. 그곳에 강이 흐르기 때문이었다. 인도의 화장터는 대부분 강가에 있다. 화장한 유골을 강에 뿌리는 힌두교의 풍습 때문이다. 붓다가 마주친 시신도 화장터로 향하고 있었

성묘 교회 안에 있는 제단.

바로 이곳에서 예수는 십자가에 매달렸고 숨을 거두었다.

제단에는 십자가에 못 박힌 예수의 상이 서 있다.

제단 아래 구멍을 통해 십자가를 세웠던 땅을 볼 수 있다.

순례객들은 그 앞에서 무릎을 꿇고 기도를 드린다.

다. 지금도 카필라 왕국의 유적지인 서문 밖에는 강이 흐르고 있다. 그곳에 화장터가 있다. 망자의 시신을 화장하고 유골을 수습하는 일은 모두 불가촉천민의 몫이다. 그래서 화장터 주변에는 지금도 불가촉천민의 마을이 있다. 죽음의 공간은 동양에서도 꺼리는 장소였다.

예수가 묻힌 곳도 마찬가지였다. 모순적이게도 그런 공간이 그리스도교에서는 성지로 탈바꿈했다. 사도 베드로가 묻힌 곳도 그렇다. 그는 로마의 처형장에서 십자가에 거꾸로 매달려 목숨을 잃었다고 한다. 그리고 지하 공동묘지에 묻혔다. 그 위에 로마 교황청이 있는 성 베드로 성당이 세워졌다. 누구나 꺼리는 장소. 부정 타는 공간. 그런 장소들이 오늘날 그리스도교의 성지가 됐다. 여기에는 '예수의 죽음과 부활'이라는 코드가 녹아 있다.

그렇다면 예수 당시에는 어땠을까. 2000년 전 이스라엘에 살았던 유대인들, 예수와 동시대에 살았던 유대인들은 죽음 이후를 어떻게 봤을까. 부활이 있다고 믿었을까. 육신의 부활. 부활은 얼토당토않다고 여겼을까, 아니면 충분히 가능한 일이라고 여겼을까. 그도 아니면 너무도 당연한 일이라고 생각했을까.

플라비우스 요세푸스는 예수 당대의 인물이다. 그가 저술한 역사서에 유대인과 부활에 대한 기록이 있다. 그 기록을 보면 예수 당시의 유대인들이 육신의 부활을 어떻게 생각했는지 알 수 있다. 예수의 부활 이전에 말이다. 요세푸스가 그리스인을 대상으로 강연한 『음부론』에는 이런 대목이 있다. "하느님은 정하신 때가 되면 만인을 죽은 자 가운데서 부활시킬 것이다. 한 영혼을 한 몸에서 다른 몸으로 전생(轉生)시키는 것이 아니라 죽은 그 몸을 다시 일으키는 것이다." 그가 남긴 유대 역사서 『유대 고대사』와 『유대 전쟁사』는 귀중한 사료다. 성경을 제외하면 예수 당대를 기록한 역사서는 거의 없다. 요세푸스는 자신의 저서에서 때가 되면 하느님이 죽은 그 몸을 다시 부활시킬 것이라고 말했다.

요세푸스는 그리스도교인이 아니었다. 그는 유대 제사장 가문에서 태어났다. 유대 사회에서는 '뼈대 있는 가문' 출신이다. 게다가 독실한 유대교 신자였다. 젊은 날 사두가이파였다가 바리사이파로 돌아섰다. 그런 그가 부활을 거론했다. 심지어 부활을 믿지 않는 그리스인들을 향해 이렇게 말했다. "여러분 헬라인(그리스인)들은 몸이 썩는 것을 보고 (죽은 자의 부활을) 믿지 않지만 부활을 믿는 법을 배워야 할 것이다. 여러분도 플라톤의 사상대로 영혼이 하느님에 의해 불멸의 존재로 창조되었다고 믿지 않는가? 그러니 이제 의심을 버리고 부활을 믿어야 할 것이다. 하느님에게는 죽기 전의 몸과 동일한 원소로 이루어진 몸에 생명을 불어넣어 불멸의 존재로 만들 수 있는 능력이 있음을 믿어야 할 것이다."

이 대목은 다시 읽어봐도 놀랍다. 예수 당대에 이미 부활 사상이 있었던 것이다. 예수가 십자가에서 숨을 거두고 사흘 만에 부활하기 전에, 예수의 부활과 상관없이 이미 유대인들은 부활 사상을 믿고 있었다. 물론 모든 유대인이 사후 부활을 믿은 것은 아니었다. 예수 당시 이스라엘은 로마의 식민지였다. 사두가이파는 제사장을 중심으로 한 유대교 성직자 계층이었다. 유대 사회의 지배층이었던 사두가이파는 헤롯 왕가와 함께 로마 제국에 협조하며 눈앞의 이익을 좇았던 기득권층으로 대단히 현세적이었다. 신은 믿었지만 육신의 부활은 믿지 않았다. 하지만 그들은 소수였다.

바리사이파는 달랐다. 바리사이들은 부활을 믿었다. 사두가이파에 비하면 바리사이파는 다수였다. 그들은 사람이 죽으면 땅속에 묻힌 육신이 일정 기간 썩다가 다시 본래의 몸으로 되살아난다고 믿었다. 바리사이들에게는 그것이 상식적인 사후 세계관이었다. 갈릴래아 호수에서 예수의 설교를 듣던 바리사이들도 부활을 믿었다. 올리브산에서, 광야에서, 예루살렘에서 예수의 설교를 듣던 숱한 바리사이들은 예수의 부활이 있기 전에 이미 육신의 부활을 믿고 있었다.

요세푸스는 『음부론』에서 이렇게 기록하고 있다. "몸이 썩는다고 해서 완전히 소멸되는 것은 아니며 땅이 유해를 받아 보존하는 것이다. 몸은 종자(seed)와 같아서 비옥한 땅에서 잘 자란다. 뿌려진 것은 단지 낟알에 불과하나, 전능하신 창조주 하느님의 음성에 싹이 터서 몸을 입은 영광스러운 모습으로 일으킴을 받을 것이다." 부활에 대한 요세푸스의 관점은 바리사이의 관점을 대변한다. 그들은 죽어서 땅에 묻힌 몸이 씨앗처럼 자란다고 믿었다. 육신이 썩는다고 해서 완전히 소멸되는 것은 아니라고 생각했다.

골고타 언덕에는 지금도 유해들이 묻혀 있다. 땅속에는 2000년 전의 유해들도 있을 것이다. 그중에는 예수를 직접 만나고, 예수의 설교를 직접 듣고, 예수의 십자가 처형을 두 눈으로 목격한 이들도 있지 않을까. 골고타 언덕에 섰다. 참혹한 처형의 땅, 서글픈 죽음의 땅. 그런 곳이 어떻게 부활의 땅, 생명의 땅이 됐을까. 골고타 언덕의 좁은 길에는 세계 각국에서 온 순례객들이 있었다. 저마다 예수의 부활, 그 수수께끼를 안고 묵상에 잠겨 있었다.

성경에는 예수가 죽은 라자로(나사로)를 되살리는 대목이 나온다. 위독했던 라자로가 아니라 이미 죽어서 온몸에 천을 두르고 무덤 속에 누워 있었던 라자로가 일어나 뚜벅뚜벅 걸어 나오는 장면이다. 과학의 시대를 사는 현대인들은 이 불가사의한 대목에 강한 물음을 제기한다. 그리스도교인들조차 고개를 갸우뚱한다. 그들은 "죽었다 다시 살아나는 것이 신의 섭리에 맞는가? 그것이 어떻게 가능한가? 더구나 지독한 냄새를 풍길 정도로 주검이 부패한 상태라면 더더욱 믿기지 않는다."고 따진다.

그렇다면 예수 당대에는 어땠을까. 바리사이도 그렇게 봤을까. 아니다. 그들에게 죽음 후의 부활은 낯선 개념이 아니었다. 죽은 이를 되살린 예수의 일화도 그렇고, 죽은 뒤 몸소 되살아난 예수의 이적 역시 바리사이의 사후관과 충돌하지 않았다. 하지만 예수 당시에도 부활을 둘러싸고 격렬한 논쟁이 벌어졌다. 성경에 그 장면이 구체적으로 기록되어 있다.

사두가이파는 부활은 있을 수 없다고 여겼다. 그들이 예수에게 물었다. "스승님, 모세는 '어떤 사람의 형제가 자식 없이 아내만 두고 죽으면, 그 사람이 죽은 이의 아내를 맞아들여 형제의 후사를 일으켜주어야 한다.'고 저희를 위하여 기록해놓았습니다. 그런데 일곱 형제가 있었습니다. 맏이가 아내를 맞아들였는데 후사를 남기지 못하고 죽었습

니다. 그래서 둘째가 그 여자를 맞아들였지만 후사를 두지 못한 채 죽었고, 셋째도 그러하였습니다. 이렇게 일곱이 모두 후사를 남기지 못하였습니다. 맨 마지막으로 그 부인도 죽었습니다. 그러면 그들이 다시 살아나는 부활 때에 그 여자는 그들 가운데 누구의 아내가 되겠습니까? 일곱이 다 그 여자를 아내로 맞아들였으니 말입니다."(마르코 복음서 12장 19~23절)

　풀리지 않는 퍼즐이다. 적어도 사두가이파에게는 그랬다. 만약 부활이 있다면 이 문제를 어떻게 설명해야 할까. 사두가이파의 눈에는 답이 보이지 않았다. 그래서 예수에게 물었다. 단순히 예수를 곤경에 빠뜨리려 한 것만은 아니었다. 부활을 믿지 않는 사두가이파에게는 절박한 문제였다. 부활에 대한 막다른 골목에서 마주친 물음, 사두가이파는 그 물음을 예수에게 내밀었다.

　예수는 이렇게 답했다. "너희가 성경도 모르고 하느님의 능력도 모르니까 그렇게 잘못 생각하는 것이 아니냐? 사람들이 죽은 이들 가운데에서 다시 살아날 때에는, 장가드는 일도 시집가는 일도 없이 하늘에 있는 천사들과 같아진다."(마르코 복음서 12장 24~25절)

제자들이 예수의 시신을 동굴 무덤으로 옮기고 있다.
예수는 무덤에서 사흘 만에 부활했다고 성경에 기록되어 있다.
틴토레토의 〈그리스도의 매장〉.

예수는 사두가이들의 안목이 틀렸다고 지적했다. 그들은 성경도 모르고, 하느님의 능력도 모른다고 했다. 당시 사두가이들은 성경을 꿰뚫지 못했다. 이 세상을 보는 눈으로 죽음 후의 세상도 보려 했다. 예수는 고개를 저었다. 부활할 때에는 장가갈 일도 없고 시집갈 일도 없다고 했다. 왜 그럴까. 존재의 방식과 차원이 달라지기 때문이다. 예수는 이를 "하늘에 있는 천사들과 같아진다."고 표현했다. 루카 복음서의 예수는 "천사들과 같아져서 더 이상 죽는 일도 없다."(20장 36절)라고 덧붙였다. 그러니 부활한 뒤에 우리는 '천사의 속성'과 같아진다. 예수는 그렇게 말했다.

예수의 부활은 그리스도교 안에서도 종종 논쟁의 대상이다. 주된 쟁점은 '예수의 부활이 육신의 부활인가, 아니면 영혼의 부활인가'이다. 예수의 부활이 육신의 부활이라면 2000년 전 바리사이들의 믿음과 통하는 셈이다. 반면 예수의 부활이 영혼의 부활이라면 이야기가 달라진다.

김흥호 목사는 다석 유영모의 제자다. 그리스도교는 물론 유불선(儒佛仙)에 두루 눈이 밝았다. 그래서 그의 별명이 '기독교 도인'이었다. 김

예수의 부활은 육신의 부활인가   347

홍호 목사 생전에 나는 그에게 이 물음을 던진 적이 있다. "예수의 부활은 육신의 부활입니까, 아니면 영혼의 부활입니까?"

김흥호 목사는 오히려 내게 이렇게 되물었다. "2000년 전에 숨을 거둔 예수의 육신이 무덤 속에서 다시 살아났다고 합시다. 그게 나와 무슨 상관인가, 그걸 자신에게 물어야 합니다. '예수의 부활. 그게 나와 무슨 상관인가.' 그것을 스스로 되물어야 합니다. 그리고 답을 찾아야 합니다. 예수의 부활에 대한 맹목적인 믿음보다 그것이 훨씬 더 중요합니다." 그는 '과거의 부활'이 아니라 '현재의 부활'에 밑줄을 그었다. '예수의 부활'이 아니라 '나의 부활'에 방점을 찍었다. 김흥호 목사는 이어서 이렇게 말했다. "예수의 십자가가 아니라 나의 십자가가 되어야 합니다. 예수의 부활이 아니라 나의 부활이 되어야 합니다. 그럴 때 우리는 성숙해집니다. 성숙해지면 예수와 내가 하나가 됩니다. 예수 안에 거하라고 하지 않습니까. 그게 바로 진정으로 거하는 것입니다."

어떤 사람에게 예수의 부활은 물리적 부활이다. 그들은 예수의 육신이 죽었다가 되살아났다고 믿는다. 그것이야말로 진정한 예수의 부활이라고 여긴다. 골고타 언덕에 서서 나는 생각에 잠겼다. 왜 우리는 그렇게 믿고 싶을까. 영혼이 아닌 육신이 되살아났다고 믿고 싶을까. 어쩌면 거기에는 '나의 욕망'이 숨어 있는 건 아닐까. 이 몸뚱이를 가지고 영원히 살고 싶다는 은밀한 기대. 예수의 육신이 부활했으니 예수를 믿는 나의 육신도 부활할 수 있을 것이라는 은밀한 욕망 말이다. 그런 욕망이 우리의 믿음, 그 아득한 밑바닥에 똬리를 틀고 있는 것은 아닐까.

성묘 교회 안에는 예수의 주검을 눕혔던 돌판이 남아 있다.
한 순례객이 그 돌판에 뺨을 댄 채 기도하고 있다.

천사들이 예수의 죽음을 슬퍼하고 있다.
지오토의 〈그리스도의 죽음을 애도함〉.

　예수는 달리 말했다. 그는 하늘나라는 욕망의 통로로 오지 않는다고
했다. 오히려 '자기 십자가'를 통해서 온다고 했다. 십자가는 욕망의 소
멸을 뜻한다. 그래서 예수는 각자의 십자가를 짊어지라고 했다. 십자가
를 통해 자신을 무너뜨리라고 했다. 그렇게 영적으로 가난해지라고 했
다. 그럴 때 비로소 '영원' 안에 거한다고 했다. 태초부터 우리 안에 깃
들어 있던 신의 속성 속으로 말이다.

　어쩌면 우리는 바리사이를 닮았다. 바리사이들은 육신의 부활을 믿
었다. 그들은 땅에 묻힌 육신이 되살아난다고 여겼다. 사두가이들은 육

신의 부활을 믿지 않았다. 하지만 그들도 '육신의 부활인가 아닌가' 하는 이분법적 테두리에서 벗어나지 못한 채 부활 논쟁을 벌였다. 예수는 그들 모두에게 말했다. "너희는 성경도 모르고, 하느님의 능력도 모른다." 예수는 그들의 생각이 "잘못된 생각"이라고 꾸짖었다.

왜 그랬을까. 부활은 죽음이 불가피한 '육신의 속성'이 아니라 '천사의 속성', 더 나아가 '신의 속성'과 통하는 일이기 때문이다. 만약 그것이 통하지 않는다면 어떻게 될까. 백 번, 아니 천 번 죽었던 육신이 다시 살아나더라도 아무런 소용이 없다. 시간이 지나면 육신은 결국 소멸하게 마련이다.

예수는 분명하게 말했다. "천사들과 같아져서 더 이상 죽는 일도 없다. 그들은 또한 부활에 동참하여 하느님의 자녀가 된다. 그리고 죽은 이들이 되살아난다는 사실은, 모세도 떨기나무 대목에서 '주님은 아브라함의 하느님, 이사악의 하느님, 야곱의 하느님'이라는 말로 이미 밝혀주었다. 그분은 죽은 이들의 하느님이 아니라 산 이들의 하느님이시다. 사실 하느님께는 모든 사람이 살아 있는 것이다."(루카 복음서 20장 36~38절)

왜 아브라함의 하느님이 이사악의 하느님일까. 또 왜 이사악의 하느님이 야곱의 하느님일까. 또 왜 야곱의 하느님이 아브라함의 하느님일까. 어째서 그들 모두의 하느님이 하나의 하느님일까. 속성이 같기 때문이다. 내 안에 있는 신의 속성과 아브라함과 이사악과 야곱 안에 있는 신의 속성이 다르지 않기 때문이다.

신의 속성은 생명이다. 그래서 그 자체가 부활이다. 그러므로 '죽은 이들의 하느님'은 있을 수가 없다. 왜 그럴까. 신의 속성 자체가 살아 있기 때문이다. 그래서 '산 이들의 하느님'이 될 수밖에 없다. 바리사이 파와 사두가이파가 육신의 부활을 놓고 논쟁을 벌일 때 예수는 그들을 꾸짖었다. 왜 그랬을까. 그들이 부활 속에 담긴 신의 속성을 보지 못했기 때문이다. 다시 말해 그들이 '부활의 속성'을 전혀 몰랐기 때문이다.

골고타 언덕에 섰다. 멀리 서편으로 해가 떨어지고 있었다. 노을 속으로 나는 물음을 던졌다. 예수가 부활하는 곳은 진정 어디일까. 온갖 고고학적 지식을 총동원해 찾아가는 이 언덕의 땅속 어디쯤일까. 아니면 골고타 언덕의 꼭대기일까. 그런 유적지 속일까.

아니다. 예수가 부활했던 곳, 지금도 부활하는 곳, 앞으로도 부활할 곳은 거기가 아니다. 바로 우리의 내면이다. 나의 고집이 무너진 자리에 신의 속성이 드러난다. 그러니 '나의 십자가'야말로 우리가 찾는 진정한 골고타가 아닐까.

예수의 부활과 나의 부활

평화가 너희와 함께!
아버지께서 나를 보내신 것처럼
나도 너희를 보낸다.
요한 복음서 20장 21절

* * *

성묘 교회 안에는 예수가 십자가에 못 박힌 곳이 있고, 십자가에 매달린 곳이 있고, 십자가에서 내린 주검을 누인 곳도 있었다. 그뿐만이 아니다. 예수가 묻혔다는 골고타의 동굴 무덤도 그곳에 있다. 사흘 만에 부활했다는 무덤이다. 그 앞에 기다란 줄이 있다. 순례객들은 줄지어서서 예수의 부활, 그 초월적 신비의 공간을 목격하고자 했다. 나도 그 줄에 섰다.

밖에서는 동굴이 보이지 않았다. 성지 중의 성지. 동굴을 안고 조그만 경당 같은 건축물이 세워져 있었다. 그 안에 동굴 무덤이 있었다. 안에서 한 사람이 나와야 그다음 사람이 들어갈 수 있다. 드디어 내 차례가 왔다. 건축물 안으로 들어서니 캄캄했다. 어둠 속에 촛불이 켜져 있었다. 안에서는 사진 촬영이 금지되어 있었다.

공간은 무척 좁았다. 입구는 작고 낮았다. 그랬다. 2000년 전 이곳에 예수의 주검이 있었다고 한다. 두 손과 두 발, 그리고 옆구리에 구멍이 뚫린 채 피 흘렸을 예수의 시신이 싸늘히 식은 채 여기에 뉘여 있었다.

나는 무릎을 꿇고 두 손을 모았다. 그리고 눈을 감았다.

유대인의 안식일은 토요일이다. 더 정확하게 말하면 금요일 해 질 무렵부터 토요일 해 질 무렵까지다. 십자가에 못 박힌 예수는 금요일 오후 세 시가 지나 숨을 거두었다. 그렇다고 예수의 시신을 곧장 무덤으로 옮긴 것은 아니었다. 사형수의 시신은 아무나 거둘 수가 없었다. 설령 가족이라 해도 말이다. 제자들은 예수의 시신을 수습하려고 애썼다. 잠시 후 해가 질 무렵이면 안식일이 시작될 참이었다. 상황은 다급했다. 안식일이 시작되면 시신을 들고 이리저리 다닐 수도 없었다.

당시 예수의 제자 중에 아리마태아 출신인 요셉이 있었다. 그는 유대 의회의 의원으로 꽤 힘을 쓰는 인물이었다. 요셉은 빌라도 총독을 찾아가 예수의 시신을 내달라고 요청했다(마르코 복음서 15장 43절). 빌라도는 십자가에 매달린 예수가 죽은 줄도 모르고 있었다. 어떤 사형수는 십자가에 못 박혀도 고통 속에 일주일씩 버티기도 한다. 부하를 불러 예수의 죽음을 직접 확인한 빌라도는 시신을 내주라고 명령했다. 요셉은 예수의 시신을 아마포로 감쌌다. 아마포는 바람이 잘 통하는 여름용 직물로, 리넨이라고도 하는 '마'라고 보면 된다.

요셉은 예수의 시신을 동굴 무덤으로 옮겼다. 아마도 자신과 부인을 위해 미리 마련해둔 무덤이었을 것이다. 예수의 시신을 옮길 당시 그곳은 비어 있는 무덤이었다. 성경에는 "요셉의 새 무덤"이라고 기록되어 있다. 요셉은 예수의 시신을 무덤에 넣고 큰 돌로 입구를 막았다. 그때 마리아 막달레나와 다른 마리아가 무덤 맞은편에 앉아 있었다. 그러니 예수의 제자들 중 무덤의 위치를 정확하게 아는 이는 마리아 막

동굴 무덤을 품고서 작은 건축물이 세워져 있었다.
입구 위에는 부활한 예수의 성화가 걸려 있다.

달레나를 비롯한 여인들이었다.

사실 예수의 무덤이 진짜인가는 지금도 논란의 대상이다. 성묘 교회 안에 있는 동굴 무덤이 예수의 무덤이라는 과학적, 역사적 근거는 약하다. 그리스도교를 로마의 국교로 채택한 이는 콘스탄티누스 황제였다. 황제의 어머니인 헬레나는 독실한 그리스도교 신자였다. 그녀는 그리스도교인이 된 뒤 유대 지역의 여러 성지를 순례했다. 그러다 지금의 성묘 교회가 있는 자리를 둘러보다 예수가 죽고 묻힌 곳이라 단정했다. 헬레나는 황제에게 청해 그곳에 교회를 세웠다. 그 교회가 성묘 교회다. 2세기에는 그 자리에 그리스 신 아프로디테를 모시는 신전이 있었다고 한다.

유대인 가이드는 "300년경에 이 일대에서 십자가 세 개가 발견됐다.

성모 마리아가 예수의 시신을 안고 있고,
바닥에는 가시 면류관이 떨어져 있다.
엘 그레코의 〈무덤에 묻히는 예수〉.

그 십자가들을 불치병에 걸린 여인에게 가져갔는데, 그중 하나에 손을
대자 병이 나았다고 한다. 그래서 헬레나는 그 십자가를 예수의 십자
가라고 봤다."라고 말했다. 이 주위를 골고타 언덕이라고 판단한 것도
이런 식이었다. 예수 사후 300년쯤의 일이다. 그러니 역사적, 과학적
근거를 바탕으로 지금의 성묘 교회를 예수의 무덤이라 단정하기는 어
렵다. 그 밖에도 영국인 고든 장군이 발굴한 '동산 무덤(Garden Tomb)'
이라는 곳이 예수의 무덤이라는 주장도 있다. 예루살렘 성 밖에 있는
'동산 무덤'에도 예수의 시신을 안치했다는 공간이 있다. 예수가 정말
로 묻혔던 곳은 어디일까.

성묘 교회 안에 있는 동굴 무덤을 나왔다. 아르메니안 교회의 성직
자들이 성가를 부르며 미사를 드리고 있었다. 십자가에서 내린 예수의
시신을 눕혔다는 돌 위에는 순례객들이 손을 얹거나 엎드려 기도하고
있었다. 예수가 못 박힌 곳, 십자가에서 숨을 거둔 곳, 그리고 사흘 만
에 부활한 초월적 역사의 공간은 과연 어디일까.
나는 눈을 감았다. 물음이 올라왔다. '예수의 죽음은 무엇을 뜻하나.

예수의 부활은 또 무엇을 의미하나.' 그 물음이 우리를 겨누고 있었다. 이제는 우리 차례였다. 그 물음에 답해야 한다. 그렇지 않다면 예수가 여기에 묻히든 저기에 묻히든 나와 무슨 상관이 있겠는가.

진정 어디일까. 십자가에서 숨을 거둔 예수가 묻힌 곳 말이다. 나는 그곳이 골고타라는 물리적 공간은 아니라고 생각한다. 예수가 묻힌 곳, 그리고 되살아나는 곳. 그곳은 바로 '내 안'이다. 나의 가슴이다. 그곳 이야말로 진정한 부활의 공간이다.

예수는 금요일 오후에 죽었다. 토요일은 안식일이었다. 예수의 제자들은 얼마나 초조했을까. 제대로 된 장례도 치르지 못했다. 제자들은 예수의 주검이 놓인 무덤을 얼마나 찾아가고 싶었을까. 그래도 어쩔 수가 없었다. 그들은 안식일 계명을 지키느라 토요일에는 꼼짝도 하지 않았다. 안식일이 지나고 주간 첫날이 밝았다. 요즘으로 따지면 일요일 아침이었다. 예수가 묻힌 위치를 아는 이들은 마리아 막달레나와 요셉의 어머니 마리아 등이었다. 그들은 날이 밝자마자 향료를 가지고 예수의 무덤으로 달려갔다. 그들은 무덤에 들어섰을 때 과연 무엇을 보았을까.

4복음서에는 그들이 목격한 무덤 속 광경이 기록되어 있다. 마르코

복음서에는 무덤 속에 예수의 시신은 없고, 하얗고 긴 겉옷을 입은 한
젊은이가 앉아 있었다고 적혀 있다. 그 젊은이는 "놀라지 마라. 너희가
십자가에 못 박히신 나자렛 사람 예수님을 찾고 있지만 그분께서는 되
살아나셨다."고 말했다. 마태오 복음서에 기록된 바에 따르면 무덤에
천사가 나타나 "그분께서는 여기에 계시지 않는다. 죽은 이들 가운데서

되살아나셨다."고 말했다. 루카 복음서에는 눈부시게 차려입은 남자 둘이 나타나 "어찌하여 살아 계신 분을 죽은 이들 가운데에서 찾고 있느냐?"라고 되물었다고 기록되어 있다. 위의 세 복음서에는 마리아가 무덤에 도착하자마자 천사 혹은 천사로 보이는 어느 젊은이가 등장한다.

4복음서 가운데 가장 후대에 기록된 요한 복음서는 조금 다르다. 마리아 막달레나는 주간 첫날 아침 어둑어둑할 때 무덤을 찾아갔다. 입구를 막은 돌은 이미 치워져 있었다. 텅 빈 무덤을 본 마리아는 베드로를 비롯한 제자들에게 달려가 "누가 주님을 무덤에서 꺼내 갔습니다. 어디에 모셨는지 모르겠습니다."(20장 2절)라고 말했다. 베드로와 다른 제자는 밖으로 나와 무덤으로 달려갔다. 예수의 시신을 감쌌던 아마포는 그대로 놓여 있었고, 예수의 얼굴을 덮었던 수건은 한쪽에 개어놓

부활한 예수가 제자들과 함께 저녁 식탁에 앉아 있다.
제자들은 처음에 부활한 예수를 알아보지 못했다.
렘브란트의 〈엠마오의 저녁식사〉.

앉다. 제자들은 그 광경을 본 뒤에 집으로 돌아왔다.

요한 복음서의 서술은 담담하다. 거기에는 '텅 빈 무덤'만 기록되어
있다. 마리아 막달레나와 제자들이 무덤을 찾아갔을 때 천사를 만났다
는 내용은 없다. 그들이 무덤에 갔을 때 그곳은 이미 텅 비어 있었다고
만 적혀 있다. 제자들은 비어 있는 무덤을 확인하고 모두 집으로 돌아
갔다. 마리아 막달레나만 그곳에 남았다. 그녀는 무덤 밖에 서서 울고
있었다. 그렇게 울면서 무덤 안을 봤더니 두 천사가 앉아 있었다고 한
다. 요한 복음서는 다른 복음서들과 좀 다르다. 천사의 등장에 약간의
시차가 있다.

예수 당시 유대인들은 죽었다 다시 살아난 예수의 부활을 어떻게 받
아들였을까. 당시 바리사이들은 죽음 후 부활을 이미 믿고 있었다. 예
수의 죽음과 상관없이, 예수가 죽기 이전에 말이다. 그렇다면 예수의
부활은 그들에게 '예정된 일'이었을까. 더구나 예수는 생전에 스스로
하느님을 "아버지!"라고 불렀다. 그러니 예수는 신의 아들이다. 하늘
나라 사람이다.

놀랍게도 예수 당시 유대인들은 '천국은 이러이러하고, 천국 사람은

예수의 부활을 믿지 못하던 도마가 직접 상처를 만져보고 있다.
카라바지오의 〈성 도마의 의심〉.

저러저러하다'는 나름의 그림과 잣대를 가지고 있었다. 플라비우스 요세푸스의 기록에 따르면 "천국은 잠도 없고, 슬픔도 없고, 타락도 없고, 걱정도 없는 곳이다. 시간으로 재는 낮과 밤도 없다. 해도 없고 달도 없다. (북극지방을) 회전하는 곰자리 별도 없고, 오리온자리 별도 없다. 또 천국 사람들은 바다 위를 쉽게 걸어 다닌다. 풍랑을 만나 바다에서 죽을 일도 없다. 하늘에는 사람들이 거주하게 되고, 하늘로 올라가는 길을 찾기도 불가능하지 않게 된다. 땅은 어디나 경작이 가능하고, 수많은 열매가 저절로 맺는다. 동물도 새끼를 낳지 않고, 사람도 출생을 하지 않는다. 의인의 수는 항상 고정적이며, 수가 줄어들지 않는다." 이것이 예수 당시 유대인들이 생각하던 천국이다. 천국 사람은 바다 위를 걷고, 죽지 않는다고 믿었다. 갈릴래아 호수 위를 걸었던 예수처럼 말이다.

2000년 전의 예수, 지금의 예수, 2000년 후의 예수. 나는 이 셋을 달리 보지 않는다. 그들 예수는 모두 하나의 예수다. 왜 그럴까. 예수의 정체성은 육신이 아니라 속성에 있기 때문이다. 설령 골고타 언덕의 무덤 속에서 예수의 육신이 모조리 썩어버렸다고 하면 어떨까. 그럼 예수는 없어지는 것일까. 예수의 정체성도 덩달아 썩어버리는 것일까. 아니다. 예수는 "내가 아버지 안에 있고, 아버지께서 내 안에 계시다."라고 했다. 예수의 본질은 신의 속성이다. 신의 속성은 소멸하지 않는다.

요한 복음서는 더 정확하게 말한다. "그분 안에 생명이 있었으니 그 생명은 사람들의 빛이었다. 그 빛이 어둠 속에서 비치고 있지만 어둠은 그를 깨닫지 못하였다."(요한 복음서 1장 4~5절)

그렇다. 예수 안에는 빛이 있다. 그 빛이 바로 신의 속성이다. 그것이 예수 안에 흐르는 생명이다. 그것은 무너질 수도, 소멸할 수도 없다. 그런 속성이 어둠 속에서 빛난다. 우리들의 가슴, 그 아득한 내면에서 빛난다.

안타까운 것은 우리가 품은 어둠이다. 그로 인해 빛을 알아차리지 못한다. 그래도 빛은 단 한 순간도 꺼진 적이 없다. 다만 우리 안의 어둠이

빛을 알아차리지 못할 뿐이다. 그렇게 빛을 모르는 어둠이 따진다. "예수의 부활은 육신의 부활인가, 아니면 영혼의 부활인가." 빛은 꺼진 적이 없는데도 우리만 그것을 따지려 한다. 어둠만 그렇게 따진다.

  예루살렘 성과 올리브산의 중간쯤에 조그만 동굴이 하나 있었다. 들어가보니 작은 경당이었다. 예수가 십자가에서 숨진 후에 제자들이 이 동굴에 숨어 있었다고 한다. 그들은 여기에 모여 혹여 로마 병사들이 자신들을 잡으러 올까 봐 두려워하고 있지 않았을까. 또한 십자가에서 무력하게 숨진 스승 예수에 대한 죄책감과 연민으로 괴로워하고 있지 않았을까. 제자들은 문을 잠가놓고 있었다. 그런데 그 방에 예수가 들어왔다.(요한 복음서 20장 19절) 예수의 첫 마디는 이러했다. "평화가 너희와 함께(Peace to you)!"

올리브산에서 예루살렘 성을 내려다보았다.
거기에는 역사 속의 예수, 성경 속의 예수가 있었다.

부활하기 전에도, 부활한 뒤에도 예수는 변함이 없었다. 똑같은 것을 제자들에게 건넸다. 다름 아닌 '평화'다. 두려움과 불안과 죄책감으로 파도치고 요동치는 제자들의 마음을 가라앉히는 한마디. 그것은 바로 '평화'다. 하느님 나라의 속성이다. 부활한 예수는 그 평화를 이루는 방법도 일러주었다. "성령을 받아라. 너희가 누구의 죄든지 용서해주면 그가 용서를 받을 것이고, 그대로 두면 그대로 남아 있을 것이다."(요한 복음서 20장 22~23절)

그 자리에 예수의 제자 도마는 없었다. 다른 제자들이 "우리는 주님을 뵈었소."라고 말해도 그는 믿지 않았다. 오히려 이렇게 말했다. "나는 그분의 손에 있는 못 자국을 직접 보고, 그 못 자국에 내 손가락을 넣어보고 또 그분 옆구리에 내 손을 넣어보지 않고는 결코 믿지 못하겠소."

여드레가 지난 뒤 제자들이 모두 모여 있었다. 문이 잠겨 있었는데 예수가 들어왔다. 첫 마디는 똑같았다. "평화가 너희와 함께!" 부활한 예수는 도마에게 말했다. "네 손가락을 여기 대보고 내 손을 보아라. 네 손을 뻗어 내 옆구리에 넣어보아라. 그리고 의심을 버리고 믿어라." 이 말을 들은 도마가 말했다. "저의 주님, 저의 하느님!" 그러자 예수가 도마에게 말했다. "너는 나를 보고서야 믿느냐? 보지 않고도 믿는 사람은 행복하다."

비단 도마의 마음만 그럴까. 예수의 손에 뚫린 못 자국을 앞뒤로 살펴보고, 창에 찔렸던 옆구리에 깊숙이 손을 넣어보고 싶은 마음. 어쩌면 그것은 우리 모두의 마음이다. 우리 안에서 봄날의 아지랑이처럼 끊임없이 피어오르는 의심이다. '예수님이 정말 부활했을까.' 그렇게 생각하는 도마에게 예수는 말했다. "네 손을 뻗어 내 옆구리에 넣어보아라." 그렇게 손을 넣고 나서야, 예수의 상처를 직접 만지고 나서야 도마는 의심을 무너뜨렸다. 그렇게 자신을 무너뜨렸다.

우리는 늘 잡고 싶어 한다. 붙들고 싶어 한다. 거머쥐고 싶어 한다. 그래서 눈에 보이는 것이, 손에 잡히는 것이 필요하다. 그렇게 꽉 거머쥘 때 우리는 비로소 "있다!"라고, "가졌다!"라고, "존재한다!"라고 말한다. 예수는 다르다. 그리스도는 다르다. 거머쥐면 거머쥘수록 멀어진다. 오히려 놓아버린 뒤에야 확연히 보인다.

부활한 예수는 제자들보다 먼저 갈릴래아로 갔다. 호숫가에 숯불을 피우고 배에서 내리는 제자들을 위해 물고기를 구웠다. 나는 거기서 '기다리는 예수'를 본다. 우리 삶 속에서, 일상 속에서 모락모락 숯불을 피우며 지금도 예수는 기다리고 있다. 그것은 우리 안의 어둠, 그 속에서 여전히 빛나고 있는 신의 속성이다.

　어둠 속에 빛이 있으니, 이제는 그를 깨달을 때다.

　내 안의 빛을!

빗소리가 멈추지 않으면 좋겠다

세 번째 이스라엘 순례였다. 이번에는 지난 두 번의 순례와는 좀 달랐다. 가이드도 없었다. 단체 여행도 아니었다. 혼자서 차를 빌려 이스라엘의 동서남북을 다녔다. 처음에는 걱정이 태산이었다. 이스라엘 도로 표지판은 영문 표기가 그다지 친절하지 않다. 그들이 사용하는 히브리어는 글자가 아니라 오히려 그림에 가까웠다. 도로는 수시로 차단됐다. 테러 가능성에 대한 정보가 살짝만 입수되어도 이스라엘 군경은 즉각 해당 도로를 봉쇄했다. 그래서 이스라엘에서는 도로 위의 낯모르는 운전자들끼리 '톡'을 주고받으며 실시간 도로 봉쇄 정보 등을 공유하는 모바일 앱이 인기다. 현지에서 그 이야기를 듣고 나도 그 앱을 다운받았다.

그러다 로밍한 휴대전화로 구글 내비게이션을 켜는 순간 깜짝 놀랐다. 운전자를 위한 길 안내가 한국어로 나왔다. "이번 교차로에서는 두 번째 길로 나가주세요!" 뜻밖이었다. 그제야 마음이 놓였다. 덕분에 낯선 산길 도로를 몇 시간씩 달릴 때도, 인적이 드문 사막 길을 달릴 때도 아무런 걱정이 없었다. 그 덕분에 순례의 자유를 적잖이 획득했다.

'나 홀로 여행'에는 절실한 이유가 있었다. 나는 오래 머물고 싶었다. 예수가 머문 곳에서, 예수가 머문 만큼 나도 머물고 싶었다. 예수의 메시지가 내 가슴을 때린 곳에서 가능한 한 오래도록 머물며 '예수의 펀치'를 묵상하고 싶었다. 그러기 위해서는 '내 맘대로 스케줄'이 필요했다.

지금도 잊히지 않는다. 나자렛의 수태고지 교회 앞 노점상에서 마신 석류 주스. '2000년 전의 예수도 이런 골목에서 손으로 직접 짠 석류 주스를 마셨겠지. 저 산과 저 들, 똑같은 자연환경 속에서 살았겠지. 재잘대며 지나가는 나자렛의 중학생들과 예수의 사춘기도 그리 다르지 않았겠지.' 그런 생각이 들 때마다 '예수'가 내게 걸어왔다. 뚜벅, 뚜벅, 걸어왔다. 2000년 세월을 관통하며 '숨 쉬는 예수'가 나를 파고들었다. 때로는 감동이었고, 때로는 전율이었다. 날이 어둑어둑해져도 자리를 뜰 수가 없었다. 아주 캄캄해져서야 차를 몰고 다음 순례지로 이동하곤 했다.

그렇게 이스라엘에서 나는 예수를 만났다. 그는 역사 속의 예수이자, 동시에 성경 속의 예수였고, 또한 나를 뚫고 깨어나는 예수였다. 이 책에 실린 글들은 일종의 대화록이다. 나는 끊임없이 예수에게 물었고, 예수는 내게 답했다. 그렇게 주고받은 문답들이 내게는 소낙비였다. 갈릴래아 호수와 골란 고원을 푸르게 적시던 빗줄기였다. 사해를 낀 광야와 골고타 언덕에 퍼붓던 빗줄기였다. 순례하는 내내 나는 그 비에 젖었다. "행복하여라! 마음이 가난한 사람들!"이라며 후두둑, 후두둑 내리꽂는 예수의 빗줄기에 나를 맡겼다.

그것은 화살이었다. 예수의 메시지가, 예수의 화살이 나를 뚫을 때마다 구멍이 생겼다. 그 구멍을 관통하며 바람이 불었다. 이치의 바람이었다. 그 바람이 나를 자유롭게 했다. 그래서 좋았다. 행복했다. 나는 생각했다. '예수의 산상설교를 직접 들은 유대인들의 마음에 불었던 바람, 이 바람은 그 바람과 조금도 다르지 않으리라.' 왜 그럴까. 예수의 이치, 예수의 행복론은 세월을 관통하기 때문이다. 예수의 속성은 '사라지는 순간'이 아니라 '우리 곁의 영원'으로 깃들어 있기 때문이다.

예루살렘의 숙소에 머물 때였다. 시차 때문인지 새벽에 눈을 떴다. 창문 밖으로 올리브산이 보였다. 멀리서 동이 트고 있었다. 그때 "꼬끼오!" 하고 닭이 울었다. '아니, 이런 도심에서도 새벽에 닭 울음소리가 들리네.' 잠시 후 깨달았다. 2000년 전 베드로가 들었던 닭 울음도 이런 소리였겠구나. 그런 식으로 나는 예수의 삶을, 예수의 시대를 만났다.

예수는 말했다. "내가 너희 안에 거하듯, 너희가 내 안에 거하라." 이 책이 '거함'의 여정 어딘가에 놓이는 작은 징검다리가 되었으면 좋겠다. 그 징검다리 위로 이스라엘에서 나를 뚫었던 빗줄기가 쏟아졌으면 좋겠다. 독자 여러분이 책장을 넘길 때마다 그런 빗소리가 멈추지 않았으면 좋겠다.

예수를 만나다

1판 1쇄 인쇄 2018년 4월 25일
1판 1쇄 발행 2018년 5월 3일

지은이 백성호
펴낸이 김영곤 **펴낸곳** 아르테

문학사업본부 본부장 원미선
문학기획팀 팀장 이승희
책임편집 김지영 박민주
디자인 씨디자인: 조혁준 김하얀 이수빈
문학마케팅팀 정유선 임동렬 조윤선 배한진
문학영업팀 권장규 오서영
홍보팀장 이혜연 **제작팀장** 이영민 **제휴팀장** 류승은

출판등록 2000년 5월 6일 제406-2003-061호
주소 (우 10881) 경기도 파주시 회동길 201(문발동)
대표전화 031-955-2100 **팩스** 031-955-2151

ISBN 978-89-509-7474-9 03810

아르테는 (주)북이십일의 문학 브랜드입니다.

(주)북이십일 경계를 허무는 콘텐츠 리더

아르테 채널에서 도서 정보와 다양한 영상자료, 이벤트를 만나세요!
네이버오디오클립/팟캐스트 [클래식클라우드] 김태훈의 책보다 여행
페이스북 facebook.com/21arte 블로그 arte.kro.kr
인스타그램 instagram.com/21_arte 홈페이지 arte.book21.com